JN053910

ラズベリー・デニッシュは
ざわめく

ジョアン・フルーク
上條ひろみ 訳

RASPBERRY DANISH MURDER
by Joanne Fluke
Translation by Hiromi Kamijo

mira

Published by K.K. HarperCollins Japan, 2021

このハンナの本はジョンに。
彼なしでは書けなかっただろう。

ラズベリー・デニッシュはざわめく

RASPBERRY DANISH MURDER

おもな登場人物

ハンナ・スウェンセン・バートン——〈クッキー・ジャー〉経営者
ミシェル・スウェンセン——ハンナの一番下の妹。大学生
アンドリア・トッド——ハンナのすぐ下の妹。不動産会社勤務
ドロレス・ナイト——ハンナの母。ロマンス作家
マイク・キングストン——ハンナの友人。保安官助手
ノーマン・ローズ——ハンナの友人。歯科医
リサ・ビースマン——〈クッキー・ジャー〉の共同経営者
サリー・ラーフリン——〈レイク・エデン・イン〉の経営者兼シェフ
ロス・バートン——ハンナの夫。テレビプロデューサー
PK——KCOWの映像作家。ロスのアシスタント

1

今はひとりで眠るベッドルームで、ハンナ・スウェンセン・バートンは時計を見た。涙で目をうるませながら、手持ちでいちばん温かいセーターを着た。結婚したばかりの夫ロス・バートンが出ていってもう二週間になる。妹のミシェルがアパートに泊まってくれているが、ハンナはたまらなく孤独だった。昼間はまだ楽だ。日が昇って、本来なら新しいソファでロスと寄り添ったり、新しいキングサイズのベッドでいっしょに眠るはずの時間が終わると、すべてはいずれ解決する、ロスは戻ってくるつもりなのだとなんとか自分を説得した。このアパートの鍵を持っていき、ほかの鍵をすべて置いていったのだから、彼は帰ってくるつもりなのだと信じることができた。太陽が明るく照っているあいだは。でも今は、眠れない夜をすごした朝の五時には、辛抱強く待っていればすべてがよくなると信じるのは二倍もむずかしかった。

「前向きでいなくちゃ」鏡に映った自分に声をかけた。「ロスはすぐに帰ってきて、全部説明してくれるわ」

希望はとっくに失っていたが、それが毎朝唱えるマントラだった。ミネソタ州レイク・エデンでハンナが経営するベーカリー兼コーヒーショップ〈クッキー・ジャー〉にも、夜をすごす自宅のアパートメントにも、ロスからの電話はなかった。彼がどこにいるのか、そもそもなぜ出ていったのかもわからなかった。新婚の夫は忽然《こつぜん》といなくなり、あとかたもなく消えてしまったようだった。

頬を伝うひと粒の涙を手の甲でぬぐった。化粧をする習慣がなくてよかった。昼も夜もずっと涙を流していたら、きっとひどい顔になっていただろうから。ヘアブラシを取って、言うことをきかない赤い巻き毛をなだめようとしながら、ロスが去っていったのはこの外見のせいなのだろうかと思った。母のドロレスや、おしゃれな妹のアンドリアのように、いつも完璧な化粧をしていたら、ロスはまだそばにいた？　どんなヘアスタイルでもかわいい末妹のミシェルのような、生まれつき美しい髪をしていたら、仕事に行く準備をする姿をうっとりと眺めてくれた？　母や妹たちのような完璧な体型を手に入れるべく、もっとがんばって減量するべきだったのかもしれない。

「何がいけないのか言ってくれていたら直せたのに」ロスの枕の上で丸くなっている、体重十キロの白とオレンジ色の猫、モシェに言った。

「にゃあああ！」とモシェは返した。悲観的な飼い主を責めるように。

「ごめん、モシェ」ベッドに近づいて、何度かなだめるように掻《か》いたりなでたりしながら言った。「ずっと答えを探してるのに、何も思いつかないんだもの」

「にぃぃいゃあ」モシェがまた鳴き、ハンナは同情を示されているのだと解釈した。きっとモシェもロスがいなくて淋《さび》しいのだろう。

「そろそろ仕事に行かなくちゃ」とモシェに言った。「でも、心配しないでね、ミシェルもわたしもあなたの晩ごはんの時間までには帰ってくるから」

防寒コートを羽織ってベッドルームを出た。ゲストルームを通りすぎようとしたとき、ミシェルが出てきた。手にキーリングを持っている。「これって姉さんの？」とハンナにわたしながらきいた。

ハンナは鍵を調べたあと首を振った。「わたしのじゃないわ。ロスの車のキーみたいね。彼の車はまだ駐車スペースにあるから、どこかにキーがあるはずだと思ってた。どこで見つけたの？」

「ゲストルームのたんすのいちばん上の引き出しのなか。いちばんあったかいマフラーの上にあったの。今朝このマフラーを使おうと思わなかったら、見つけることはなかったと思う」

「そう、よかった。わたしもそこを捜すことは思いつかなかったわ」

「そうよね。見つけたときはすごく驚いたもの。どうしてロスはそこにしまったのかしら？」

きっとこれだという理由を思いついて、ハンナは顔をほころばせた。「単純なことよ、ミシェル。ロスは留守のあいだあんたに車を運転してもらいたかったのよ。それ以外に説明がつかない」

「ほんとに？」

「考えれば考えるほどそんな気がしてきた。だって、わざわざあんたの部屋にはいって、車のキーをたんすの引き出しに入れたのよ。そんなことをする理由はほかにないわ」

ミシェルはまだ疑っているようだ。「でも、姉さんの気持ちは？　わたしがロスの車を使ってもいいの？」

「いいに決まってるでしょ。運転するべきよ。あそこに停《と》めたままにしておいたら、ロスが戻ってきたときエンジンがかからなくなる。そうならないように、あんたに車を運転してほしかったのよ」

「まあ……姉さんがそう言うなら……」

「そう言ってるでしょ」

ミシェルは笑顔になった。「実は、車を使わせてと母さんにたのむつもりだったんだけど、その必要はなくなったわ。すっごく助かる！」

「母さんはいいって言うだろうけど、その代わりに何かたのまれそうだから？」

「そのとおり！」ミシェルは防寒ブーツが置いてある玄関脇のラグのところに向かった。

自分のブーツを履いて、持っていたトートバッグに履き替え用の靴を入れた。

「姉さんはゆっくりしてて」ミシェルは玄関扉を開けて言った。「リサとわたしで昨日作っておいた生地を焼いて、開店準備をしておくから。出かけるまえにもう一杯コーヒーを飲んで、たまには有閑マダムの時間を楽しんだら」

「ありがとう」外に出てドアを閉めるミシェルにハンナは言った。そして、防寒コートを脱いでソファの背にかけ、キッチンに行ってコーヒーのお代わりを注《つ》いだ。コーヒーはまだ充分熱く、温め直す必要はなかった。

「有閑マダムですって」キッチンについてきて、キッチンテーブルについたハンナを不思議そうに見つめているモシェに向かって、ミシェルに言われたことを繰り返す。「いったいどういう意味かしら」

　モシェは何も言わなかった。代わりに、えさ用のボウルに向かった。猫科のルームメイトがドライフードを食べているあいだ、窓ガラスに吹きつける吹雪を眺めた。ミシェルが出かけて三分もたっていないのに、防寒ブーツを履いて妹のあとを追い、仕事に向かわずにいることに罪悪感を覚えた。

「わたしがマダムじゃないか、有閑の意味がわかってないか、どっちかね」とモシェに言う。「あなたさえよければ、このコーヒーを飲み終えしだい仕事に出かけるわ」

玄関の外に出て、身を切るような寒風が投げつけてくる冷たい雪を頬に受けながら、屋根つきの外階段を地階に向かった。一階に住む隣人宅の窓を通りすぎるとき、キッチンの明かりがついているのに気づいた。スー・プロトニクが、三歳の息子ケヴィンのために朝食を作っているのだ。ケヴィンの父親のフィル・プロトニクが〈デルレイ工業〉の夜勤監督のシフトからもうすぐ帰ってくるのだろう。フィルは家族とともに朝食をとり、スーとケヴィンはスーが勤めるレイク・エデンのプレスクール、〈キディ・コーナー〉に出かける。ふたりが出かけると、フィルはベッドにはいり、スーとケヴィンが帰ってくるまで睡眠をとる。たいへんなスケジュールだが、スーとフィルは問題なくこなしていた。そのあと夫婦はケヴィンといっしょにすごし、夜の十一時になると、フィルはまた夜勤の仕事に出かけていくのだ。

　クッキートラックの愛称を持つシボレー・サバーバンのエンジンをかけたとき、いくぶん反応が鈍いのに気づいた。そろそろエンジンブロックヒーターを使う時期なので、夜は電源につないでおかなければ。駐車スペースのまえの壁には、そのための電源がずらりと並んでいる。〈クッキー・ジャー〉の駐車場にも複数の差込口が設置されていた。

　車で仕事場に向かいながら、このあとの忙しい一日に思いを馳《は》せた。今日は月曜日で、感謝祭はすぐそこだ。感謝祭のための焼き菓子を用意しなければならない。パンプキンパイ、パンプキンスコーン、パンプキンクッキー、そしてカボチャや七面鳥をデコレーションしたシュガークッキーの注文はすでに大量にはいってきている。パンプキンパイは一日もあれば作れるし、スコーンやクッキーも直前で大丈夫だろう。だが、あらかじめ材料を混ぜておくなどして、十一月のホリデーまえに控えている二日間ぶっとおしのベーキングマラソンの準備を整えておくことはできる。

去年はおおむね順調に運んだが、今年は注文が増えている。助《すけ》っ人《と》がいるのはありがたかった。共同経営者のリサは厨房《ちゆうぼう》の発電機だ。厨房でオーブン仕事をしているあいだ、コーヒーショップの仕事を担当してくれる、リサの父ジャック・ハーマンと継母のマージもいる。今年はさらにあとふたり厨房の助っ人が増えた。新作レシピを思いつく天才であるリサのおばナンシーと、芝居の稽古で忙しくないときに手伝ってくれるミシェルだ。ミシェルは大学のカリキュラムにある実地研修で、感謝祭とクリスマスに地元のアマチュア劇団が上演する芝居を演出するため、レイク・エデンに帰省していた。地元の高校の三年生が感謝祭とクリスマスのあいだに上演する芝居も、ミシェルが演出することになっているという。

朝のこの時間の道路はすいており、思ったよりずっと早く〈クッキー・ジャー〉の裏の駐車スペースに車を入れることができた。車から降りてドアをロックし、エンジンブロックヒーターのプラグをコンセントにつないで、店の裏口のドアに急いだ。厨房にはいると、リサもミシェルも驚いた顔をした。

「コーヒーを飲んでもっとゆっくりするつもりなのかと思った」ミシェルがあいさつ代わりに言った。

「そうしてみたけど、ひとりでコーヒーを飲むのは退屈なんだもの。もう一杯はここでみんなと飲もうと思って」

「じゃあコーヒーを用意するわね」リサが申し出た。「バークッキーはもうオーブンに入れたから、ミシェルとわたしもひと息つけるわ」

「ラズベリー・デニッシュをひとつどう？」ミシェルがハンナにきいた。「リサが早く出勤して、シェアできる大きさのをいくつか焼いてくれたの」リサに向かって言う。「切り分けられるぐらいには冷めてるわよね？」

「そのはずよ」リサがハンナのほうを向く。「このあいだの週末、わたしとハーブをブランチに招いたナンシーおばさんが焼いてくれたの。レシピをもらったから、ここで作ってみたくて」

「作るのはむずかしいの？」

「全然！　あなたが気に入ったら、店に出せるわよ」

「いいわね。デニッシュはどんな種類のものも出したことはないし、朝に来店するお客さんはきっとよろこぶわ。個人的にデニッシュは大好物だし！」

ミシェルは微笑《ほほえ》んだ。「ほとんどの人がそうじゃないかしら。きっと受けるわよ、姉さん」

リサは急いで業務用ラックに向かうと、棚から天板を一枚抜いて、ハンナに見せるために持ってきた。「見た目もいいでしょ？」

「ほんとね」ハンナはリサに言った。「香りも最高。ラズベリーの香りって大好き。これを瓶詰めにできるなら、香水として使いたいくらい」

リサもミシェルも笑った。そしてミシェルが忠告した。「それは危険よ、姉さん」

「どうして？」

「どこに行っても知らない人につきまとわれてにおいを嗅《か》がれるから」

「ハーブなら絶対に嗅ぐわね」リサが言った。「ナンシーおばさんのブランチでは三個も食べてたもの」

「パフペストリー生地で作るの？」ハンナは尋ねた。

「そうよ。食料雑貨店のパンコーナーで売ってるようなラズベリー・デニッシュよりこれのほうが断然好き。あれってラズベリージャムをのせた菓子パンみたいな味なんだもの」

ハンナは眉をひそめた。「パフペストリーだと面倒ね。まえにレシピを読んだことがあるの。作るのに何時間もかかるのよ。材料を混ぜて伸ばしたら、バターのかたまりをのせて折りこんで、しばらく冷蔵庫で冷やしてからもう一度伸ばす。それを何度繰り返すのか忘れたけど、かなり繰り返してたわ。レシピによると、バターをのせて伸ばすと、生地がやわらかくなって層ができるからサクサクになるんですって」

「生地から作る必要はないわ」リサがハンナに言った。「今朝は冷凍のやつを使ったの。ナンシーおばさんは一度生地から作ったことがあるけど、冷凍の生地でも充分おいしいって」

「ラズベリーはどうするの？」ミシェルがきいた。「十一月に生のラズベリーを売っている店を見つけるのはすごくたいへんよ」

「冷凍でも生でもいいみたい。わたしは冷凍のを使ったわ。ナンシーおばさんもね。手にはいるときは生を使うけど、冷凍でも問題ないそうよ」

「説明ばかりしてじらさないでよ、リサ」ミシェルが言った。「早くデニッシュを切り分けて。あなたがオーブンから出したときから、食べるのが待ちきれなかったんだから。今の気分なら、ひとりでまるごと一個食べられそう」

ハンナとミシェルが熱心に見つめるなか、リサは大きなラズベリー・デニッシュをステンレスの作業台の上に置き、切り分けようとナイフを手にした。「端っこがほしい人は？」

「はい！」ハンナはミシェルが声をあげるより一瞬早く言った。

「わたしもほしかったのに！」ミシェルはがっかりしているようだ。

「落ち着いて」リサがふたりに言った。「どちらにも端っこをあげるから。端っこを食べたい理由はわかるわ。ラズベリー・フィリングがたくさんはいってると思ってるんでしよ」

「ちがうの？」

「ちがうのよ、そう見えるけど。フィリングの量はどの部分も同じなの」

リサは大きな焼き菓子を切り分けて、一方の端をハンナに、もう一方の端をミシェルに勧め、自分は真ん中の部分を取った。三人がコーヒーを飲み、おいしい朝食を楽しむあいだ、しばらく沈黙が流れた。

「ご感想は？」残りがあとひと口ほどになると、リサがきいた。

「もうひと切れ食べたいわ！」とハンナが言い、ミシェルも同感だとうなずいた。

「わたしもよ」リサが言い、全員ぶんのお代わりを取りにいった。

「お客さんもひとつ食べればもうひとつほしくなると思う」ミシェルがすかさず言った。

「姉さんとわたしでその理論を証明しなきゃ」

ハンナは思案するような顔つきになった。「ひとりぶんずつの大きさで作る方法はないかしら？」

「いい考えね！」リサが言った。「ナンシーおばさんと試作してみるわ。それで、ひとりぶんずつのデニッシュも大きいものと同じくらいおいしいかどうか試食してみる。パパはラズベリー・デニッシュが大好きだし、マージもそうなの。ナンシーおばさんの友だちのヘイティはおばさんのデニッシュの大ファンだし」

「ひとりぶんずつだと大きいものに比べてどれくらい時間がかかるか調べてね」ハンナは言った。「小さいのをたくさん焼くのは、コスト的にあまり効率がよくないかもしれないし」

「たしかにそうね」リサが返した。「それは考えてなかったわ。つぎの週末にはわかると思う。ハーブとわたしはみんなを日曜日のブランチに呼ぶつもりだから、月曜日の朝に報告するわね」

「もうひと切れいい、リサ?」ミシェルがねだった。「すごくおいしいんだもの!」

ハンナは畏敬の目で末の妹を見た。ミシェルは甘いものが大好きで、クッキーなどのお菓子をいつでも好きなときに食べる。もしこの世が公平なら、ミシェルは今ごろ百三十キロになっているはずだ。だが、妹はなぜか申し分のない体型を維持している。毎日ジムに行って一時間ばかりワークアウトしているとか、毎朝何キロも走っているとかなら、ハンナも納得できる。だが、ミシェルはジムには気が向いたときに行くだけだし、ランニングしているところなど見たことがない。一度ドクター・ナイトにきいてみたところ、ミシェルとアンドリアの体重が増えないのは体質によるもので、代謝がいいからだという。そして、運がいいせいだとも。それをちゃんと説明できる医者は知らないとも、単に遺伝的なものかもしれないとも言っていた。なんであれ、ハンナにはないものということだろう。業務用ラックのところまで行って、棚の上で冷ましているクッキーやパイやケーキを見るだけで、体重が増えてしまうのだから。人生が公平ではないときはあるものだし、それに対してできることは何もないのだ。

クリームチーズ・フィリング

室温でやわらかくしたクリームチーズ……226グラム
（わたしは〈フィラデルフィア〉を使用）

白砂糖（グラニュー糖）……1/3カップ

バニラエキストラクト……小さじ1/4

ドリズル・フロスティング

粉砂糖……1 1/4 ップ（きっちり詰めて量る）

生クリーム……1/4カップ

バニラエキストラクト……小さじ1

塩……小さじ1/8

作り方

① 冷凍パフペストリー生地を注意書きどおりに2枚とも解凍する。小麦粉を振った台の上でおこなうこと（わたしはパン切り用のまな板を使用）。台の上に少量の小麦粉（分量外）を振り、清潔な手のひらで広げる。

② 解凍しているあいだにラズベリーソースを作る。中くらいの大きさのソースパンにラズベリーと水を入れる。

③ 小さめのボウルにカルダモン、コーンスターチ、砂糖を入れ、完全になじむまでフォークで混ぜる。

④ ②のソースパンに③を入れ、全体をよくかき混ぜる。

⑤ ④のソースパンを中火にかけ、木のスプーンでつねにかき混ぜながら沸騰させる。そのまま2分間かき混ぜつづける。火からおろして室温になるまで冷ます。

ラズベリー・デニッシュ

ハンナのメモその1:
冷凍パフペストリーはいろいろ使えて便利。
このレシピを作るときは、2パック買うこと。
レシピでは1パック(2枚入り)しか使わないが、
残った1パックは冷凍庫に入れておこう。
残り物をおしゃれに変身させたいとき、解凍して切り分けたパフペストリーに
包んで焼いたり、生のフルーツをくるめばターンオーバーもできる。
パフペストリーはオードブルにもなる。

材料

ペストリー

冷凍パフペストリー生地……490グラム入り1パック
(〈ペパリッジファーム〉の2枚入りのもの)

卵……大1個

水……大さじ1

仕上げ用の白砂糖(グラニュー糖)……適量

ラズベリーソース

生のラズベリー……3/4カップ(冷凍を使う場合は、
解凍してから余分な果汁をペーパータオルで拭き取ること)

水……大さじ2

カルダモンパウダー(なければシナモンパウダーでも)……小さじ1/4

コーンスターチ……大さじ1 1/2

白砂糖(グラニュー糖)……1/2カップ

⑬ クリームチーズ・フィリングを1/4カップ量り、
生地のまんなかに置き、縁を1.5センチ残して広げる。

⑭ ⑬の上にラズベリーソース大さじ2を広げる。

⑮ 4角形の1辺を、フィリングが半分隠れるまで内側に折りこむ。
反対側の1辺も同じように内側に折りこむ。
すると、卵液が糊の役割を果たして最初の角に張りつく。
張りつかないときは卵液を足して両辺をくっつける。

ハンナのメモその4:
むずかしそうに聞こえるが、そんなことはない。
最初のひとつができればすぐにコツがわかるはず。
ことばで説明するより実際にやってみるほうがずっと早い。

⑯ 最初の4個ができたら、もう1枚のパフペストリー生地も4等分して、
上記(⑨～⑮まで)の工程を繰り返す。

⑰ 8個のラズベリー・デニッシュの形成がすんだら、
パフペストリー生地の上にさらに卵液を塗り、
少量のグラニュー糖を振りかける。

⑱ 190度のオーブンで25～30分、または表面が
黄金色になるまで焼く。

⑲ 焼けたら天板ごとワイヤーラックに移して10分冷ます。

⑳ 冷ましているあいだにドリズル・フロスティングを作る。
小さめのボウルに粉砂糖を入れ、
生クリーム、バニラエキストラクト、
塩を加えてなめらかになるまでよくかき混ぜる。

⑥ ラズベリーソースを冷ましているあいだに
クリームチーズ・フィリングを作る。
耐熱ボウルにやわらかくしたクリームチーズと砂糖と
バニラエキストラクトを入れ、なめらかになるまで
泡立て器で混ぜる。できたらラップをかけておく。

ハンナのメモその2：
クリームチーズをやわらかくしておくのを忘れたときは、
ラップをかけずにボウルを電子レンジに入れ、10秒ほど温めること。

ハンナのメモその3：
ドリズル・フロスティングを作るのは、ラズベリー・デニッシュが焼きあがって
ワイヤーラックで冷ましてから。

⑦ オーブンを190度にセットして予熱をはじめる。

⑧ 天板2枚にオーブンペーパーを敷く。

⑨ パフペストリーの具合を確認し、解凍されていたら
おいしい中身を詰める作業にはいる。
小麦粉を振った台の上にパフペストリー1枚を広げる。
少量の小麦粉をまぶした麺棒で30センチ四方に伸ばす。

⑩ よく切れるナイフで横に2等分し、さらに縦に2等分して、
4つの正方形を作る。

⑪ カップに卵を割り入れ、水大さじ1を加えてかき混ぜ、
卵液を作る。

⑫ 切り分けたパフペストリー生地を準備しておいた天板に移し、
生地の縁に刷毛で卵液を塗る。
折って重ねたとき生地がくっつきやすくなる。

㉑ お好みの方法でラズベリー・デニッシュの上にたらす。
しぼり袋（または一方の角を切り落としたビニール袋）
を使うとよい。

ハンナのメモその5：
しぼり袋を使いたくないときは、生クリームを少量足せば、
スプーンの先からデニッシュの上にたらすことができる。

㉒ ドリズル・フロスティングで飾り終えたら、
オーブンペーパーごと天板から持ちあげ、
ワイヤーラックに移す。

ほんのり温かいうちに食べると美味。冷めてもおいしい。

もしあまったら（そんなことはないと思うけど！）
ワックスペーパーでふんわり包んで涼しい場所で保存すること。

ナンシーおばさんのメモ：
わたしはこの焼き菓子を、
イチゴ、ブラックベリー、ブルーベリー、桃、
洋梨、アンズなど、ほかにもいろいろな果物で作った。
大きな果物片を使うときはピュレにして
1/2カップのピュレでソースを作るとよい。

リサのメモ：
急いでいた日に、ソースを作る代わりに種なしの
ラズベリージャムを使ったことがある。
ジャムはクリームチーズ・フィリングの上に塗れる程度に電子レンジで少し温めた。
ハーブの大好きな果物はパイナップルなので、
〈レッド・アウル〉に入荷したら、つぎはパイナップルジャムで試してみるつもり。
〈スマッカー〉のジャムならきっとうまくいくと思う。

2

チェリー・チョコレート・バークッキーの最後の天板をオーブンから出したとき、時刻はすでに十一時十分になっていた。天板を業務用ラックにすべりこませると、裏口のドアをノックする音がした。最初のノックのあとに、もう少し大きな音ですばやく二回。

「母さん？」ミシェルがきく。

「正解。あんたもノックの音が聞き分けられるようになってきたわね、ミシェル。わたしがコーヒーを注《つ》いでバークッキーを切るから、母さんを入れてあげて」

「何かニュースは？」厨房《ちゅうぼう》にはいってきたドロレスは、ドアの横のフックにコートをかけ、作業台のお気に入りのスツールに向かいながらハンナに声をかけた。

「何もないわ」その問いの意味を充分承知しながらハンナは答えた。母はロスから連絡があったかどうか知りたいのだ。ドロレスは〈クッキー・ジャー〉の敷居をまたぐたびに、そしてハンナに電話してくるたびに同じ質問をしていた。

「ありがとう、ディア」ドロレスはコーヒーを出してくれたミシェルに言った。そして、ハンナがしていることに気づいて尋ねた。「何を切っているの、ハンナ？　このにおいはチョコレートね……それと、チェリーかしら？」

ミシェルが笑いだした。「鼻が利くわね、母さん。チェリー・チョコレート・バークッキーを六回ぶん焼いたところなの」

「それはどうも。鼻が利くと褒められたのは初めてよ」ドロレスはハンナに向き直った。「そのチョコレートとチェリーの作品が切り分けられるほど冷めたということは、試食できるということ？」

「もちろん」ハンナは切り分けたバークッキーを皿に移し終え、ステンレスの作業台に運んだ。「さあどうぞ、母さん。感想を聞かせて」

ドロレスはバークッキーを取ってひと口かじり、にっこりした。「最高！　十点満点よ、ディア」

「ありがとう」ハンナは母の向かいのスツールに座って言った。ドロレスがフルメイクをして、クレア・ロジャース・ニュードスンのブティック〈ボー・モンド・ファッション〉で買ったデザイナーブランドのスーツを着ているのに気づいた。ダークヘアはおしゃれにアレンジされ、スーツの色に合わせたルビーの指輪をはめている。いつもおしゃれなドロレスだが、今日の装いは一分《いちぶ》の隙もない。何か大事な約束があるのだろう、とハンナは思った。

「何か特別な約束でもあるの、母さん？」ハンナの心を読んだかのように、ミシェルがきいた。

「ええ。病院でレインボー・レディーズの集まりがね」ドロレスは一年以上まえに自分が創設したボランティアグループの名前を出した。

「あらたまった集まりなの？」ハンナがきいた。レインボー・レディーズの活動に参加するときは、ほかの病院スタッフと区別してもらうために、いつも黒のスラックスに明るい色のジャケットと決まっているのだ。

「ええ、でもこの服装はレインボー・レディーズとは関係ないの。午後は病院でドクとすごしたあと、ディナーに行く予定なのよ。わたしたちの記念日だから」

ハンナとミシェルはけげんそうに顔を見合わせたあと、ハンナが先に口を開いた。「でも、母さん……今は十一月よ。母さんたちが結婚したのは九月よね。毎月記念日を祝ってるの？」

「なんてすてきな考えでしょう！」ドロレスは長女に微笑《ほほえ》みかけた。「でも、ちがうわ。本物の記念日よ。ドクに初めて結婚を申しこまれたのが十一月なの」

「それで、十カ月後に結婚したの？」ミシェルがきいた。

「いいえ。結婚したのはそれから約二年後よ。再婚したいのかどうか自分でもよくわからなくて、ドクに説得されたの」

ものなの」

「説得してくれたドクに感謝してるのね」ハンナはわかりきったことを言った。

「そのとおりよ！」ドロレスはバークッキーをもうひとつ取った。「〈レイク・エデン・イン〉のサリーが記念日の特別ディナーを用意してくれるの。鴨《かも》のクランベリーソースと、デザートにチョコレートスフレをいただくのよ。ドクが最初にプロポーズした夜に食べたものなの」

ミシェルはけげんそうな顔をした。「でも……母さんは鴨が好きじゃないと思ったけど」

「そうだけど、ドクの好物で、わたしたちの決まりなのよ。プロポーズ記念日には毎年それを食べることになってるの」

「母さんも食べるの？」ミシェルはなおもきいた。

「もちろん。最初の夜は、ドクのプロポーズにあまりにもびっくりして、味もわからずにお皿の上のものを残さず食べていたわ。そして、毎年食べるうちに、ほんとうに好きになってきたみたいなの」

ハンナはこらえきれずに吹き出した。ミシェルも同じだった。ドロレスは一瞬不思議そうにふたりを見たが、すぐにいっしょに笑いだした。三人がまだ笑っていたそのとき、裏口でノックの音がした。

「わたしが出る」ミシェルが立ちあがってドアに向かった。すぐに友人のＰＫを厨房に招き入れ、作業台のドロレスの隣のスツールを勧めた。

「おはよう、ＰＫ」ドロレスがＫＣＯＷテレビでロスのアシスタントをしているＰＫにあいさつした。「あとで電話しようと思っていたのよ。毎日ハンナに電話して、ロスから連絡があったかどうか知らせてくれることにお礼を言いたくて。それに、ミシェルのお芝居のためのコマーシャルを作ってくれていることにも」

ＰＫは彼女に微笑みかけた。「局の人間が聞いているところではコマーシャルと言わないでくださいよ、ドロレス」

「どうして？」

「コマーシャルだと費用を請求しなくちゃならないからです」

ドロレスは困惑しているようだ。「それなら、なんと呼べばいいの？」

「〝公共広告〟です」

ドロレスは笑った。「なるほどね。それだとテレビ局は費用を請求しないのね？」

「もちろんです。地域サービスとして制作して放送するんですから」

ＰＫはにっこりし、ハンナは彼がハートランド製粉お菓子コンテストを撮影していたころからずいぶん変わったのに驚いた。あのころの彼は、長髪で反逆者タイプのＫＣＯＷの夜間技術者だった。年を重ねて成長した今は、ロスのアシスタントとしても映像作家としてもとても有能だ。

「もう会社にいる時間よね、ＰＫ」ドロレスが言った。

「ええ、でも、シリルの修理工場で車を見てもらわなくちゃならなかったんですよ。新しい同期発電機が必要みたいで」ＰＫはハンナとミシェルのほうを見た。「それで、ここにいるだれかがテレビ局まで乗せていってくれるんじゃないかと思ったんです」

ミシェルがハンナの視線をとらえた。妹が何を言わんとしているか、ハンナにははっきりとわかった。ロスの車をＰＫに使ってもらってもいい？　ときいているのだ。ハンナがうなずくと、ミシェルはにっこりした。

「ロスの車を使って」ミシェルはＰＫに言った。「今朝キーを見つけたの。クレアのブティックの裏に停《と》めてあるわ。あなたの車が戻ってくるまで使って」

「ありがとう、ミシェル。でも、きみはどうやって出勤するの？」

「ハンナ姉さんに乗せてもらうわ。ずっとそうしてたし、あと二、三日車がなくてもどうってことないもの」

「ありがとう！」ＰＫは言った。

ミシェルはセーターのポケットからキーを取り出して彼にわたした。

「大切に使うと約束するよ。シリルの話だと、ぼくの車はあさってには使えるようになるらしい」

立ちあがりかけたＰＫをハンナが手で制した。「行くまえにバークッキーを食べていって。コーヒーも飲んで温まっていくといいわ。今日、外は寒いから」

「あと十分待ってもらってもいい？」ミシェルが彼に言った。「このあと芝居の稽古でジョーダン高校まで行かなくちゃならないから、乗せていってほしいの」

「いいとも」ＰＫはバークッキーに手を伸ばし、大きくひと口かじった。「うまいなあ。新作ですか？」

ハンナはうなずいた。「チェリー・チョコレート・バークッキーと呼ぶつもりなの。新作はこれだけじゃないのよ。今朝、リサのおばさんのナンシーからラズベリー・デニッシュのレシピをもらったの。ひとりぶんずつ焼くことができたら、店に出そうと思って」そして、こう付け加えた。「あなたに大きいのをひとつあげるわ、持って帰って明日の朝食にできるように」

ＰＫはうれしそうに微笑んだ。「このチェリー・チョコレート・バークッキーと同じくらいおいしいなら、明日まで残っていないかもしれないな」

「ひょっとして……」ドロレスが口を開いた。

「心配いらないわよ、母さん」ミシェルが母の要望を察知して口をはさんだ。「言いたいことはわかってるから。ラズベリー・デニッシュはドクの好物だったわよね、母さんたちにもひとつ取ってあるわ」

準備
23センチ×33センチの角型に〈パム〉などの
ノンスティックオイルをスプレーする。
厚手のアルミホイルを敷いてからスプレーしてもよい。

作り方

① 電動ミキサーのボウルに白砂糖とやわらかくしたバターを入れ、
白っぽくクリーミーになるまでかくはんする。

② 卵、バニラエキストラクトを加え、全体になじむまでかくはんする。

③ 別のボウルに中力粉とベーキングパウダーを合わせて入れ、
よく混ぜておく。

ハンナのメモその3:
粉類はフォークで混ぜる程度でよい。

④ ミキサーのボウルに粉類を少しずつ加え、
全体をよくかくはんする。

⑤ 刻んだクルミを加え、さらに混ぜる。

⑥ 用意しておいた型に生地の3/4量を入れ、
金属製のスパチュラで型に入れた生地を平らにならすか、
清潔な手のひらで型に押しつける。

ハンナのメモその4:
生地を1カップ分取り分けておき、残りを型に押しつけてもよい。

⑦ チェリー・プレザーブのふたを開け、ガラス瓶のまま
電子レンジに入れて20秒加熱する。そのまま1分おく。

チェリー・チョコレート・バークッキー

●オーブンを175℃に温めておく

材料

白砂糖（グラニュー糖）……1カップ

有塩バター……3/4カップ（168グラム）

卵……大1個

バニラエキストラクト……小さじ1/2

中力粉……2カップ（きっちり詰めて量る）

ベーキングパウダー……小さじ1/4

刻んだクルミ……1/2カップ（刻んでから量る）

チェリー・プレザーブ（チェリーの果肉入りジャム）……1瓶

ココナッツフレーク……2カップ
（細かく刻むか、フードプロセッサーにかける）

セミスィート・チョコチップ……2カップ（340グラム入り1袋）

ハンナのメモその1：
311グラム入りのチョコチップしかなければ
それでも大丈夫。

ハンナのメモその2：
この生地は大きめのボウルと木のスプーンでも、
電動ミキサーでも作れる。
どちらでもおいしくできる。

⑧ 生地の上にチェリー・プレザーブを均等に塗り、
ゴム製のスパチュラでならす。

⑨ 刻んだココナッツフレークをできるだけ均等に振りかける。

⑩ チョコチップを振りかける。

⑪ 生地の残りを砕いて振りかける。

⑫ 清潔な手のひらを軽く押しつける。

⑬ 175度のオーブンで30〜35分、
または表面がこんがり色づくまで焼く。

⑭ 焼けたらオーブンから取り出し、
型ごとワイヤーラックの上に置く。

⑮ 完全に冷めたらブラウニー大の棒状に切り分ける。
濃いコーヒー、またはトールグラスに入れた
冷たいミルクとともにいただく。

おいしいバークッキー、約3ダース分。

ハンナのメモその5:
母さんの大好きなバークッキー。
〈クッキー・ジャー〉のお客さんにも大好評で、
レギュラーメニューになった。

ハンナのメモその6:
チョコレート中毒の母さんをよろこばせるためだけに、
切り分けるまえにフロスティングをかけることも。
使用するのはいつも、手軽で簡単な
「失敗しないファッジ・フロスティング」のレシピ。

失敗しないファッジ・フロスティング

材料

有塩バター……1/2カップ（112グラム）

白砂糖（グラニュー糖）……1カップ

生クリーム……1/3カップ

セミスィート・チョコチップ……1/2カップ

バニラエキストラクト……小さじ1

作り方

① バター、砂糖、クリームを中ぐらいのソースパンに
入れて火にかけ、つねにかき混ぜながら
強めの中火で沸騰させる。

② 少し火を弱め、2分間かき混ぜる。

③ チョコチップを加えてかき混ぜ、ソースパンを火からおろす。

④ かき混ぜずに1分冷まし、
バニラエキストラクトを加えて混ぜる。

⑤ ケーキにフロスティングを注ぎ、
耐熱のゴム製のスパチュラですばやく広げる。

⑥ フロスティングが完全に冷めたら切り分ける。
お好みで、フロスティングが冷えて固まるまで、
型ごと覆いをかけずに冷蔵庫で冷やしてもよい。

3

寒さで頰を赤くしたミシェルが午後三時に裏口からはいってくると、ハンナは妹のために急いで熱いコーヒーを取りにいった。「電話してくれれば迎えにいったのに」

「そうするつもりだったけど、歩くことにしたのよ」

「震えてるじゃない」妹にコーヒーのマグを持っていきながら、厨房《ちゅうぼう》の窓に設置された室内外両用の温度計を見て、ハンナは言った。「外はマイナス五度よ。風のせいで体感温度が下がるのを考えに入れればもっと低いわ」

「寒いのはわかってたけど、最初はすごくいい気分だったの。冷たい空気がすがすがしくて、一ブロック近くは楽しんでた。それから震えはじめて、冷気のせいでのどが痛くなってきた」

「マフラー越しに呼吸すればよかったのに」

「してたわ。ミトンをはめてたからすごくたいへんだった。マフラーを巻くにはミトンを脱がなくちゃならなくて」

「どうして学校に戻ってわたしに電話しなかったの？」

「半分まで来てたから。学校に戻っても、ここに向かっても、寒いことに変わりはないと思ったの。それに、ここに向かうとき、風は追い風だった。引き返したら向かい風になるでしょ」

ハンナはかすかな笑い声をもらした。「あんたの理論には穴がないわ。まったくそのとおりだけど、明日もこの寒さだったら、もう無茶しないでね。わたしがよろこんで学校まで送っていくし、帰るときは迎えにいくから」

「でも、姉さんは昼間すごく忙しいでしょう」

「そうだけど、わたしが忙しければ、マージかナンシーおばさんかリサが迎えにいくわ。わたしたちはいつもお互いに助け合ってるんだから。それに、こんな天気のなかを歩いて風邪をひいたら困るもの」

「ドクが言ってたけど、それって医学的根拠はないらしいわよ。寒さのせいで風邪をひくことはないんですって」

「知ってるわよ。でも、歩いてほしくないの。とにかく電話して。いいわね？」

「わかった。もしまた寒かったら、おことばに甘えることにする。でも、寒さはそれほどじゃないのよ。ただ身を切るような風がつらくて」

「風は体から熱を奪うの。それが体感温度の原理。車の屋根に水を入れたコップを置いて、凍るのにどれくらいかかるか調べるとおもしろいわよ」

ミシェルはコーヒーのマグを両手でにぎりしめた。「やりたければどうぞ。わたしはもう外に出たくない……少なくともうちに帰る時間になるまでは。そのときになったら姉さんの車までダッシュするわ」

裏口を一度だけノックする音がしたが、ふたりのうちどちらも立ちあがらないうちに、ドアが開いてノーマンが飛びこんできた。「ごめんよ、ふたりとも。きみたちが開けてくれるまで待つべきだったけど、すごく寒かったから、早くなかにはいって温まりたくて」

「歩いてきたの?」ミシェルが彼にきいた。

ノーマンはうなずいた。「こんなに寒いとは思わなくてね。たぶんまだ冬の寒さに慣れていないからなんだろうけど、外は氷点下みたいに感じるよ」

「そのとおりよ」ハンナは彼に言った。「さっき温度計を見たら、マイナス五度だったから」

「やっぱり!」

「それに、風があるとさらに寒く感じるの」ミシェルがつけ加えた。「あったかいコーヒーを用意するわね」

「わたしはコートを預かるわ」ハンナは言った。「脱いだほうが早く温まるわよ」ノーマンからコートを受け取る。「さあ、座って、ミシェルが注《つ》いでくれたコーヒーのカップで両手を温めているといいわ。クッキーを持ってくるわね」

ハンナの口からそのことばが出るか出ないかのうちに、また裏口のドアが開いて、冷たい風とともにマイクがはいってきた。「ううっ、寒っ！」と言ってドアを閉める。「冬が来たのはたしかだな。明日から防寒コートにしよう」

ハンナは彼の制服の上着を見た。ウールだが、たしかに防寒コートほどは温かくないだろう。「それがいいと思うわ。骨まで凍えているみたいだもの」

「そうなんだ、駐車場から歩いてきただけなのに」マイクは作業台にノーマンがいるのを見るとそこに行き、隣のスツールに座った。「猛烈な風で」

「わかるよ。ぼくはクリニックからここまで歩いてきたんだ」

「それなら、帰るとき乗せていくよ。今日は歩くには寒すぎる」

ハンナはふたりの男性のまえにクッキーの皿を置いた。彼らの向かいに座って、問いかけるようにマイクを見る。その目つきは〝ロスのことで何かわかった？〟を意味した。マイクはかすかに首を振り、ハンナはそれを〝まだ何もわからないけど、絶対に彼を見つけるよ〟という意味だと理解した。ことばを交わさなくても、どちらも相手の言いたいことはわかっていた。ロスがいなくなり、使えるかぎりの手段を使って彼を見つけだすとマイクがハンナに約束して以来、これがふたりの無言の儀式となっていた。マイクはまだ捜してくれているし、なぜロスが彼女を置いて姿を消したのか、どこに行ったのかがわかるまではやめないだろうと、ハンナにはわかっていた。

「このクッキー、おいしいね、ハンナ」一個目を食べ、二個目に手を伸ばしながらノーマンが言った。「なんていうクッキー？」

「マージがくれたレシピによるとライト・ファンダンゴ・クッキーっていうんだけど、それだと何がはいっているのかわからないでしょ。名前変更の許可をもらって、パイナップル・クランチ・クッキーと呼ぶことにしたの」

「最高の部類にはいると思うよ」とマイクは言い、本心だという証拠にふたつ目のクッキーに手を伸ばした。ひと口かじったところで、金属製の作業台の上で彼の携帯電話が振動しはじめた。「ちょっと失礼」と言って電話をつかみ、ディスプレーを見た。

ハンナが見ていると、マイクは眉をひそめた。メールを読み終えると、眉間のしわは深くなった。「どうしたの？」ハンナは尋ねた。

「ハイウェイで大きな事故が起きた。重傷者二名、軽傷者四名だ。応援要請がはいった。すぐに行かないと」マイクはノーマンのほうを見た。「残りのコーヒーはテイクアウトできるようにしてもらってくれ。ハイウェイに向かいがてら送るよ」

ハンナはすぐに立ちあがった。カウンターの保管場所からテイクアウト用の袋をふたつ取り、残ったクッキーを半分ずつそれぞれの袋に入れた。「これを持っていって」

「ありがとう、ハンナ」マイクはクッキーの袋をつかんで言った。「今夜車で帰るときには気をつけるんだよ。道路はすっかり凍ってるから」

「そうするわ」ハンナは約束した。

「それより、ぼくが送るよ」とノーマンが申し出た。「新しいスノータイヤにしたところだし、きみの車はうしろのタイヤを二本とも取り替える必要がありそうだから。トレッドが磨耗してすっかり溝がなくなってる」

ハンナは首を振った。「ありがとう。でも、わたしたちなら大丈夫よ。いつも安全運転だから」

「これも持っていって」ミシェルがもっと大きな袋を作業台に運んできて言った。「テイクアウト用のコーヒーが大量にはいってるわ。砂糖とクリームも入れておいた。事故現場でみんなに配って」

「きみたちは最高だ」ミシェルが残りのコーヒーをテイクアウト用カップに入れ、ふたをしてわたすと、ノーマンは言った。

一分もしないうちに、ふたりは出ていき、裏口のドアが閉まった。ミシェルは新たにポット一杯のコーヒーを作りにいき、ハンナはまたスツールに座った。「うちまで送ろうなんて、ノーマンはやさしかったわね。今思うとイエスと言っていればよかったかも」

「遅すぎるということはないわ」ミシェルが自分のスツールに戻って言った。「いつでもクリニックに電話できるんだし

「わかってる。でも、ノーマンはきっとわたしたちを食事に連れていくでしょう……それはちょっと……」

「ひとりでいたいのね」

「ええ。疲れるだろうし、ノーマンといっしょに楽しくすごせるエネルギーがあるとは思えなくて。言いたいことがわかるかしら」

「すごくよくわかるわ。期末試験の期間はわたしもそう。だれにも会いたくないの、たとえロニーでも。とにかくリラックスして、ぐっすり眠りたい。帰る途中で〈コーナー・タヴァーン〉に寄ってハンバーガーを食べましょうよ。姉妹なら気楽だわ。吹雪のなか運転するのは骨が折れるでしょ、とくに正面から吹きつけてくるときは。途中で食事をすれば、道のりの半ばで休憩できる」

「それはよさそうね。そうしましょう、ミシェル」

「でも、ここを五時半に出ることになるわよ。七時半までにアパートに戻っていなくちゃならないから」

「ロニーとデート?」ハンナは推測した。

「ううん。ＰＫが感謝祭の芝居の新しいＣＭを撮ってくれたの。レイク・エデン劇団のほうの。それを今夜放送するようにって上の人に言われたんですって。八時から八時半のあいだに」

「今日撮影して今夜放送するの？」

「そう。まっすぐテレビ局に戻って編集したの。ほんとうかどうかわからないけど、全然問題ないって言ってた」

ハンナはどんどん冷めていくコーヒーをひと口飲んだ。ほんとうは飲みたくなかったが、これから自分が言うことが正しく伝わるかたしかめたかった。

「何よ？」ミシェルが考え込むようなハンナの顔の表情に気づいてきいた。

「悪く取らないでもらいたいんだけど、ミシェル、ＰＫはあんたのことが、その……気になりはじめてるんじゃないかしら」

ミシェルは驚いたようだった。「彼がわたしに恋してるんじゃないかと思ってるの？」

「そう。でも、どう言えばいいのかわからなくて。あんたも彼に対して同じ気持ちならいいけど、そうじゃなかったら面倒なことになるかもしれないし」

「わたしにその気はないわ。姉さんの言うとおりなら、たしかに問題かもね。ＰＫは友だちだけど、それ以上ではないもの」ミシェルはことばを切って、不安そうな顔をした。

「わたしがＰＫを利用してるなんて思ってないわよね？　わたしが演出してる芝居のＣＭを彼が作ってくれてるから」

「もちろん、思ってないわよ。あんたはそんな子じゃないもの。ただ、実際以上に彼に興味があるように思われなければいいんだけど」

「言いたいことはわかるわ。恋愛方面で変に期待させないように充分気をつける。彼がわたしにそんな気持ちを持つようになっていたかもしれないなんて、思いつきもしなかった」

ハンナは小さく肩をすくめた。「ちがうかもしれないわよ。そんな気がしただけだから。姉として妹に警告したかったの」

「ありがとう。考えてみると、姉さんの言うとおりかもしれない。つい先週、ＰＫが話してくれたの。高校時代からつきあっていた彼女と婚約してたけど別れたって。理由をきいたら、まだつらくてそのことは話したくないって言われたわ」

「オーケー」ハンナは立ちあがって妹を軽く抱きしめた。「エルサひいおばあちゃんがよく言っていたでしょ、〝備えあれば憂《うれ》いなし〟って。とりあえずそのことは忘れて、つぎに焼くものに集中しましょう。大量のクッキーを焼いて、大量の生地を混ぜてからじゃないと、ハンバーガーを食べにはいけないんだから」

「フライドポテトもね」

「オニオンリングも。でも、今はそこまでにして、ミシェル。おなかがすいてきちゃうし、出かけられるまでまだあと二時間もあるのよ！」

「これを食べたかったのよ！」マスタードとマヨネーズとピクルスたっぷりのジューシー

なハンバーガーにかぶりついて、ハンナは言った。

「そうそう！」注文したブルーチーズ・ドレッシングにカリカリのフライドポテトを浸しながら、ミシェルも幸せそうなため息をついて言った。「ここに寄ってほんとによかったわね、姉さん。食事のせいだけじゃなくて。外はほんとうにひどい天気だもの」

「そうね。吹雪がすごくて、路肩も見えないくらいだった。食べているあいだに少し収まるといいんだけど」

「サービスのオニオンリングをどうぞ」と言って、ウェイトレスが紙を敷いたバスケットをテーブルのふたりのあいだに置いた。「揚げたてよ。このところ〈レッド・ベルベット・ラウンジ〉でお母さんにお会いしてないわね、ハンナ」

「たぶん土曜日にみんなでランチに行くわ」ハンナはそう言って、笑顔でウェイトレスを見あげた。彼女はドロレスとドクが住む建物にあるレストランでも働いているのだ。「オニオンリングをありがとう、ジョージーナ」

「お礼ならわたしじゃなくてフライ担当のコックにして。彼がオーダーをまちがえて作っちゃったから、あなたたちのためにもらってきたのよ。ところで、ロスは元気、ハンナ？特別番組のためにKCOWテレビに出張させられているそうね。そもそも、彼はどこにいるの？」

このまえ電話をくれたときは、ニューヨークにいたわ。家族みんなで考えたうそをハンナが無理やり口に出そうとしたとき、ミシェルが急いで言った。「今日はまだ彼から電話はないわよね、姉さん？」

「ええ、まだよ」ハンナはほんとうのことを答えた。

「ロスと話すことがあったら、みんなどんな番組か知りたくてわくわくしていると伝えてね」

ハンナは微笑《ほほえ》んだ。これなら答えられる。「そうするわ」

「さあ、冷めないうちにオニオンリングを召しあがれ」ジョージーナはミシェルのほうを向いた。「感謝祭の芝居の演出は順調に進んでいるそうね。きっとすばらしいものになるってみんな言ってるわよ」

「ありがとう、ジョージーナ。チケットはもう買ってくれたわよね？」

ハンナはひそかにおもしろがった。ミシェルは〈クッキー・ジャー〉でもお客さんたちにまったく同じ質問をしていたのだ。

「発売初日に買ったわ」

「今夜芝居のCMがテレビで流れるの」ミシェルは伝えた。「PKが今日仕上げたばかりなのよ」

「何時に流れるの？」

「八時から八時半のあいだ」

ジョージーナは残念そうだった。「今夜のシフトは十時までなのよ」

「バーのテレビで流れるだろうから、こっそり見にいけるわよ」ハンナが提案した。

「バーテンダーに相談してみる」ジョージーナはそう言うと、別のテーブルのほうに目をやった。「行かなくちゃ。十六番テーブルでコーヒーをご所望みたい。じゃあね、お嬢さんがた」

ハンナとミシェルはふたりとも空腹だったので、料理を平らげるのにそれほど時間はかからなかった。ジョージーナがコーヒーと伝票を持ってきて、ハンナは彼女に気前のいいチップをわたした。コーヒーを飲んでしまうと、ハンナは腕時計を見た。「そろそろ行かないと。まだ風が強ければうちに着くまで時間がかかるかもしれないし」

「そうね」ミシェルも同意し、立ちあがってバッグを肩にかけた。「急いで、姉さん。わたしはレジのところでテイクアウト用のコーヒーをもらってくる。姉さんの車は寒いから」

五分もしないうちに、姉妹はハンナの車に乗って、駐車場から出ようとしていた。風はまだ吹いていたが、駐車場にはいったときより見るからにずっとましになっていた。

「すごくいいにおいがしてるのはどうして?」ハイウェイにつづく連絡道路にはいったとき、ミシェルがきいた。

「パイナップル・クランチ・クッキーのせいよ。残っていたのを袋に入れて、持って帰ってきたの」

「冴《さ》えてるわね」ミシェルは姉を褒めた。「うちに着いたらポットにコーヒーを淹《い》れるわ。クッキーを食べてコーヒーを飲みながら、ＰＫのＣＭが放送されるのを待ちましょうよ。でもそれにはひとつだけ問題があるわね」

「何？」ハンナはきいた。

「今すぐクッキーが食べたいから」ミシェルはそう言って、後部座席に手を伸ばし、ハンナが詰めてきたクッキーに届くかどうか試した。

ハンナはただ微笑み、頭に浮かんだ考えを口に出すまいと決めた。あんたはベーコンを添えたダブルダブル・チーズバーガーふたつと、サイドメニューのフライドポテトとコールスロー、それにジョージーナがくれたオニオンリングのほとんどを食べたばかりなのよ。それなのに今度は後部座席をあさるわけ？

パイナップル・クランチ・クッキー
(ライト・ファンダンゴ・クッキー)

●オーブンを175℃に温めておく

材料

クラッシュ・パイナップル……227グラム入り1缶
(わたしは〈ドール〉のものを使用)

有塩バター……1カップ(約225グラム)

白砂糖(グラニュー糖)……1カップ

ブラウンシュガー……1カップ(きっちり詰めて量る)

ベーキングソーダ(重曹)……小さじ2

塩……小さじ1

バニラエキストラクト……小さじ2

とき卵……大2個分(カップに入れてフォークで混ぜる)

中力粉……2 1/2カップ(ふるわなくてよい。きっちり詰めて量る)

コーンフレーク……2カップ(わたしは〈ケロッグ〉のものを使用)

ホワイトチョコチップ(またはバニラチップ)……1〜2カップ

準備
パイナップルをざるにあけ、果肉とジュースを分けておく。
ジュースは家族が飲むかもしれないのでとっておく。

⑪ 生地を休ませているあいだに天板の準備をする。
天板に〈パム〉などのノンスティックオイルをスプレーするか、
オーブンペーパーを敷く
（焼けたらクッキーごとワイヤーラックに移せるので
わたしはオーブンペーパー派）。

⑫ 生地をクルミ大に丸め、用意した天板に
充分間隔をあけて並べる。

⑬ オーブンに運ぶ途中で転がらないように、
ボール状の生地を清潔な指で軽く押す。

⑭ 175度のオーブンで10～12分、
または黄金色になるまで焼く。

⑮ 天板をオーブンから取り出し、
ワイヤーラックなどに置いてそのまま2分冷ます
（すぐに天板からはがすと曲がったり割れたりする）。

⑯ スパチュラで天板からはがし、ワイヤーラックに移す
（ラックで冷ますとサクサクになる）。

大きさにもよるが約6～8ダース分。

作り方

① 耐熱のボウルか計量カップにバターを入れ、
強にした電子レンジに1分かける。
そのまま1分おき、とけていなければさらに
20秒加熱して完全にとかす。

② ミキサーのボウル（または大きめのボウル）に白砂糖と
ブラウンシュガーを入れ、色が均一になるまでかくはんする。

③ とかしたバターを注ぎ、よく混ぜる。

④ ベーキングソーダ、塩、バニラエキストラクトを加えて
全体をよく混ぜる。

⑤ ボウルにさわってみて粗熱がとれていれば、
とき卵を加えてなめらかになるまでよくかくはんする。

⑥ 中力粉を1/2カップずつ加え、その都度よくかき混ぜる。

⑦ ペーパータオルで軽く水気を拭いた
クラッシュ・パイナップルを加え、
完全になじむまでよくかき混ぜる。

⑧ コーンフレークをジッパーつきのビニール袋に入れて口を閉じ、
両手でにぎったり麺棒でたたいたりして、
砂利状になるまでコーンフレークを砕く。

⑨ ⑦のボウルに砕いたコーンフレークを加え、
なじむまでよくかき混ぜる。

⑩ ボウルをミキサーからはずし、ホワイトチョコチップまたは
バニラチップを、家族の好みに応じて加減しながら
手で混ぜこむ。

4

ミシェルはにこやかにハンナを見た。姉妹は大画面テレビのまえに座って、PKが撮影した感謝祭の芝居のCMを見終えたところだった。「すごくよかった！　姉さんはどう思った？」

「PKはいい仕事をしたわね。これを見た人は、みんな芝居を見にいきたいと思うはずよ」

「イルマが前売りチケットの担当なの。売り上げが急激に伸びたかどうか、明日確認してみる。キャストがみんなとてもすてきだったでしょ？」

「ええ、とてもすてきだった」ハンナは同意した。「衣装がよかったわ」

「時間をかけて舞台メイクをして衣装を着たかいがあったわ」ミシェルは小さく笑った。

「PKの提案なの。最初はどうしようかと思ったけど、彼の言うとおりだった。私服姿の役者たちを見るよりずっといいわ」

ハンナがコーヒーのお代わりを取りにキッチンに行こうとしたとき、ミシェルの携帯電話が鳴った。「たぶんPKよ。CMの感想を聞きたいんじゃないかしら」

「きっとそうね」ミシェルはそう言って、携帯電話を取った。「彼が気に入ったかどうか確認するために録音しとく」彼女は電話に出ると、すぐに顔をくもらせた。

「どうしたの？」妹の顔に不安そうな表情がよぎると、ハンナはすぐにきいた。

「PKなんだけど、なんだかおかしいの！　見て！」

ディスプレーを見たハンナは、PKがロスの車を運転している動画だと気づいた。

「ビデオ通話よ」ミシェルが急いで言った。「ロスの車についてるダッシュボードのホルダーに携帯電話を置いてるのよ」

「ミシ……キー」PKはいびつな笑みを浮かべて言った。「元……気……かい？」

「酔ってるみたい！」ミシェルが叫んだ。

「ドラッグかも。大丈夫かきいて」

「大丈夫、PK？」ミシェルがきいた。

「ミシ……キー」PKは手を上げて顔をこすった。「かわ……いい……ミシ……キー。きいぶうんがぁわぁあるぅいぃ」

PKの電話の位置が変わって、彼の顔と運転席側の窓が映った。姉妹が見ていると、道路の縁は近づいたり遠ざかったりしているようだった。

「車を路肩に寄せるように言って」ハンナはミシェルの腕をつかんで言った。「早く！

このままだと谷側に突っこむわ！」

「車を路肩に寄せて、ＰＫ！」ミシェルが大声で言った。「運転しちゃだめ。今すぐ車を停《と》めて！」

ハンナは彼の返答が聞こえるように電話に身を寄せたが、返事はなかった。「お願い、ＰＫ」と叫んだ。「車を停めて！」

「だめだわ」ミシェルが言った。「音声がオフになったか、お酒かドラッグのせいで朦朧《もうろう》としていて聞こえないのよ」

「ち……が……う……」とＰＫが言った。その目はうつろで焦点が合っていなかった。

「ちょっと……腹が……へって……食べたんだ……ロスの……デスクの……チョコ……バーを……そうしたら……気分が」

「車を停めなさい！」ハンナはもう一度叫んだが、車は道路の中央に方向を変えたかと思うと、また谷側に向かった。「止まりなさい、ＰＫ！」

「お願い、止まって！」パニック状態の声でミシェルも言った。

ふたりが懇願しても返答はなく、ミシェルは首を振った。「聞こえないみたいよ、姉さん」

「そうかもしれないけど、少なくとも道路に戻ったわ」

「もう……チョコ……バーは……食べない」ＰＫはつぶやき、まぶたがさがりはじめた。

「ドクに……診て……もらわ……びょうい……」

ハンナとミシェルがぞっとしながら見ていると、車は道路を蛇行し、道路標識をかろうじてやりすごした。ほっと安堵《あんど》のため息をついたのもつかの間、車はまた逆の方向に向かいはじめた。

「起きて、ＰＫ！」ミシェルが電話に寄って叫んだ。「わたしの言うことを聞いて！　眠っちゃだめ！」

今度もＰＫからの返事はなかった。聞こえるのはどんどん大きくなるエンジンの音だけだ。

「アクセルを踏んでる！」ハンナがぎょっとして言った。

「ほんとだ！　音でわかる！　ということは……うそ、だめー！」

ミシェルの最後のことばは苦悩の叫びとなり、ハンナは自分が発した声のように感じた。ＰＫの目は閉じており、車はどんどんスピードをあげていた。

運転席側の窓の外の景色が激しく上下し、松の木がものすごい勢いでうしろに流れていく。

「クラクションの音がする！」ミシェルが気づいた。「鳴らして助けを呼んでるのよ」

あるいは何かで押されているのかも、とハンナは思ったが、もちろん口には出さなかった。

「見て！」今朝ＰＫにあげたラズベリー・デニッシュの箱が、突然羽が生えたように画面上を飛んでいくのが見えた。

「谷側に落ちたわ！」ミシェルが息をのんで言った。「でも車はまだ進んでる！」

ぞっとしてそう叫んだとたん、携帯電話のディスプレーが黒くなった。

「彼の携帯が切れたか壊れたみたい！」ミシェルはあえぎながら言った。「なんとかしなくちゃ、姉さん！」

ハンナは急いで考えた。「通話を録音するって言ってたわよね」

「うん、ビデオ通話だったから録画した！」

「その動画をマイクの携帯に送れる？」

「あ……うん、できると思う」

「今すぐやって。わたしはマイクに電話して、動画が届くと伝えるから」

ミシェルが保存した動画を送る方法を調べているあいだに、ハンナはマイクに電話した。そして、内密に話すためにキッチンに行った。ミシェルはすでに動揺している。これからマイクとする会話を聞かせたくなかった。

幸い、マイクは二回目の呼び出し音で出て、ハンナは動画が届くはずだと伝えた。「たいへんな状態みたいなのよ、マイク。でも、いくつか目印に気づいたわ。ＰＫはシリングの農場が夏に牛を放牧する、裏の牧草地の直前で道をそれたんだと思う。どこだかわかる？」

　その牧草地なら知っているとマイクが請け合うと、ハンナはミシェルに聞かれたくなかった最後のことばを口にした。「急いで、マイク。ＰＫはまだ生きているかもしれないけど……その可能性はかなり低いと思う」

　キッチンから出るまえに、コーヒーの残りを魔法瓶に入れ、それを持ってリビングルームに行った。「マイクは動画を受け取った？」彼女はミシェルにきいた。

「うん。今彼からメールが来た」

「よかった。じゃあ防寒コートとブーツを持ってきて。現場に行くわよ」

「どうやって？　ＰＫがどこで道をそれたのかわからないのよ！」

「いくつかの目印に気づいたから、場所はわかると思う。急いで、ミシェル。あったかいマフラーとミトンを忘れないようにね」

「動画に映ってた道路標識はあれ？」曲がりくねった道を進んでいると、ミシェルがきいた。

「みたいね。だとしたら、あと一、二マイルよ」ハンナはつぎのカーブに備えてスピードを落とした。「サイレンが聞こえる？」

　ミシェルは窓をおろした。「うん。聞こえる」

「きっとマイクよ」

「救急医療隊かも」ミシェルが言った。「サイレンの音がふたつ聞こえる気がする」

つぎのカーブを曲がると、雪の広がりの向こうにいくつか光が見えた。木に釘《くぎ》で打ちつけられた〈ミネソタ・ブリーダー協会〉の古い黄色と黒の看板を通りすぎるやいなや、ミシェルがあっと息をのんだ。「動画で見た看板だわ」とかすかに震える声で言った。

「そうよ」またカーブを曲がると、遠くにさらに多くの明かりが見えた。「つかまって、もうすぐ着くから」

「ドクの車よ」ミシェルが路肩に停まっている車に気づいた。

「マイクのパトカーも」ハンナはそれを通り越し、路肩に停まっていた別の車のうしろに車を停めた。「あれはドクター・ボブの車だわ。行きましょう、ミシェル」

姉妹が車のドアを開けると、吹きつける雪のあいだからふたつの人影が現れた。最初はだれだかわからなかったが、人影が谷側から道路にあがってくると、ミシェルが走り寄った。「母さん?」と声をかける。

すぐにハンナも妹につづいた。ドロレスの車がないところをみると、ドクの車にいっしょに乗ってきたのだろう。

「ロリをわたしの車に連れていってくれ」ドクが言った。「エンジンは切っていないから、ヒーターはついている。濡《ぬ》れた靴を脱がせて、毛布でくるんでやってくれ。そして、わたしが戻るまでいっしょにいるんだ。わかったかい？」

「はい。でも……」

「今はだめだ、ミシェル」ドクはPKについてきかれるのを予測してさえぎった。「ロリの世話をしてくれるとありがたい。ここできみに手伝えることはないから」

ハンナは妹の顔が悲しみと喪失感でゆがむのを見た。ミシェルはドクのことばの裏にあるメッセージも理解していた。ハンナはミシェルの肩に腕をまわして安心させるようにぎゅっと抱き寄せた。「ここはわたしにまかせて、あんたは母さんをたのむわ」

ミシェルはごくりとつばをのんだ。そして、うなずいた。「わかった」と言い、手を伸ばしてドロレスの腕を取ると、ドクの車のほうに向かった。

ミシェルと母が行ってしまうのを待って、ハンナはドクを見た。「ひどいの？」ときく。

「ああ。今はマイクが現場にいて、動画のことは彼から聞いた。何を知りたい？」

「PKは酔っていたの？」

「いいや」

「ドラッグ？」

ドクはかすかにうなずいた。「たぶん。病院に戻ればもっとくわしくわかるはずだ。すぐに救急車が来て彼を運んでいくだろうから」

ハンナはミシェルならしたと思われる質問をした。「PKは苦しんだの？」

「それはないだろう」ドクは手を伸ばしてハンナの肩を軽くたたいた。「くわしいことはまだわからないが、道路をそれたときにはもう亡くなっていたと思うよ」

「ドクター・ボブが彼を見つけたの？」

「いいや。彼はシリングの農場で牛の出産に立ち会っていたんだ。逆子だったから電話で呼ばれたそうだ。帰る途中、ボブはクラクションの音を聞いた。カーブを曲がると、枝が折れる音がしたので、だれかが谷に落ちたとわかった」

「それで、助けるために車を停めたの？」

「ああ。そのとき、路肩に鹿がいるのに気づいた」

「PKが轢《ひ》いたの？」

「鹿をよけたせいで車が谷に向かったのだろう。ボブが谷におりようとしたとき、わたしたちが通りかかって車を停めた。彼に鹿の手当てをたのみ、わたしは谷に落ちた車へ救助に向かった」

「鹿は死んだの？」

「いいや、びっくりしていただけだった。骨折も大きなけがもない。ボブの話だと、すぐにも立ちあがって、森のなかに逃げていくだろうということだ」

ドクは両手をこすり合わせた。しゃれたコートに薄い革手袋なので寒いのだろう。「ホットコーヒーはいかが、ドク？　車に魔法瓶があるの」

「わたしは病院に行くまで待てるが、マイクとロニーは飲みたがるだろう。魔法瓶をわたしてくれれば、わたしが彼らのところまで持っていくよ」

「わたしにやらせて。スノーブーツを履いてるから」

「わたしはだまされないぞ、ハンナ。きみがマイクとロニーにコーヒーを持っていきたいほんとうの理由はわかっているよ」

　ハンナは懸命に、なんのことかまったくわからないという顔をした。「どういう意味？」

「下に行きたいのは、情報をきき出せるかもしれないからだろう。ちがうかな？」

　ハンナはため息をついた。「わたしのことを知り尽くしてるのね、ドク」

「わたしがきみを取りあげたんだからね。きみが見た最初の人間がわたしなんだよ。つまり、きみの人生をすべて知っているということだ」

　ハンナは思ったとおりのセリフに微笑《ほほえ》んだ。ドクはスウェンセン三姉妹の全員にまったく同じことを話していた。「母さんはどうなの？　ペントハウスに帰ったあと、あなたがまた病院に戻っても大丈夫？」

「大丈夫だ。きみはロリを見くびっているよ、ハンナ。彼女はきみたちが考えているよりずっと強い」

「でも、ひどいショックを受けているわ。ドクター・ボブをのぞけば、現場に最初に来たのはあなたと母さんだし、きっと現場は……」ハンナはそこで間を取り、ふさわしいことばを考えた。「……悲惨な状態だったでしょう」

「わたしがロリの視界をさえぎらなかったらそうだったろうね。交通事故の現場はけっしてきれいなものじゃない。人体はアスファルトや金属と相性が悪いんだ。さあ、魔法瓶を取りにいきなさい。わたしがマイクとロニーに届けるから。そのあときみは、救急車が来るまえにミシェルを連れて帰ってほしい。ＰＫが運ばれていくのをあの子に見せる必要はない」

「そこをなんとか、ドク」ハンナは抗議をはじめた。

「だめだ」ドクは彼女の両肩をつかんで、くるりと背を向けさせた。「こういうことが起きたあとは、いつもマイクがきみのところに行くだろう。そのとき彼から情報を引き出すといい」

5

目覚まし時計のアラームの甲高い電子音が、予定どおり四時半に鳴りはじめ、ハンナは起きあがった。氷に覆われた道路で車がスリップし、フェンスや雪の吹きだまりに激突する夢にうなされていた。冬の交通事故の夢であることは天才でなくてもわかる。ＰＫを思って悲しげなため息をつき、上掛けをはねのけてベッドの縁から床に足をおろした。ミシェルがＰＫの死について話したがるかもしれない。妹のそばにいてやりたかった。

振り返って向こう側にある枕を見た。ハンナの枕を奪えなかったとき、いつもモシェが寝る場所だ。オレンジ色と白の体重十キロの猫は、高価なグースダウンの枕の上で丸くなってはいなかった。ロスが隣で眠っていてくれたら、と思わずにいられなかったが、悲しい考えを頭から追いやり、起きてミシェルを捜しにいくことにした。

立ちあがって完全に目覚めた瞬間、魅惑的なベリーの香りに気づいた。ラズベリーかストロベリーかそれ以外のベリーかはわからなかったが、ミシェルがオーブンで何か焼いているのはわかった。きっと朝食を作っているのだろう。おいしそうなにおいだ。

急いでシャワーを浴びたあと、嫁入り道具としてドロレスにもらったふわふわのローブを着た。そして、ベッドの下でスリッパを見つけると、カーペット敷きの廊下を歩いて探りにいった。

キッチンではミシェルがオーブンから何かを取り出していた。ハンナは食欲をそそられて、つまみ食いしたくなった。「それは何？」おはようのいつものあいさつを省略してきいた。

「どれのこと？」ミシェルはキッチンのカウンターを示しながら返した。そこにはワイヤーラックがふたつあり、ひとつはマフィンのようなものでいっぱいだった。もうひとつは、今オーブンから出したばかりの天板が置かれるのを待っていた。

「何かのマフィンと……チーズと卵を使ったもの？」ハンナは推測してみた。

「惜しい。ミックスベリー・マフィンとチリチーズ・オムレツ・スクエアよ。姉さんが仕事に出かけるまえに話を聞きにくるとマイクが電話してきたから、朝食に招いたの。よかったかしら」

「いいけど、こんなに作るのはたいへんだったでしょう。何時から起きてたの？」

「夜中の二時から。眠れなかったの。ずっとPKのことや、何もかもフェアじゃないことについて考えちゃって。わたし、彼のことがとても好きだったのよ、姉さん」

「思っていたよりもずっと？」

「う……うん」

ミシェルの頬をひと粒の涙が伝い、ハンナはきかなければよかったと思った。急いで妹のそばに行き、やさしく抱きしめた。「ごめんね。話題にするべきじゃなかったわ」

「いいの」ミシェルの声はかすかに震えていた。「ほんとうなのよ、気づかなかったの……」ごくりとつばをのみこむ。「彼が死んで、もう二度と会えないと実感するまで。恋愛感情とはちがうけど、とても好きだった。彼が恋しいわ」

「わたしもよ。それで、マイクは何時に来るの？」

ミシェルはキッチンの壁にあるリンゴの形をした時計を見た。「あと十分で」

「朝食を出すと約束したなら、彼は時間どおりに来るわ。あんたの料理がおいしいことを知ってるから」ハンナはドア口のほうを見た。「わたしのコーヒーを注《つ》いでおいて、ミシエル。これから着替えにいって、コーヒーが冷めるまえに戻ってくるから」

「姉さんがここに戻ってきてから注ぐほうがいいんじゃない？」

「いいえ。一杯のコーヒーはロバに見せるニンジンみたいなものなの。早くここに戻って飲むために急ぐから」

そのことばどおり、ハンナは五分もかからずにキッチンに戻ってきた。今日着るものはもう決めてあったので、その服を着て髪に軽くブラシを当てるだけでよかった。

「早かったわね！」ハンナがキッチンにはいってくると、ミシェルが言った。

「ニンジンのおかげよ」ハンナはまっすぐキッチンテーブルに行き、マグを取って、元気をくれる最初のひと口を飲んだ。

「コーヒーのおともにマフィンはどう?」ミシェルがきいた。

ハンナが考えた時間はほんの一ナノ秒だった。「ええ、いただくわ。すごくいいにおいね!」

ミシェルはラックからマフィンをひとつ取って、ハンナに出した。そして、やわらかくしたバターとナイフを持ってきた。「感想を聞かせてね」

「もちろん」ハンナは紙のカップをはがし、バターをつけずにかじった。ベリーの量がちょうどよく、シナモンとナツメグの香りがする。笑顔でミシェルにうなずき、もうひと口かじって、あっという間にひとつ食べ終えてしまった。

「気に入ってもらえたみたいね」ミシェルが言った。

「すごくおいしかったわ、ミシェル。今すぐもうひとつ食べたいけど、マイクが来るまでがまんする。彼が朝食以外に求めているものって何かわかる?」

「さあ。姉さんと話す必要があると言われただけで、くわしいことは教えてくれなかったから」

「そう」ハンナはコーヒーを飲み干して、お代わりを注ぐために立ちあがった。席に戻ったとき、玄関ベルが鳴った。

「わたしが出るわ」ミシェルが言った。

「ありがとう。のぞき穴から見るのを忘れないようにね。マイクはそのことにすごくうるさいから。やらないと、お説教されるわよ」

「いいにおいがするね」と言いながら、マイクが招き入れられるのが聞こえた。すぐにキッチンにはいってくる。「おはよう、ハンナ」とあいさつしてから、ミシェルに向き直った。「朝食には何を作ったの？」

「チリチーズ・オムレツ・スクエアとミックスベリー・マフィンよ。座って、まずはコーヒーとマフィンを出すわね。オムレツ・スクエアはもう少し冷まさないといけないの」

「うーん！」二十分後、マイクは二度目に皿を空にして言った。「何年も食べたことがないほどうまい朝食だったよ！」

ハンナはおかしそうにミシェルと視線を合わせた。マイクはふたりのどちらが作った朝食でも、平らげたあとはいつもそう言うのだ。でも、何度聞いても、本心で言っているのがわかった。証拠は食べ方で、マイクが朝食を食べるあいだ、姉妹はずっとそれを見ていた。彼はマフィンをがつがつと五個食べ、オムレツ・スクエアに〈スラップ・ヤ・ママ〉のホットソースを気前よくたっぷりかけて四切れ食べていた。飢えているような食べ方だが、飢えているわけではないのを姉妹は知っていた。彼の制服がまだきつくならないのが不思議なくらいだ！

「朝食を楽しんでもらえてよかった」ミシェルが言った。「コーヒーのお代わりは？」

「もらうよ！」マイクはマグを差し出した。「ところで、ふたりに大事な話があるんだ」

ハンナは脈が速まるのを感じた。ついに恐れていたときが来たのだ。夜のあいだに恐ろしい疑問が生まれていた。マイクはそのことを話すつもりなのだろうか？

「何かしら、マイク？」ミシェルがマイクのマグにコーヒーのお代わりを注いでテーブルに戻ってくると、ハンナはきいた。

「今朝ドクから電話があった。ＰＫは横紋筋を収縮させる致死量の薬物を摂取していたそうだ」

ミシェルが息をのんだ。「横紋筋って心臓にある筋肉よね？」

「そうだと思う。ドクはわかりやすく、ＰＫは摂取した薬物によって致命的な心臓発作を起こしたと言っていた」

ハンナはごくりとつばをのみこんだ。「彼が食べたチョコバーのせい？」

「おそらくそうだろうが、まだよくわからないらしい。ＰＫは仕事に戻るとき、クッキーを持っていかなかったかい？」

「いいえ。ラズベリー・デニッシュは持たせたけど、まだ食べていなかったのはわかってるの。彼とのビデオ通話中に確認したから。うちの店のパッケージにはいったままだった」

「でも、そのまえにきみたちとクッキーを食べたのか？」

「ええ」ハンナは答えた。「ロスの車を貸したとき、ＰＫはチェリー・チョコレート・バークッキーを食べたけど、それは母さんもミシェルもわたしも食べたわ」

マイクはいつもポケットに入れている小さな手帳にメモをとった。「彼がクッキーを食べたのは何時だった？」

「覚えてないけど、ミシェルが芝居の稽古で学校に行くまえだった」ハンナは話すのをやめ、顔をくもらせた。「うちのクッキーに薬物がはいっていたと思ってるわけじゃないわよね？」

「ちがうよ。時系列を把握したいと思ってね。ドクによると、この薬物は一時間から二時間で効いてくるから、きみのバークッキーにはいっていた可能性はない」

ハンナは深く息をしてから、眠りを妨げていた悪夢のような考えを思いきって打ち明けた。「ロスのデスクにあったチョコバーに薬物が仕込まれていたんだと思う？」

「ああ」

ミシェルがハンナの手に手を伸ばし、なぐさめるようににぎった。そして、ハンナの頭に真っ先に浮かんだ質問をした。「薬物はＰＫをねらって入れられたの？」

「まだわからない」マイクは腕時計を見た。「あと二十分でＫＣＯＷのオフィスが開く。

これから行って、出社してきた局のスタッフに話を聞くつもりだ。チョコバーは昨夜押収して、ドクに調べてもらっているが、いつどうやってチョコバーがロスのデスクに入れられたのか知りたい」

「それがわかれば、ＰＫがねらわれていたかどうかわかる」ミシェルが当然のことを口にした。

「そうかもしれないし、そうじゃないかもしれない。いつどうやってチョコバーがそこに届いたかによるよ」

ハンナはごくりとつばをのみこんだ。「つきとめられなかったらどうするの？　ＰＫが移ってくるまえから、チョコバーがロスのオフィスにあったとしたら？」

「その答えならもうわかっているだろう」マイクはそう言ったあと、手を伸ばしてハンナの肩をやさしくたたいた。「ごめんよ、ハンナ」

ハンナはなんとか落ち着きを保った。何があろうと、現実を避けるわけにはいかない。「チョコバーがいつからあったかわからなければ、二件の殺人事件を捜査することになるわね、一件の被害者はＰＫ、もう一件は……」ハンナは心を落ち着かせるためにそこでことばを止めた。「ロスがねらわれていた場合、もう一件の被害者はロスね」

「そのとおりだ。残念ながら、ロスをねらったものではないとは言えない」

ハンナは小さくうなずいた。「わたしも残念よ。もしそうなら、ロスが突然消えた理由はそれかしら?」

「可能性はある。何が起こるか知っている人がいて、ロスに命の危険を知らせたのかもしれないし」

ハンナはごくりとつばをのみこんだ。「PKの話だと、ロスに電話がかかってきて、そのあとすぐに彼は家族の緊急事態だから行かなければならないとPKに言ったのよね」

「それはたしかに家族の緊急事態ということになるな。ロスがきみやきみの家族の命に危険が及ぶのを恐れていたのだとすれば、きみに行き先を言わなかった理由の説明になる」

フルーツ

冷凍ミックスベリー……1 1/2カップ

ナツメグパウダー……ひとつまみ

シナモンパウダー……ひとつまみ

中力粉……1/2カップ

ブラウンシュガー……大さじ1 3/4

準備
マフィン型に〈パム〉などのノンスティックオイルをスプレーするか、
カップケーキ用の紙カップを2枚ずつ敷く。
このレシピでは12〜18個のマフィンができるので、
その分の型を用意すること。

作り方

① 電動ミキサーのボウルに砂糖とバターを入れ、
白っぽくなってふんわりするまで中速でかくはんする。

② 卵を1個ずつ割り入れ、その都度かくはんする。

③ バニラエキストラクト、ベーキングパウダー、ベーキングソーダ、
シナモンパウダー、塩を加えてよく混ぜる。

④ 牛乳と中力粉をそれぞれ4回に分けて交互に加え、
その都度よくかき混ぜる。

⑤ フードプロセッサーかグラインダーでオートミールを細かくする。

⑥ 細かくしたオートミールを電動ミキサーのボウルに加え、
よくかき混ぜる。

ミックスベリー・マフィン

●オーブンを190℃に温めておく

材料

マフィン生地

白砂糖（グラニュー糖）……2/3カップ

有塩バター……1/2カップ（約112グラム）

卵……大2個

バニラエキストラクト……小さじ1

ベーキングパウダー……小さじ2

ベーキングソーダ（重曹）……小さじ1/2

シナモンパウダー……小さじ1/2

塩……小さじ1/4

牛乳……3/4カップ

中力粉……2カップ
（きっちり詰めて量る）

オートミール……1カップ
（わたしは〈クエーカー・クイック・1ミニット〉を使用）

⑦ 冷凍ミックスベリーのなかの大きいベリーは、
凍っているうちに切っておく。

⑧ ナツメグパウダー、シナモンパウダー、中力粉、
ブラウンシュガーをあわせて
冷凍ベリーにまぶす。

⑨ ⑥の生地をマフィン型の1/3まで入れる。
生地がべたつくときはスプーンかスクーパーを
水で濡らしてからすくう。

⑩ ⑧のベリーの半量をすべてのマフィン型に均等に入れる。

⑪ ⑩の上からマフィン型の3/4まで生地を入れる。

⑫ ベリーの残りをすべてのマフィン型に均等に散らす。

⑬ 190度のオーブンで35〜40分焼く。
真ん中に竹串を刺して生地がつかなければOK。

⑭ 型ごとワイヤーラックなどに置いて最低でも10分冷ます。
そのあとマフィン型から取り出してワイヤーラックに移し、
室温近くまで冷ます。

⑮ きれいな皿にのせてたっぷりの
やわらかくしたバターとともに食卓へ。
完全に冷ましてアルミホイルかラップで包み、
食べるときに電子レンジで温めてもよい。

みんなが好きになるおいしいマフィン、12〜18個分。

チリチーズ・オムレツ・スクエア

●オーブンを175℃に温めておく

材料

細切りのチェダーチーズ……2カップ
（わたしは熟成したチェダーを使うのが好き）

刻んだグリーンチリ……1缶（〈オルテガ〉の113グラム入りのもの）

細切りのハバティチーズ……2カップ（モントレージャックでも）

全乳またはハーフ&ハーフ……1 1/4カップ

中力粉……大さじ3

塩……小さじ1/2

クミンパウダー……小さじ1/4

卵……大3個

トマトソース……1缶（227グラム）

チリパウダー……小さじ1/4

作り方

① 20センチ四方深さ5センチのスクエア型に〈パム〉などのノンスティックオイルをスプレーする。

② 型の底にチェダーチーズの半量を敷く。

③ 汁気をきったグリーンチリの半量を②の上に散らす。

④ ハバティチーズまたはモントレージャックチーズの半量を
③の上に散らす。

⑤ ②〜④を繰り返す。

⑥ ボウルに牛乳を入れ、中力粉、塩、
クミンパウダーを振り入れる。

⑦ ⑥のボウルに卵を割り入れ、ふんわりなめらかになるまで
よくかき混ぜる。

⑧ ⑦の卵液を⑤の型に流し入れる。

⑨ 175度のオーブンで40分、
または表面が黄金色になるまで焼く。

⑩ オーブンから取り出し、型のままワイヤーラックに置いて、
10分間冷ます。

⑪ オムレツが冷めるのを待つあいだに、
耐熱容器にトマトソースを入れ、チリパウダーを混ぜ入れて、
強にした電子レンジで1〜2分、
またはぐつぐつするまで加熱する。

⑫ チリチーズ・オムレツ・スクエアを8等分に切り、
トマトソースとともに食卓へ。

おいしいオムレツ、8人分。

ハンナのメモ：
朝食にマイクを招く場合は、かならずテーブルに〈スラップ・ヤ・ママ〉の
ホットソースを出しておくこと。

ミシェルのメモ：
大学のルームメイトたちのために作るときは、いつもレシピは2倍量にして、
23センチ×33センチの焼き型を使う。
残ったものを電子レンジで温めて食べるのも好き。

6

「オーブン仕事をしましょうよ、姉さん」〈クッキー・ジャー〉の厨房《ちゅうぼう》に足を踏み入れると、ミシェルが言った。「オーブン仕事をするといつも落ち着くから」

「そうね。試してみたいクッキーの新しいレシピもあるし。今日は芝居の稽古はあるの？」

「うん、正午に高校生の通し稽古があって、二時からはレイク・エデン劇団よ。こっちのほうは短いから、三時十五分には戻れると思う」ミシェルは少し姉のそばに寄った。「わたしにここにいてほしいなら、どっちもキャンセルできるけど」

ハンナは首を振った。「大丈夫よ、ミシェル。そう言ってくれるのはうれしいけど、どちらかというと……忙しくしているほうがいいから」

「わかった。でも、携帯電話を持っていくわ。わたしが必要になったら電話して。すぐに戻ってくるから。でも、ほんとうは姉さんと厨房で働きたいんだけどね。コーヒーショップのほうじゃなくて」

一瞬、ハンナはどういうことだろうと思ったが、すぐにわかった気がした。「リサが事件の話をすることになっているのね？」

「そう。昨夜彼女にメールして、朝会ったら全部話すと伝えたの」

「ほんとにそうしてほしいの？」

「もちろん。リサが独演会をするときは聞きたくないけどね」

うれしくない考えが頭に浮かんで、ハンナは顔をしかめた。「正直に言ってね、ミシェル。リサに話をするように勧めたのは、クッキーの売り上げが伸びると思ってるからなの？」

「それもあるけど」ミシェルは認めた。「リサは事件の話をするのが好きだし、どっちにしろみんなくわしいことを知りたがるわ。リサから聞けないとなれば、わたしたちに尋ねるわよ」

ハンナはしぶしぶうなずいた。「おそらくね。でも、リサにくわしいことを話すのはかなりつらいんじゃない？」

一瞬沈黙が流れたあと、ミシェルはため息をついた。「そうね。つらいと思うけど、精神浄化作用もあると思う。それに、話せばもう昨夜みたいな悪夢を見なくなるかもしれないし」

「わかったわ」ハンナはかすかにうなずいた。「あんたがいちばんいいと思うことをしなさい。でも、やっぱり話すのは気が進まないと思ったとしても、きっとリサはわかってくれるわよ」

「うん。昨夜のメールで彼女にもそう伝えてあるの。でも、ひとつだけ迷ってることがあって。リサに動画を見せるべきだと思う？」

ハンナは少しのあいだ考えた。そして首を横に振った。

「わかった。今朝マイクに聞いたことも、リサには話さないつもりなの」

「犯人の標的がPKじゃなかったかもしれないこと？」

「そう。わたしたちの調査の妨《さまた》げになるかもしれないでしょ」ミシェルはそこまで言ってハンナを見あげた。「わたしたち、調査はするのよね？」

「ええ」

「両方の可能性について調べる……のよね？」

「ええ、でも、だれもロスの居場所を知らないのに、彼が標的だったかどうかなんて、どうすればわかるのかしら」

「姉さんならきっと方法を見つけられるわよ。殺人事件の調査はお手の物なんだから」

「ありがとう」コーヒーポットのほうを見ると、青いランプが点灯していた。「コーヒーがはいったわ、ミシェル。一杯飲んでからオーブン仕事をはじめましょう。今日リサが事件の話をするなら、作れるかぎりのクッキーが必要になるから」

「そうね」

ハンナは立ちあがってふたつのカップにコーヒーを注《つ》ぎ、作業台に運んだ。「まずは何を焼く?」妹の向かいのスツールに座ってきいた。

「前回帰省したときにナンシーおばさんにもらったバークッキーのレシピがあるの。ヘイティのお母さんのレシピで、死ぬほどそれを作ってみたいのよ」

「〝死ぬほど〟なんて言わないで」ハンナは言った。「レイク・エデンでは死はもう充分間に合ってるんだから」

ハンナが焼きあがったバークッキーの最後の天板をオーブンから出したとき、裏口のドアをノックする音がした。ミシェルはコーヒーショップで、リサがすることになっている話の細部を彼女に伝えていたので、ハンナは訪問者を迎え入れるために裏口に急いだ。

「いらっしゃい、マイク」彼女は彼だと確認しないうちに言っていた。

「どうしてぼくだとわかったんだい?」

「ノックの音で」

「ぼくのノックはほかの人とはちがうのか?」

「ええ」とハンナは簡単に答えるだけにした。マイクのノックが速くて高圧的だとは言いたくなかった。〝警察だ。ドアを開けろ! 今すぐにだ!〟と叫んでいるようだとは。

「ここはほんとうにいいにおいがするね」マイクは警察支給の防寒コートを裏口のドアの横のフックにかけて言った。

「でしょ。ミシェルとふたりでずっとオーブン仕事をしてるの。座って、コーヒーとクッキーを持ってくるから」

「ありがたい！　腹ぺこなんだ」

ハンナは驚きの表情を浮かべてマイクのコーヒーを注ぎにいった。二時間まえにキッチンテーブルに座って、ミシェルが作った朝食を詰めこんでいたのに。

底なしの食欲ね、と思ったが、口には出さなかった。代わりに「コーヒーをどうぞ」と言って彼のまえに置いた。「バークッキーを切ってくるわね」

「どんなクッキー？」

「ブルーベリー・ショートブレッド・バークッキー。まえにも作ったことがあるわ。ナンシーおばさんのレシピよ」

「それならおいしいに決まってるな。ナンシーおばさんのレシピはいつも最高だから。それをきみとミシェルが焼いたんだから、さらにおいしいはずだ」

ハンナは「ありがとう」と言って、業務用ラックからバークッキーの天板を出しにいった。「切り分けられるようになるまであと一分だけ待って」

「待ってると思うけど、念のために言っておくと、もう腹が鳴ってる」

でしょうね。あなたのおなかはつねに鳴ってるみたいだから。ハンナはそう思いながら、型を傾けてバークッキーを取り出し、ブラウニーの大きさに切り分けはじめた。「いくつ食べたい？」ときく。

「天板一枚ぶんでも食べられるよ」

ハンナは笑った。予想していたとおりの答えだった。「とりあえず八個にしておくわね。もっとほしかったら言って。それでどう？」

「いいよ」

ハンナはマイクがバークッキーを二個食べるまで待ってから、立ちあがってコーヒーのお代わりを注ぎにいった。スツールに戻ってくると、これ以上待てなくなって、KCOWテレビでわかったことを尋ねた。

「チョコバーのことは何かわかった？」彼女はきいた。

マイクは大げさにため息をついた。「めぼしいことは何も。メールルームからチョコバーが届いた日、受付係は休みを取っていて、臨時雇用のスタッフが荷物を受け取ったらしい」

「郵便で届いたの？」

「ああ。でも、メールルームには大量の郵便物が届くからね。きいてみたけど、覚えている人さえいなかった。元払いだったし、個人的なものでもなさそうだったから、しばらくメールルームに置かれていたんだろう。それで、だれかが階上《うえ》に持っていったんじゃないかと思う」

「臨時雇用の人は荷物が届いた日のことを覚えてた？」

「ああ。ロスのデスクに置くようにと言われたそうだ」

「ロスはいないのに、どうして彼のデスクにものを置くの？」

「みんな彼はそのうち戻ってくると思っているからだよ。ロスが失踪したことはだれも知らない。特別番組のための素材探しか何かで出かけているとみんな思っている」

「だれがそう言ったの？」

「PKだよ。彼はロスの代理を務めているんだ。そしてきみたち家族は町じゅうの人たちに、ロスはロケで出かけていると言って、その話を裏づけた」

ハンナはうめいた。「じゃあ、ロスとPKのどちらがねらわれていたのかは、まだわからないのね」

「そうなんだ。そして、それが問題なんだよ、ハンナ。臨時雇用の女性は保護封筒に差出人住所が書かれていたのを覚えていたが、それは製造会社の本社の住所だった。その会社に電話して確認したところ、四百五十グラムのチョコバーを二箱買うと、希望すれば送料が無料になる保護封筒がもらえるらしい。それに入れて送ってきたんだ。ある時点で、だれかがその保護封筒を捨てたはずだが、いつかはわかっていない。清掃員が毎晩ゴミ箱を空にして、週三回それをまとめて捨てているんだ。紙ゴミは毎日リサイクルされるから、今ではあとかたもなくなっているよ」

「これまでのところ、不満の残る朝だったみたいね」

「そうだね。チョコバーがいつ送られて、いつKCOWに届いたのかは、まだわからない。この線は行き止まりだよ、ハンナ」

ハンナは顔をくもらせた。「あなたが言いたいのは、チョコバーがいつ届いたかをつきとめられないから、だれがねらわれていたのか特定できないということね」

「そうだ」

「つまり、ロスかPKのどちらかを殺す理由があったかもしれない人を捜さなければならない」

「そのとおり。それで、ロスの経歴について少しきみに質問したいんだ。彼を殺したいと思っているかもしれない人物と、その理由を知りたい。ミシェルはPKと親しかったから、彼女にも話を聞きたいと思っている。殺される理由になりそうなことを彼から聞いているかどうか。今夜きみたちふたりに会いに、アパートに寄ってもいいかな?」

ハンナはすぐに心を決めた。「もちろん。七時に夕食にするから寄ってちょうだい。ロニーも連れてきてね。ノーマンも呼ぶわ。彼はジョーダン高校のスポーツイベントの中継を手伝ったとき、ロスともPKともいっしょにすごしてるから。ロスかPKの個人情報で、何か役に立ちそうなことを知ってるかも」

「ありがたい」マイクは立ちあがって、ペーパーナプキンをつかみ、バークッキーの残りを包んだ。「保安官事務所に行く途中で食べられるようにこれを持っていくよ。いいよね？」

「もちろんいいわよ」

「ありがとう、ハンナ。今夜また会おう」

マイクが行ってしまうと、ハンナは作業台のまえにまた座った。そして数秒後、勢いよく立ちあがった。ミシェルが厨房でクッキーを焼いているあいだ、リサひとりでもコーヒーショップの開店準備はできるだろう。〈レッド・アウル食料雑貨店〉まで行って、スロークッカーで調理できて夕食になる材料を買ってこなくては！

7

　ジャンバラヤの材料を買って車でアパートメントに戻り、スロークッカーをセットしてから〈クッキー・ジャー〉に戻ると、ミシェルがコーヒーショップからスイングドアを抜けて厨房《ちゅうぼう》にはいってきた。

「ああ、よかった！　戻ってきたのね」ミシェルはハンナを見て言った。「留守中に二本電話があったと、リサが姉さんに伝えてくれって。ひとつは修理工場のシリル・マーフィーから。ロスの車のことで電話がほしいそうよ」

「まだちゃんと動くという知らせだとありがたいんだけど。もうひとつは？」

「〈レイク・エデン・イン〉のサリーから。重要なことですって」

「ありがとう、ミシェル。先にサリーに電話してからシリルと話すわ」

「もうひとつあるの。アンドリア姉さんがコーヒーショップに来てて、ハンナ姉さんと話したがってる。今ここに来てもらっていい？　それとも折り返しの電話がすむまで待ってもらう？」

「今来てもらっていいわよ。どっちみち話があるから。アンドリアにコーヒーとクッキーを出してから電話するわ」

曽祖母のエルサが好きだったことわざが頭に浮かんだ。ハンナは「降れば土砂降りね」と言って、ミシェルに微笑《ほほえ》みかけた。

ミシェルは一瞬ぽかんと姉を見たあと、ゆっくりと笑みを返した。「それってもしかして、エルサひいおばあちゃん？」

「正解よ」

「いろんなことが一度に起きるっていう意味でしょ？」

「そうよ」ハンナは言った。そして、時計を見た。「今日でよかった」

「どうして？」

「あんたを稽古に送っていくように、アンドリアにたのめるから。三十分はここに引き止めておくわね」

「よかった！　温度計を見たら、外はすごく寒そうだったから。でも、アンドリア姉さんが来てうれしいのはそれだけが理由じゃないの」

「どういうこと？」

「ハンナ姉さんに試食してもらうために、新しいホイッパースナッパー・クッキーを持ってきたのよ。リサとナンシーおばさんとわたしはもう試食させてもらったけど、ハンナ姉さんもきっと気に入ると思う。すごくおいしいのよ！」

「きっとおいしいでしょうね。アンドリアはふんわりしてつい手が出る《ホイップスナップ》クッキーを作るのが得意だから。ここに来るように伝えて。電話のまえに味見させてもらいましょう。もしリサの話がはじまったら、あんたもここに来てわたしたちといればいいわ」

　ハンナが妹のためにコーヒーを注《つ》いだとき、スイングドアからアンドリアが颯爽《さっそう》とはいってきた。持っていたプラスティック容器をステンレスの作業台に置く。つややかなブロンドの髪によく似合うパウダーブルーのカシミアのセーターとスカート姿だ。見た目はまさに大いに成功した不動産エージェントそのもので、実際もそうだった。

「すてきよ、アンドリア」とハンナは褒めた。

「ありがとう」

　ハンナはなんとか失笑をこらえた。普通は褒められたら褒め返すものだ。もちろん、褒め返さなかったアンドリアを責めることはできない。こちらは古いジーンズとこれまた年季のはいった緑色のセーターに、だぶだぶのシェフ用エプロンという姿なのだから。

「はいこれ、姉さんに」アンドリアはプラスティック容器を示して言った。「新しいホイッパースナッパー・クッキーを焼いたの」

「評判は聞いてるわよ」

「なんの？」

「あんたの新作クッキーの。きっとわたしも気に入るからって、ミシェルに言われたわ」

それほどおなかがすいていなかったのに、アンドリアがふたを開けるとパイナップルの香りがただよい、ハンナの口のなかにつばがわいた。「おいしそうなにおいね」

「どうぞ食べて。みんな気に入ってくれたけど、姉さんの意見がわたしにとってはいちばん重要だから」

ハンナはうれしかった。アンドリアが言ってくれたことは、お世辞返しよりもずっとありがたい。

「このにおいと同じくらいおいしいなら、きっと気に入るわ」ハンナは容器からクッキーをひとつ取った。「見た目がいいわね、アンドリア。チェリーをのせるのって好きよ」

「ありがとう。ちょっと地味な気がして、何か色がほしいと思ったの」

「いいじゃない。半分に切ったマラスキーノチェリーって、いつも休暇や特別な行事を思い出させるのよね」ハンナはクッキーをひと口かじり、香りが味わいに変わるとにっこりした。「うーん！」

「気に入ったってこと？」

「すごく！　これの名前は？」

「パイナップル・レーズン・ホイッパースナッパー・クッキー。スパイスケーキ・ミックスにクールホイップとクラッシュ・パイナップルとゴールデンレーズンを加えたの」

「正確なレシピを教えてもらえる？　うちのお客さんもきっと気に入るわ。あんたのホイッパースナッパー・クッキーはいつも大好評だから」

これまでもハンナにそう言われたことがあるのに、アンドリアはこの上なくうれしそうだった。「よかった、車のなかにまだあるの。帰るまえに取ってくるわ、お店でお客さんに試食してもらえるように」

「それはいいわね。よろこんでクッキーの代金を支払うわ、アンドリア」

「そんな、やめてよ！」アンドリアは手を振ってハンナの申し出を退けた。「好きでやってるんだから。姉さんにはすごくお世話になってるし」

「そう？」

「ええ。いちばんありがたいのは、トレイシーにオーブン仕事を教えてくれていること。ベシーも簡単な作業ならもう手伝えると思う」

「そう、よかった！」ハンナは言った。それはハンナがトレイシーとベシーのためにしてやれることのひとつだった。アンドリアもグランマ・マッキャンも、その時間がないか、その気になれなかったりするから。

「わたしにも姉さんにしてあげられることがあればいいのに」アンドリアは言った。「ときどき、姉さんにしてもらうばっかりで、お返しができていないような気がするの」

ある考えが稲光のように頭にひらめき、ハンナはあっと声をあげた。アンドリアにしてもらえることがあったわ！

「何よ？」アンドリアはけげんそうだ。

「あんたにしかしてもらえないことを思いついたの。でも、そんな時間があるかしら」

「時間なら作るわよ。なんなの、姉さん？」

「殺人事件の調査をしてもらいたいのよ」

「でもそれは姉さんがやることでしょ」

「そうだけど、この件はできないの。みんなわたしにはほんとうのことを話してくれないから」

「PKが殺された事件のことを言ってるの？」

「いいえ。ロスについての調査よ」

アンドリアは驚いて口が開いたままになった。「ロスは死んだの？」

「ちがうわよ！　少なくとも、わたしはそうじゃないと思ってる。ロスのデスクにあった薬物が混入したチョコバーがロスをねらったものなのか、PKをねらったものなのか、マイクにもわからないのよ。つまりマイクは犯人をつかまえるために両方の線で捜査しないといけないわけ」

アンドリアはしばし考えたあとうなずいた。「わかった。PKは薬物が混入したチョコバーを食べたのよね。今朝、ドクの秘書が検死報告書を作成しているのを母さんが見たの。

それで電話をくれて、店に行ったら姉さんに伝えるようにと言われたのよ。でも、もう知っていたみたいね」

「マイクが教えてくれたのよ」

「今回は情報を共有してるの？」

「ＫＣＯＷのスタッフと会った話をしているとき、教えてくれたの。チョコバーの宛先はロスのオフィスになっていたから、臨時雇用の受付係が彼のオフィスに持っていったそうよ」

「なるほど！」アンドリアは言った。「ＰＫがロスのオフィスを使っていたのは知ってたけど、チョコバーがロスに送られたものだったかもしれないとは考えてもみなかったわ！」

姉妹はしばらく黙りこみ、アンドリアはハンナの手を取った。「なんてことなの、姉さん！　だれかが夫を殺そうとしていたかもしれないのに、どうして冷静でいられるの？」

「悩んでもしかたないでしょ？　もしかしたらそうだったかもしれない、というだけなんだから。それがほんとうかたしかめたいの。そこであんたの出番というわけ」

「わかった。姉さんはロスの新婚の妻だし、もし彼にうらみを持つ人がいたとしてもだれも認めないだろうってことね。わたしにしてほしいことをくわしく教えて。やってみるから」

「ありがとう、アンドリア。わたしが電話を二本かけるあいだ待っていてくれる？　そのあとで話しましょう」

「いいわよ。放課後トレイシーを迎えに学校に行く以外やることはないし。ほかにしてほしいことはある？」

「実はあるの。あとでジョージダン高校までミシェルを送ってくれる？　芝居の稽古があるんだけど、外は寒いし、歩いて行かせたくないのよ」

「いいわよ、問題ないわ」

「ありがとう。それと、すでにあんたにさんざん助けてもらっているという事実に感謝していないなんて思わないでよ」

「わたしがどうやって助けたっていうの？」

「わたしを愛してくれて、妹でいてくれることで」

アンドリアは驚いた顔をしたが、やがて笑顔になった。まるで雲が後退して、その隙間から太陽がのぞくように、ゆっくりと。「電話しにいって。わたしは車に戻って、お客さんに食べてもらうために、ホイッパースナッパーのもうひとつの容器を取ってくる。今すぐクッキーを配ってもかまわない？」

「かまわないわよ。そうすればすぐに反応を知ることができるものね」

「ええ。それがねらいなの。コーヒーショップにいるから電話が終わったら呼んで。くわしい調査方法について話し合いましょう」

アンドリアが厨房から出ていくと、ハンナは電話に向かった。数秒後、サリー・ラーフリンが電話口に出た。「おはよう、サリー。ハンナよ。電話をくれたそうね。ミシェルから聞いたけど、重要なことだとか。どうしたの？」

「ロッドが《レイク・エデン・ジャーナル》の日曜版に書いた記事は読んだ？　今週末うちで開かれるホリデー・ギフト・コンベンションの記事」

「ええ。すばらしいアイディアね」

「思っていた以上にすばらしいものになりそうなの。今朝、ブースを出してくれる業者の名簿を見たんだけど、百店舗近くあるのよ」

「すごいじゃない！」ハンナは感心した。サリーのギフトイベントは、これまで〈レイク・エデン・イン〉でおこなわれたどんなコンベンションよりも大がかりになりつつあった。

「どのブースでもクリスマスと感謝祭用のデコレーション用品やギフトを売ることになっているの。ほとんどが手作りの品物で、そうじゃなくても、名前を入れられたりするのよ。お客さんによろこばれると思う」

「そうね。わたしも絶対に行くわ。母さんにあげるものを見つけるのはむずかしいのよ。

気に入ったものがあると、自分で買っちゃうから。だからいつも新しくてほかとはちがうものを探しているの」

「まさにあなたのようなお客さんに来てもらいたいのよ。〈トリ・カウンティ・モール〉やカタログには負けないわ。コンベンションに参加する業者のギフトとデコレーション用品はユニークなものばかりなんだから」

「新聞には金曜日にスタートして、日曜日までつづくと書いてあったわね。それでまちがいない？」

「ええ。金曜日が初日で、いちばんにぎわうと思う。すごく話題になってるみたいで、問い合わせの電話が鳴りっぱなしなのよ。業者のいくつかはもう来ていて、ブースを設営しているわ」

「その人たちはもちろんインに滞在するのよね？　冬のビジネスにはいいんじゃない？」

「そうなのよ！　客足が鈍る時期だし、インにもかなりの集客が見込めるはずなの。業者以外の宿泊客は、一般開場の一時間まえにコンベンション会場にはいれるのよ」

「さすがね、サリー」

「ありがとう。ほかにもあるのよ。業者のための食事サービスは明日からだから、それまではインのレストランで食べてもらうか、ルームサービスを利用してもらうことになっているの」

「業者のためだけに食事を出すの？」

「もちろん。コンベンションセンター直通のダイニングルームで一日三食提供するわ。担当者はブルックとロレンで、とてもいい仕事をしてくれてる。ふたりはとてもかわいいカップルね。早く結婚すればいいのにと思うこともあるわ。愛し合っているのは一目瞭然だもの」サリーは話すのをやめて小さく笑った。「どうして電話したんだろうと思ってるでしょ」

「実は……そうよ。ミシェルから重要なことだって聞いてたから」

「重要なことよ。コンベンションで三日間、クッキーのブースをやる気はない？　ブルックとロレンがやる予定だったんだけど、これほど多くの業者が来るとは思っていなかったから、ふたりとも手一杯なのよ。クッキーを焼く時間もないの」

　ハンナは少しのあいだ考えた。すばらしいビジネスチャンスだ。「ブースを出すにはいくらかかるの？」

「まったくの無料よ。あなたは開場まえにクッキーとコーヒーの準備をするだけでいいの。値段も自由に設定してくれていいわ」

「でも、利益の何割かは取るつもりなんでしょ？」

「いいえ。こちらがお願いしてるのよ、ハンナ。お客さんが座って休めるように、コンベンションホールの中央にテーブルと椅子を用意するつもりなの。元気が出る一杯のコーヒーと、おともの甘いものが必要になる。それをあなたたちのブースで提供してもらいたいのよ」

ハンナはためらわなかった。事業拡大はつねに視野に入れていたし、この機会があれば無理なくそれができる。「乗ったわ、サリー。リサと相談して、人員を出せるかどうか確認してみる。クッキーは一日にどれくらい必要になるかしら?」

「〈クッキー・ジャー〉で一日に売れる量か、あるいはもっと多いかも。初日の様子をみて判断すればいいわ。リサからもオーケーがもらえたら電話してね、ハンナ。ぜひともあなたたちにやってもらいたいし、〈クッキー・ジャー〉のためにもなると思うから」

「わたしたちのためになるのはもうわかってるけど、かなり多めにクッキーを焼くことになるわね」

「どうかしら、ハンナ?」サリーはけしかけるように言った。「ふたつの場所でクッキーの販売はできそう?」

「できると思うけど、一時間以内に確認して電話する」ハンナは約束した。「もし量産が可能なら、わたしたちのどちらにとってもすごくいいことだわ」

② 電子レンジに入れて強で1分加熱し、そのまま1分おいて
レーズンをふっくらさせる。計量カップを電子レンジから取り出して、
室温になるまで冷ます。水気はまだ切らないこと。

③ 小さめのボウルにクールホイップ、とき卵、バニラエキストラクトを
入れ、なじむまでゴム製のスパチュラでやさしく混ぜる。

④ 大きめのボウルにケーキミックスの半量を入れて③を加え、
木のスプーンかゴム製のスパチュラで慎重に混ぜる。
混ぜすぎるとクールホイップの空気が抜けてしまうので注意。

⑤ 水気を切ったクラッシュ・パイナップルの水分を
ペーパータオルで拭き、④のボウルに加える。

⑥ レーズンの水気を切り、水分をペーパータオルで拭いて、
⑤のボウルに入れる。

⑦ ケーキミックスの残りを加え、ゴム製のスパチュラでやさしく混ぜこむ。
ここでもできるだけ空気が抜けないようにすること。
空気がクッキーをやわらかくし、口のなかでとけるような食感にする。

⑧ ボウルにラップをかけて冷蔵庫で最低1時間冷やす。
冷やしておかないと生地がべたべたして丸めにくくなる。

ハンナのメモその2：
リサとわたしは〈クッキー・ジャー〉の閉店後に生地を作っておき、
ひと晩おいて翌朝出勤してから焼く。

⑨ クッキー生地が冷えて、焼く準備ができたら、
オーブンを175度に予熱する。
オーブンが温まるまで生地は冷蔵庫から出さないこと。
予熱が完了するまでに、天板に〈パム〉などのノンスティックオイルを
スプレーするか、オーブンペーパーを敷いておく。
粉砂糖は小さくて浅めのボウルに入れておく。

パイナップル・レーズン・ホイッパースナッパー・クッキー

材料

クラッシュ・パイナップル……1缶
（227グラム。わたしは〈ドール〉を使用）

ゴールデンレーズンまたは普通のレーズン……1カップ

水……1/4カップ

スパイスケーキ・ミックス……1箱（23センチ×33センチのケーキ型1台分。
わたしは〈ダンカン・ハインズ〉の524グラム入りのものを使用）

とき卵……大1個分（グラスに入れてフォークで混ぜる）

解凍したオリジナル・クールホイップ……2カップ
（量ること――1本の容量は3カップ以上あるのでそれだと多すぎ！）

バニラエキストラクト……小さじ1

粉砂糖……1/4カップ（大きなかたまりがなければふるわなくてよい）

デコレーション用のマラスキーノチェリー……小1瓶
（お好みで。水気を切って縦半分に切る）

作り方

① 耐熱の計量カップにレーズンを入れ、水を注ぐ。

ハンナのメモその1：
お好みで水の代わりにラム酒を使ってもよい。

⑩ オーブンが温まったら、冷蔵庫から生地を出し、
ティースプーンで丸くすくって粉砂糖のボウルに落とす。
転がしてボール状にしながら粉砂糖をまぶし、
用意した天板に置く。

ハンナのメモその3:
先に指に粉砂糖をつけておいて生地を転がすとずっと楽にできる。

ハンナのメモその4:
生地は1度に1個ずつ転がすこと。
粉砂糖のボウルに2つ以上入れるとくっついてしまう。
また、粉砂糖をまぶすのは1度に焼く分だけにすること。
残った生地はラップをかけて、
つぎに焼く準備ができるまで冷蔵庫に入れておく。

⑪ デコレーションする場合は、
半分に切ったマラスキーノチェリーを、
切り口を下にしてクッキーの上にのせる。

⑫ 175度のオーブンで10分焼く。
焼けたらオーブンから取り出し、
天板のままワイヤーラックの上で2分冷ましたあと、
天板からワイヤーラックに移して完全に冷ます。
クッキーが完全に冷めたら、あいだにワックスペーパーを
はさんで乾燥した涼しい場所に保存する
(冷蔵庫は涼しいけど乾燥はしていません!)。

スパイスとフルーツのおいしいソフトクッキー、
大きさにもよるが約3〜4ダース分。

8

ハンナはオーブンのそばにある業務用ラックを見やった。ほとんど空っぽということは、そろそろまたクッキーを焼かなければならない。リサは店でPKの事件の話をしており、お客たちはそれを聞くために集まっていた。そのなかの何人かは、聖救世主ルーテル教会の重鎮グランマ・ニュードスンのように、話を三回聞くあいだコーヒーショップにいた。数分まえに、孫の嫁のクレア・ロジャース・ニュードスンが、彼女の店である隣のブティックから来たので、グランマは四回目を聞くあいだも残っていそうだった。

アンドリアにしてもらいたいことを説明し、妹たちを送り出すと、ハンナはリサとナンシーおばさんとマージにおうかがいを立てた。三人ともサリーの申し出を受けるべきだと言い、ハンナはサリーに電話して朗報を伝えた。シリルにも折り返し電話しなければならなかったが、あとでもいいだろうと思い、まずはクッキーの補充をすることにした。

おいしいことが実証されている大量のレシピのなかに、とくに作りたいものはなかったので、新しいクッキーを考案することにした。お客さんはレモンが好きだから、レモンクッキーのレシピとオートミールクッキーのレシピを合体できない理由はない。急いでパントリーと冷蔵庫をチェックしたところ、必要な材料はすべてあるようだ。ありがたい。足りない材料を買いにいく時間はなかった。必要なものをすべて集めて手早く生地を作り、今はオートミール・レモン・クッキーが焼きあがるのを待っているところだった。

裏口のドアでノックの音がして、ハンナはタイマーを見た。あと一分でクッキーが焼きあがる。急いで裏口のドアを開けにいった。

「こんにちは、ノーマン」ハンナはあいさつして彼を招き入れた。「クッキーをオーブンから出すまえに、あなたにコーヒーを出すわね」

ノーマンは裏口のドアのそばのフックに防寒コートをかけ、作業台のいつもの席についた。ハンナが彼にコーヒーを運ぶと、タイマーが鳴りはじめた。「ありがとう、ハンナ。タイミングぴったりだね」

「あなたもね。ちょうど電話しようと思ってたら来てくれた。オーブンからクッキーを出して、仕上げのグレーズを塗るからちょっと待ってて」

「ごゆっくり」ノーマンはコーヒーのマグを取って言った。

オーブンの扉を開けると、いいにおいがただよってきて、ハンナは微笑《ほほえ》んだ。深く息を吸いこんで、黄金色に焼けたクッキーの最初の天板をオーブンの棚から取り出した。

クッキーが温かいうちにかけなければならないので、グレーズはすでに作ってあった。

すべてのクッキーの表面にグレーズを塗ると、天板を業務用ラックに置いた。

「このいいにおいは何かな?」ノーマンが尋ねた。

「オートミール・レモン・クッキー。あと二分ぐらい冷ましたら試食できるわよ」

「今まで食べたことがないな」ノーマンが言った。

ハンナは笑った。「わたしもよ。初めて試した新しいレシピなの。おいしいかどうか試食してみないと」

「においはいいね」ノーマンは言った。「よろこんで試食を手伝うよ」

「あなたはいつもよろこんで試食してくれるものね、ノーマン」

「ああ。ナイスガイだからね」

ハンナは微笑み、自分のぶんのコーヒーを注《つ》いでノーマンの向かいの席に座った。「クリニックに電話して、今夜あなたをディナーにお招きしようと思ってたんだけど、これで直接きけるわ」

「ありがとう、ハンナ。よろこんでうかがうよ。何か持っていこうか?」

「ええ。カドルズを連れてきて。モシェは友だちと遊ぶのが好きなの。とくに、その友だちがカドルズならね」

「よろこんで。カドルズもよろこぶよ。ディナーはなんだい?」

「ジャンバラヤ」

「今まで作ったことなかったよね？」

「ええ。今回が初めてよ」

「それもよろこんで試食するよ。何かジャンバラヤのおともを買っていこうか？」

ハンナは少し考えてからうなずいた。「ジンジャーエールがほしいわ。もうなかったと思うから。それか、あなたが飲みたければほかのものでも。ビールはあるけど、マイクは勤務中だから飲まないと思う。マイクはロニーの上司だから、ロニーもアルコールには手を出さないでしょう。ミシェルが飲みたくなったときのための白ワインはあるし、もちろんコーヒーも淹《い》れるわ」

「ジンジャーエールを買っていくよ。モールまで行く用事があるんだけど、あそこに〈ポップ・ショップ〉という店ができたんだ。自家製のソーダ類があって、ケースで買うといろんな種類を組み合わせられる」

「レッド・クリームソーダはあるかしら。イングリッドおばあちゃんが大好きだったの。いつも冷蔵庫に入れてたわ」

「もしあったら、何本か買っていくよ」ノーマンは約束した。

「うれしい！　昔の思い出に浸れそうね。あとはレモン・アイスクリームさえ手にはいれば、イングリッドおばあちゃんのお気に入りがすべてそろうのに」

「もちろん、きみもお気に入りだったんだろうね」

「ええ」ハンナは言った。遊びにいくたびに祖母が抱きしめてくれたことを思い出しながら。

「きみのジャンバラヤには何がはいってるの？」

「チキン、エビ、トマト、米、ニンニク、タマネギ、香辛料。それで思い出したわ、冷凍エビの大袋を買ってあって、全部は使わないと思うから、モシェとカドルズにエビをごちそうするわね」

「すばらしい。あの子たちはいつもエビをよろこぶからね」

「ええ。エビとサーモンが大好きなのよね」ハンナはスツールから立ちあがった。「早く冷めるように、クッキーを天板からワイヤーラックに移すわ」

「いい考えだ」ノーマンはハンナが幅の広い金属製のスパチュラでクッキーをラックに移すのを見守った。「冷めるのにあとどれくらいかかる？」

「このラックを冷蔵庫に入れればすぐよ」ハンナはクッキーを満載したラックのひとつをウォークイン式冷蔵庫まで運んで扉を開けた。そしてなかにはいり、数秒後に出てきた。

「コーヒーを注ぎ足しましょうか、ノーマン？」

ノーマンが自分のマグカップを取って掲げ、ハンナはコーヒーサーバーを持ってきた。新しいコーヒーを注ぎ足してもらうと、彼は微笑んだ。「ありがとう。クッキーはほんとにまだ冷めてないの？」

ハンナは笑った。「冷蔵庫に入れてからまだ一分もたってないわよ」

「熱々のクッキーを試食することになってもかまわないよ」

「わかったわ。見てくるわね」

ハンナはまた冷蔵庫に向かい、戻ってきたときはクッキーでいっぱいの紙皿を持っていた。「まだ温かいけど、大丈夫なはずよ」と言って、ふたりのあいだに皿を置いた。「どうぞ、食べてみて」

それ以上勧める必要はなかった。ノーマンはクッキーをひとつ取ってかじった。

ハンナもひとつ取ってかじった。「うーん」彼女は言った。

「まさに、うーん、だね」ノーマンが同意した。「これはすごいよ、ハンナ。レモンの風味が口のなかにぱっと広がるし、オートミールとレモンの組み合わせが絶妙だ。すっぱいと同時に甘くて」

「わたしも気に入ったわ」ハンナも同意見だった。

ふたりは黙ってクッキーを食べた。それぞれ三つずつ食べると、ハンナはため息をついた。「さあ、質問をどうぞ、ノーマン」

「今日ぼくがここに来た理由を知ってるの？」

「たぶん。ＰＫ殺害事件のことでしょ。わたしが調査をするつもりかどうかききたいんじゃない？」

ノーマンはステンレスの作業台越しに手を伸ばしてハンナと握手した。「おめでとう！　きみは天才だ。もちろんそのとおりだよ。それで、調査するつもりなの？」

「ええ」

「じゃあつぎの質問だ。ＰＫに何が起こったかを聞いて、その原因がロスのオフィスに届いたチョコバーに入っていた致死量の薬物だとドク・ナイトが確認したと知ったとき、すぐに思ったことがあるんだ。ぼくが何を言おうとしてるか、わかるよね？」

ハンナはしぶしぶうなずいた。「ええ、わかるわ」

「マイクは両方の事件を捜査するつもりかな？　こんなことは言いたくないけど、チョコバーはロスに食べさせるためのものだったのかもしれない」

「残念ながら、そのとおりね」

「きみの力になりたい。ぼくにできることはあるかな？」

「今夜ディナーを食べにきて」

ノーマンは驚いた顔をした。「もう行くと言ったよ」

「ええ、ディナーに来てくれることで、調査の助けになるの」

「どうして？」

「ＰＫの私生活について知っていることを、なんでもいいからマイクとわたしに話してほしいのよ。わたしの知らないロスの過去についても」

「ぼくよりきみのほうがよく知っているだろう」

「そうでもないわ。彼の家族や過去についてちゃんと話し合ったことはないの。大学時代にみんなで同じ建物に住んでいたとき、お母さんはロスを出産すると同時に亡くなって、お父さんが再婚するまではおばあさんと住んでいたと彼から聞いたわ。でも、ロスの婚約者だったリンダは、彼のお母さんの写真を見せてくれた。ふたりのリビングルームのテーブルに飾ってあったの」

ハンナはそこまで話すとため息をついた。「その写真も、ロスが出ていったとき持っていかなかったもののひとつよ。まだベッドルームのドレッサーの上に置いてある」

「彼の過去についてほかに何を知っている？」

「ＫＣＯＷでの仕事が決まって引っ越してきたあと、子供のころはワージントン上院議員の家の隣に住んでいたと言ってた」

「それは重要かもしれないね」

「ほんとうかどうかはわからないけど。マイクはロスとワージントン上院議員が知り合いだったことを知ってるわ。ロスが話したから」

「ロスの家族が結婚式に来なかった理由は知ってる？」

「いいえ。来てほしいと言ったけど、来られなかったとロスは言ってた。でも、わたしはフード・チャンネルのコンテストやら何やらですごく忙しかったから、理由をきくことは思いつかなかった。今考えると、ロスに何人親戚がいるのかも、どこに住んでいるのかも知らないの」

ノーマンは彼女の肩に手を置いた。「大丈夫だよ、ハンナ。いろんなことがすごい速さで起こったからね」

「ええ」ハンナは言った。すると、驚くべきことが起こった。これまで一度も起こらなかったことが。涙がふた粒頬を伝い、つぎのことばをつづけるには、ごくりとつばをのみこまなければならなかったのだ。「婚約したカップルは普通、お互いにきき合うものでしょう？　結婚したらどこに住みたい？　とか、子供はほしい？　とか。わたしたちにはそれがなかった。とにかく時間がなかった。彼を愛していることはわかってるし、彼もわたしを愛していると思う。でも……実はロスのことを何も知らないんじゃないかという気がしてきたわ！」

準備
天板に〈パム〉などのノンスティックオイルをスプレーするか、
オーブンペーパーを敷く。

作り方

① ブラウンシュガーの半量を電動ミキサーのボウルに入れ、
その上にやわらかくした有塩バターを入れ、
ブラウンシュガーの残りを振りかける。
中速でふんわり白っぽくなるまでかくはんする。

② 中速のまま卵を加え、さらに白っぽくなって
完全に混ざるまでかくはんする。

③ 中速のまま牛乳とサワークリームを加える。

④ ベーキングソーダ、ベーキングパウダー、
塩を加えて混ぜる。

⑤ レモンゼストを加えてよく混ぜる。

⑥ 中力粉を1カップ加え、低速でかくはんする。
さらに1カップ加える。
混ざったら残りの1/2カップを加えて混ぜる。
かなり固めの生地になる。

⑦ ミキサーをオフにし、ゴム製のスパチュラで
ボウルの内側についた生地をこそげる。オートミールを加え、
ミキサーをオンにし、低速でかくはんする。

⑧ 低速のままレモン(またはバニラ)エキストラクトを加える。

オートミール・レモン・クッキー

●オーブンを175℃に温めておく

材料

ブラウンシュガー……2カップ（きっちり詰めて量る）

やわらかくした有塩バター……1カップ（225グラム）

卵……大1個

牛乳……1/4カップ

サワークリーム……1/4カップ

ベーキングソーダ（重曹）……小さじ1

ベーキングパウダー……小さじ1

塩……小さじ1/2

レモンゼスト……小さじ1（レモンの皮の黄色い部分だけを細かくすりおろす）

中力粉……2 1/2カップ（きっちり詰めて量る）

オートミール……1 1/2カップ

レモンエキストラクト……小さじ1（なければバニラエキストラクト）

トッピング

レモン汁……1/4カップ

白砂糖（グラニュー糖）……1/4カップ

⑨ ボウルをミキサーからはずし、
もう一度ゴム製のスパチュラで内側についた生地をこそげ、
最後に木のスプーンでひと混ぜする。

⑩ スプーンで生地を丸くすくって天板に落とし、
濡らした手のひらを軽く押しつける。
濡らした金属製のスパチュラを使ってもよい。

⑪ 175度のオーブンで12〜15分、
または黄金色になるまで焼く（わたしは14分）。

⑫ 焼いているあいだにトッピングの準備をする。
レモン汁を電子レンジで軽く温める（砂糖がとけやすくなる）。
砂糖を加えてとけるまでかき混ぜる。
ワイヤーラックの横に刷毛とともに置いておく。

⑬ クッキーをオーブンから出し、ワイヤーラックに移す。
トッピングを塗るときにしずくがたれるので、
ワイヤーラックの下にアルミホイルを敷く。
オーブンペーパーを使う場合は、
クッキーをのせたままペーパーを持ってワイヤーラックにのせる。
アルミホイルを敷く必要はない。

⑭ クッキーが熱いうちにレモントッピングを刷毛で塗る。
早く塗ればそれだけ早く乾いてグレーズになる。

甘くてすっぱいクッキー、
大きさにもよるが約5ダース分。

9

ノーマンが帰ったあと、ハンナは気を鎮めてからシリル・マーフィーに折り返しの電話をかけた。現場で鑑識がロスの車を調べ終えたあと、マイクがシリルに電話して、破損の程度を見てもらったらしい。

「こんにちは、シリル」〈シリルズ・ガレージ〉および〈シャムロック・リムジン・サービス〉のオーナーが電話に出ると、ハンナは言った。「ハンナです。あなたから電話があったってミシェルから聞いて」

「やあ、ハンナ」とシリルが応答し、ハンナは顔をほころばせた。シリルはアイルランドに住んだことはないが、彼の両親はエメラルド島（アイルランドの俗称）からの移民で、シリルの声にはまだわずかにアイルランド訛《なま》りの痕跡があった。

「ロスの車のことなんだ。うちの最高の整備士に調べさせたら、破損は驚くほど少なかった。鹿をはねたとマイクから聞いたから、普通ならかなり広範囲にわたって破損が見られるはずなんだが」

「ＰＫはぎりぎりのところで脇に避けたのよ、シリル」

「ああ、それでフェンダーにへこみがあったのか。整備士がたたいて元に戻したよ。ボディの引っかき傷は軽い塗装ですんだ。ボディの破損はそれだけだ。溝にかなり雪が積もっていたのがよかったんだろう。車はゆっくりと落ちたようだから、まだ申し分なく走れるよ」

「よかった、のよね」ハンナはわずかに震えながら言った。自分がもうその車を運転したくないのはわかっていたし、ミシェルもおそらく同じだろう。その車の運転席でＰＫが死んだという事実を、ふたりとも忘れられないだろうから。

「この車をどうしたい？　おたくの駐車場の空きスペースまで、うちの整備士に届けさせることはできるけど」

「あの……それはいい考えじゃないと思うわ、シリル。わたしの車の隣にその車があったら、目にするたびに悲しい気持ちになるもの。今はロスがいなくて決めることができないから、どうすればいいかわからないけど」

「わかるよ。でも、決めるべきなのはロスじゃない。ハンナ、きみだよ」

ハンナは混乱した。「どういう意味？　それはロスの車よ」

「それが、ちがうんだ。グローブボックスに車両所有証明書がはいっていて、ロスは車をきみに譲ると署名していた」

ハンナは電話のそばに椅子を引いてきて、どすんと座った。「ほんとに？」

「ああ。署名と日付がある」

「日付が？」

「ああ。今デスクにあるよ。日付を知りたいかい？」

「ええ、ぜひ」

シリルは日付を読み、ハンナはあっと声をあげそうになった。それはロスがレイク・エデンからいなくなった日だった。深く息を吸って落ち着こうとしたが、深い悲しみの波が押し寄せるのを止めることはできなかった。ロスは車をハンナに譲る書類に署名し、ミシェルのたんすにキーを入れた。すぐに帰るつもりはないということだろうか？　もしかしてもう帰らないつもりとか？

「考えてからまた電話してくれてもいいんだよ」シリルが言った。

「いえ……大丈夫。自分のしたいことはわかってるの。できるだけいい状態にして売ってちょうだい。その代金でミシェルのためにいい中古車を買おうと思うの。あなたのところでいくつか見つくろってくれれば、明日の朝あの子を連れていって、好きなのを選ばせるわ」

「今日の午後にやっておくよ。ロング・プレーリーにまさにあのモデルの車を探している人がいるんだ。休憩中の整備士にきみのところへ車両所有証明書を持っていかせるよ。きみの署名をもらいに」

ハンナはとっさに心を決めた。「それでいいわ。お返しにクッキーを持っていってもらうわね。親切に感謝するわ」

「なんでもないさ。買い手と交渉するまえに、価格についてきみと相談したいんだが」

「その必要はないわ」ハンナはすぐに言った。シリルが彼女をだましたりしないのはわかっていた。「価格はまかせる。とにかく売って、ミシェルが気に入りそうな中古車を選んでくれればいいの。ありがとう、シリル。おかげでいろいろと手間が省けたわ」

「どういたしまして、ダーリン」

ハンナは微笑《ほほえ》んだ。典型的なアイルランド人らしいことばを口にすると、シリルのアイルランド訛りは強くなる。「それじゃあ、また。忘れずにあなたにクッキーを届けてもらうわね」

ハンナは微笑みながら電話を切った。シリルはいつも気分を上向きにしてくれる。彼のために何か特別なものを作ろうと決めた。アイリッシュ・ポテト・クッキーがいいだろう。彼の好物だから。自宅にある大量のコレクションのどこかにレシピがあるはずだ。ミシェルがレシピをすべてスキャンして家のコンピューターに入れてくれたので、今ではクラウドからファイルにアクセスすることができる。ここからでもレシピを捜すことができるだろう。

組み合わせ自在のバークッキーを天板六枚ぶん、ラブリー・レモン・バークッキーを天板六枚ぶん、ロッキーロード・バークッキーを天板六枚ぶん焼いたあと、ハンナは愛車のクッキートラックに乗って、ふたつの芝居の稽古を終えたミシェルを迎えにジョーダン高校に向かった。縁石に車を停《と》め、エンジンをかけたまま妹にメールした。そして、運転席に背中を預けて一瞬だけ目を閉じた。

「姉さん！」

運転席側の窓をたたく音で目が覚めた。何度かまばたきをしたあと、そこに立っているミシェルを認めて笑顔になった。

「乗って、ミシェル」と叫んで助手席側のドアのロックを解除する。妹が車に乗りこむと、ハンナは言った。「ごめんね。ちょっとうとうとしちゃったみたい」

「無理もないわ。わたしたち、昨夜はあんまり寝てないんだもの。お店のほうはどうだった？」

「順調よ」ハンナはギアを入れて車を発進させた。「ところで、もうひとつ仕事を手がけることになったわ」

「ほんと？　どんな仕事？」

「ホリデー・ギフト・コンベンションでクッキーのブースをやってほしいとサリーにたの

まれたの。リサとナンシーおばさんとマージに話したら、もしやりたいなら、コーヒーショップのほうのクッキー作りは彼女たちでやると言ってくれたわ」

「そのブースではどれくらいのクッキーが必要なの？」

「コーヒーショップで売れるのと同じくらいの数が売れるとサリーは思ってる」

ミシェルは驚いた顔をした。「それは大量ね！」

「ええ。でも、売り上げは全部うちの店のものになるのよ。サリーは何もいらないんですって。ブースの賃貸料も取らないって言うの。会場内サービスとして、来場した人たちがうちのブースでクッキーやコーヒーを買って、会場の中央のスペースに設置されるテーブルと椅子のところで食べられるようにしたいらしいわ」

ミシェルは小さくうなずいた。「サリー側からしたら賢いアイディアね。フードコートみたいな感じになるわ」

「そう、食べ物を扱うのはうちだけだけどね。ブルックとロレンは出店者のために朝昼晩の三食を用意しないといけないから忙しくて、クッキーブースのためのクッキーを焼く時間がないそうなの。出店は五十店舗ぐらいを想定していたらしいけど、百店舗近くが申しこんできているんですって」

「すごいわね。ブースはわたしが手伝うわ。週末は稽古がないし、金曜日は学校が半日なの。三日とも手伝えるわよ」

ハンナの顔にうれしそうな笑みが広がった。「今週いちばんいいニュースだわ。それと、あんたは好きなときに移動できる交通手段を手に入れることになるわよ」

「どういう意味？」ミシェルは深く息を吸いこみ、顔をくもらせた。「ありがたい申し出だけど……」そこでごくりとつばをのみこむ。「ええと……わかってほしいんだけど、ロスの車はもう運転できるとは思えないわ、あんなことのあとでは……わかるでしょ」

「もちろん、運転できないわよ！　わたしも同じ気持ち。何があったかを考えずにいられないもの。だから売ることにしたの」

ミシェルはけげんそうな顔をした。「でも、姉さん……どうして売れるの？　ロスの車なのよ」

「今はちがうの。わたしの車なのよ。シリルが見つけた車両所有証明書によると彼はいなくなった日の午後、わたしに車を譲ると署名していたの」

「うそ！」ミシェルは泣きだしそうな声で言った。「ロスは戻ってこないつもりだったってこと？」

「かもしれない。そう考えるのが妥当なんでしょうね。もし彼がアパートの鍵を持っていっていなかったら、そう確信していたと思う。でも、彼は持っていった。今はこのすべてが何を意味するのかよくわからないわ」

ミシェルはしばらく考えていた。「彼は姉さんのことを考えてくれていたってことよ。

そうじゃなかったら、わざわざ時間を作って車両所有証明書に署名なんかしないわ」

「彼はあんたのことも考えてくれてたのよ。あんたのたんすのいちばん上の引き出しにキーを入れたんだから」

「そうね。それに、ロスは自分の車のなかでＰＫが死ぬとは思っていなかったし、わたしたちがもう二度とその車を運転したくなくなるとも思っていなかった」

姉妹はどちらもしばらく黙っていた。やがてハンナはため息をついた。「たとえ何が起こるか知らなかったのだとしても、ロスはあんたのために問題をひとつ解決したわ」

「どんな問題？」

「移動手段の問題。シリルはロスの車を買いそうな人を知っていて、わたしはあんたのためによさそうな中古車を何台か選んでほしいとたのんだの。すべてがうまくいけば、売却金で中古車が買えるわ」

「でも……ロスはわたしに車を買うつもりじゃなかったのよ」ミシェルが反論した。「姉さんに車をあげるつもりだったのよ」

「キーはあんたのたんすにあったのよ、わたしのじゃなくて。わたしはそうしたいの。ロスはあんたに車を持ってほしかったのよ。明日の朝シリルの修理工場に行きましょう。そして、いちばんいいと思う車をあんたが選びなさい。これ以上は口論したくないわ、ミシエル」

「うーん……ほんとにそれでいいなら……」

「そうしてほしいのよ」ハンナは〈クッキー・ジャー〉の裏の駐車場に車を入れた。「さて、シリルにあげるクッキーを焼かなくちゃ。修理工の人が車両所有証明書を届けてくれることになってて、その人にクッキーを持たせると約束したのよ」

「何を焼くの？」

「アイリッシュ・ポテト・クッキー。絶対好きだと思う」

ミシェルはうなずき、車のなかに座ったまま腕を伸ばして姉を抱いた。「ありがとう、姉さん。姉さんは世界一だわ！」

② やわらかくしたバターを加え、
ふんわりと白っぽくなるまでかくはんする。

③ 卵を1個ずつ加え、その都度かき混ぜる。

④ クリームオブタータ、ベーキングソーダ、塩を加え、
全体がよく混ざるまでかくはんする。

⑤ バニラエキストラクトを加えて混ぜる。

⑥ ミキサーを低速にして中力粉を1/2カップずつ加える。

⑦ マッシュポテトフレークを1/2カップずつ加え、
その都度よくかくはんする。

⑧ 刻んだクルミを加えて混ぜたあと、中速で最低1分、
すべてが完全に混ざるまでかくはんする。

ハンナのメモその2：
セント・パトリックデーにこのクッキーを作るときは、
ここで緑色の食用色素を数滴加える。
きれいな淡い緑色になるようにがんばって。

⑨ ミキサーからボウルをはずして内側の生地をこそげ、
最後に木のスプーンでひと混ぜする。

⑩ 天板に〈パム〉などのノンスティックオイルをスプレーするか、
オーブンペーパーを敷く。

⑪ スプーンで少量の生地をすくい、清潔な手で
直径2.5センチのボール状に丸める。
生地がやわらかすぎてやりにくいときは、
ラップをかけて冷蔵庫で30分～1時間冷やす
（ひと晩冷やしてもよい）。

アイリッシュ・ポテト・クッキー

材料

白砂糖（グラニュー糖）……1 1/2カップ

室温でやわらかくした有塩バター……1カップ（225グラム）

卵……大3個

クリームオブタータ……小さじ2

ベーキングソーダ（重曹）小さじ1

塩……小さじ1/2

バニラエキストラクト……小さじ1

中力粉……1 1/2カップ（きっちり詰めて量る）

マッシュポテトフレーク……3カップ
（わたしは〈ハングリー・ジャック・オリジナル〉を使用）

細かく刻んだクルミ……1カップ（刻んでから量る）

粉砂糖……1/2カップ

作り方

① 電動ミキサーのボウルに白砂糖を入れる。

ハンナのメモその1：
このレシピは電動ミキサーを使うととても簡単。
手で混ぜても作れるが、かなり時間がかかる。

⑫ 焼く準備ができたらオーブンを175度に予熱する。

⑬ オーブンが温まるまでのあいだに、
小さめのボウルに粉砂糖を入れ、
そのなかでボール状の生地を1度に1個ずつ転がして、
天板に置く。
金属製のスパチュラか清潔な手で軽くつぶす。

⑭ 175度のオーブンで10〜12分、
または縁が黄金色に色づくまで焼く。

⑮ オーブンから取り出し、
天板のまま2分冷ましてからワイヤーラックに移す。
オーブンペーパーを使う場合は、
縁をつかんでクッキーごと持ちあげ、
ワイヤーラックに置く。

やわらかくておいしいクッキー、
大きさにもよるが約8ダース分。

10

ミシェルのあとから屋根つきの外階段をのぼってアパートの部屋に向かいながら、ハンナはリビングルームの窓のなかをのぞいた。いつもならモシェが窓敷居に座ってこちらを見ているのだが、今日は姿が見えない。たぶん眠っていて、階段をのぼる足音が聞こえなかったのだろう。そう思ったのは、最近モシェが眠ってばかりいるからだった。

「わたしがつかまえるから、姉さんがドアを開けて」ハンナが階段をのぼりきったところで、ミシェルが言った。

「いいわよ。踏ん張って」ハンナは鍵を取り出して、ミシェルがドアから三十センチほどのところで衝撃に備えて身がまえるのを待った。

「開けるわよ」そう告げてから鍵穴に鍵を差しこみ、解錠してドアを開けた。

姉妹はその場に立ったまま少し待ったが、なかからはなんの音もしてこない。ドアが開いたのに、モシェは姿を現さなかった。

「いったいどこに……」とミシェルが言いかけたとき、オレンジ色と白の雲が突進してきて、腕のなかに飛びこんだ。うめきと叫びの中間のような声をあげたあと、ミシェルは笑った。

「答えが出たわ」ハンナは言った。

「そうね！」ミシェルは微笑《ほほえ》みながらモシェを抱いてなかにはいり、彼のお気に入りの場所であるソファの背におろした。

ハンナは猫科のルームメイトがミシェルといつものゲームをするのを眺めた。モシェは哀れとしか言いようのない顔でミシェルを見あげ、悲しげにひと声鳴いた。そして、爪を引っこめた前足を伸ばして、彼女の手の上に置いた。ハンナは猫の求めているものが正確にわかっているが、ミシェルはどうだろうか？

「オーケー、わかったわ」ミシェルは笑って言った。「ちょっと待っててね、モシェ。おやつを持ってきてあげるから」

妹がすべてわかっていることを確認すると、ハンナは運んできた箱をテーブルに置いて、メッセージがあるか確認するために電話のところに行った。赤いライトが点滅して、ディスプレーに〝5〟と表示されている。再生ボタンを押すと五件ともセールスの電話で、屋根職人、自称便利屋、長期の健康保険を売りたい女性、暖房機とエアコンの年に一度の点検の時期ですと告げる、初めて声を聞く人物からのメッセージが流れた。いちばん興味を引かれたのは五件目だ。調査の電話らしく、ホームセキュリティシステムを導入しているかどうかきいている。そして、もしあるなら、どのメーカーのどのモデルで、いつ設置したものなのかを知りたがっていた。

ハンナは声をあげて笑いながらメッセージを消去し、隣に立っているミシェルを見た。

「何がそんなにおかしいの？」ミシェルがきく。

「最後のメッセージよ。聞いた？」

「ええ。調査だと言ってたけど、ほんとはセールスの電話だったんでしょう？」

「そうでもないのよ。こういう電話のことをマイクから聞いてるの。単純なセールスの電話よりたちが悪いんですって。発信者は家についての情報を集めてるのよ。セキュリティシステムの種類を教えてしまうと、相手はそのセキュリティシステムを破って不法侵入できる家のリストを作成することができるの」

「ええっ！　それは知らなかったわ。マイクからはただ切るようにと言われたの、それとも何かほかの方法があるの？」

「最新式のシステムを入れてあると言えばいいの。そして、それ以上何かきかれるまえに、切るのよ」

「これからはわたしもそうするわ。ハウスメイトたちにもそうするように言っておく。ジャンバラヤはすごくいいにおいね、姉さん。食べるまえに何かほかに入れるの？」

「ええ、でも簡単よ。みんなが来る三十分ぐらいまえに、エビを解凍してスロークッカーに加えるの。あとは、お米を炊いて、食べる直前にスロークッカーに入れるだけ」

「手伝うわ。サラダと、あとはチーズ入りガーリック・クレセントロールを焼くのはどう？ 冷蔵庫のなかに消費期限が近いクレセントロール生地の缶があったから」

「いいわね。必要なものはすべてある？」

「ええ。二番目の棚にシュレッドチーズがあるし、メッシュのカゴにはニンニクもある。デザートはどうする？ 何か急いで作ろうか？」

ハンナは首を振った。「いいえ、それは用意してあるの。あんたが学校に行っているあいだに、究極のファッジー・チョコレート・バントケーキを焼いたのよ」

「車から運んできた箱のなかにあるのはそれ？」

「ええ、でもフロスティングをする時間はなかったの」

「わたしがやるわ。冷蔵庫にクールホイップがあるし、クールホイップ・ファッジ・フロスティングの作り方なら知ってるから」

「そんなにいろいろしなくていいわよ」

「別にたいへんじゃないわよ。姉さんは買い物をして、車でここに戻ってジャンバラヤの準備をして、ケーキを焼いたんでしょ。わたしは急いでロールパンを焼いて、ケーキにフロスティングをかけるだけだもの」

「でも、疲れてるでしょ、ミシェル。昨夜はあんまり寝てないんだから。みんなが来るまでにひと眠りするほうがいいんじゃない？」

「仮眠は必要ないわ。朝には自分の車が持てると思うとなんだか興奮しちゃって。わたしより姉さんのほうこそ仮眠が必要みたいに見えるわよ。二十分ぐらいベッドで横になってたら？　顔を洗えるように、みんなが来る少しまえに起こしてあげるから」

ハンナは断ろうかと思ったが、考え直した。一日よく働いたし、たしかにとても疲れていた。短い仮眠こそまさに必要なものだった。

ハンナは目を開けた。ベッドルームの窓の外は暗くて、一瞬朝なのかと思った。すぐに、ノーマンとマイクが来るまえに仮眠しようと横になっていたのだと思い出した。ミシェルは起こすのを忘れたのだろうか？　それとも、ひとりで起きられたのだろうか？　話し声は聞こえないし、モシェもまだそばにいて、カドルズと遊んではいないので、後者だろうと判断した。

「起きる時間よ、ねぼすけさん」ハンナは彼女の枕の半分を占領して伸びている猫に言った。ベッドで寝るとき、モシェは驚くほど長くなる。枕をふたつともモシェに奪われ、マットレスの隅で眠っていたことも何度かあった。「行きましょう、モシェ。今夜はお仲間がいるわよ。ノーマンがあなたの遊び相手にカドルズを連れてきてくれるから」

親友の名前を聞いて、モシェは顔を上げた。そして起きあがって座り、ぶるっと身を震わせると、ハンナが顔を洗って髪をとかし、清潔なセーターに着替えるのを眺めた。

「ミシェルのキッチンでの活躍ぶりを見にいきましょう」とハンナが言うと、モシェはマットレスから飛びおり、廊下をとことこ歩いて、彼女のあとからキッチンに向かった。

　リビングルームのデスクを通りすぎようとしたとき、日めくりカレンダーの横に置かれている個人用の小切手帳に気づいた。立ち止まって手に取り、サドルバッグ型のバッグに入れた。小切手を書くたびに金額を差し引いて収支をやりくりしてきたので、残高は把握していた。口座には三百七十六ドルある。ミシェルの車の金額が、シリルがロスの車を売って得られる代金より高ければ、そのうちのいくらか、あるいは全額が必要になるかもしれない。ミシェルが選ぶ車がそれより高ければ、シリルにローンを組んでもらわなければならないだろう。

　キッチンにはいると笑顔になった。ジャンバラヤのすばらしいにおいがする。スロークッカーのそばに行き、ガラスの窓からのぞくと、ミシェルがエビを解凍して混ぜこんでくれたのがわかった。

「起きたのね」ミシェルが言った。「飲みたければコーヒーを淹《い》れてあるけど」

「ありがたいわ」ハンナはそう言って、戸棚からお気に入りのカップを取り出し、コーヒーを注《つ》ぐためにポットに向かった。そして、キッチンテーブルのまえに座って、ミシェルがふたつきの鍋をスロークッカーのそばまで運び、たたんだふきんの上に置くのを見守った。

「お米？」ハンナは経験から推測した。

「そう。ブラウンライスと赤米を白米に混ぜてみたの」

「大歓迎よ。食べ物はいつだってバラエティに富んでいるほうがいいもの。ケーキにフロスティングをする時間はあった？　それともわたしがやる？」

「フロスティングをして、冷蔵庫に入れたわ。フロスティングが固まるまで、あと三十分は入れておいたほうがいいと思う」

「それだけのことをする時間がいつあったの？」

「姉さんが眠っているあいだに。姉さんには休息が必要だったのよ。何度か様子を見にいったけど、ぐっすり寝てたわ」ミシェルは手を下に伸ばして、期待をこめてえさのボウルを見つめているモシェの頭をなでた。「モシェもぐっすり寝てた。いびきまでかいて」

とっさにハンナの頭にいやなことが思い浮かんだ。わたしがいびきをかくから、ロスは出ていったのだろうか？　きくのは怖い気がしたが、どうしても知りたかった。「わたしもいびきをかいてた？」

「いいえ。かいてなかったと思う。毛布をすっぽりかぶっていたから、聞こえなかったのかもしれないけど」

「ちょっと知りたかっただけ」とハンナは言い、話題を変えることにした。「テーブルをセットするわね」

「ありがとう」ミシェルはカウンターに行って、チーズ入りガーリック・クレセントロールの生地を巻き終え、天板を冷蔵庫に運んだ。「これはみんなが集まってからオーブンに入れるわ」

ミシェルが冷蔵庫の扉を開けたとき、究極のファッジー・チョコレート・バントケーキが見えた。フロスティングは完璧で、とてもおいしそうだ。真ん中の棚には大きなサラダボウルがあったので、ハンナは尋ねた。「サラダボウルの中身は何？」

「カットしたインゲンと刻んだ固ゆで卵とぼろぼろにしたベーコンのサラダよ。ボウルの底にスイートビネガーとショウガのドレッシングが入れてあるから、みんなが来てからあえるつもり」

「でも……インゲンは買わなかったと思うけど。どうして……？」

「冷凍庫に一パックはいってたのよ」ハンナの質問の残りを予想して、ミシェルが説明した。「それをゆでただけ。ゆで卵一個も冷蔵庫にあったものよ」

ハンナは清潔なテーブルクロスを出してきて、ダイニングルームのテーブルに向かった。お揃《そろ》いのナプキンをたたみながら、ミシェルがいっしょだと、なんて楽に人をもてなせるのだろうと思った。皿やボウルやグラスや銀器を取りにキッチンに戻ると、戸棚を開けるまえに、ミシェルのそばに行って抱きしめた。

ミシェルは微笑んで姉を抱き返した。「これはなんのハグ?」ときく。

「あんたを愛しているというハグ。わたしが眠っているあいだにあんたがしてくれた、すべてのことに対する感謝のしるしでもあるわ」

ハンナのメモその1：
このレシピでは伝統的に白米が使われるが、
お好みでブラウンライスや雑穀を使ってもよい。

準備
スロークッカーの内側に〈パム〉などの
ノンスティックオイルをスプレーする。

ハンナのメモその2：
そうするとあとで洗うのがずっと楽になる。

作り方

① 鶏胸肉を2.5センチ角に切り、
スロークッカーのいちばん下に入れる。

② 種とヘタを取って、刻んだピーマン、刻んだタマネギ、
刻んだセロリ（あれば葉も）、ニンニクのみじん切りを加える。

③ ホールトマトとトマトペースト、ビーフブロスを加える。

④ パセリ、オレガノ、セージ、塩、タバスコ
（またはお好きなホットソース）、カイエンペッパーを加える。

ハンナのメモその3：
米とエビは、ほかの材料が煮えてから加える。

ジャンバラヤ

（3.3リットル～3.7リットル入りのスロークッカー 1台分）

材料

鶏胸肉（皮なし）……336グラム

ピーマン……2個

タマネギ……中1個

セロリ……2本

ニンニクのみじん切り……4かけ分（約大さじ5）

ホールトマト……1缶（400グラム）

トマトペースト……1/3カップ

ビーフブロス……1缶（400グラム。わたしは〈スワンソン〉を使用）

ドライパセリ……大さじ1（または刻んだ生のパセリ大さじ2）

オレガノパウダー……小さじ1/4

セージパウダー……小さじ1/4

塩……小さじ1

タバスコソース……小さじ1（わたしは〈スラップ・ヤ・ママ〉を使用）

カイエンペッパー……小さじ1

背ワタを取った殻つきのエビ……450グラム（わたしは冷凍のサラダ用エビを使用――殻と背ワタが取ってある、モシェとカドルズの好物）

米……3カップ

⑤ スロークッカーを低温にして8〜10時間調理する。

⑥ 調理が終了したら、エビをストレーナーに入れて
流水で解凍する。

⑦ スロークッカーに解凍したエビを加え、
15〜30分調理する。

ハンナのメモその4：
冷凍のままのエビは入れないこと。
スロークッカーにヒビがはいり、
料理全体がだめになる可能性がある。

⑧ エビが調理されているあいだに、米を炊く。

⑨ 食べる直前に、スロークッカーに
炊いた米を加えてかき混ぜる。

ハンナのメモその5：
わたしはまえの晩にエビと米以外のすべての材料を
スロークッカーに入れ、内鍋を冷蔵庫に入れておく。
朝、内鍋をスロークッカーに戻し、
日中出かけているあいだじゅう低温で調理する。
帰ったらエビを加えて調理し、米を炊いて、
食べる直前に混ぜ入れるだけ。

ミシェルのメモ：
この料理には時短にする方法がある。
設定温度を高温にすると、3〜4時間でできる。
エビを入れたあと15分調理し、
炊きあがった米を混ぜ入れれば出来あがり。

チーズ入りガーリック・クレセントロール

●オーブンを190℃に温めておく

材料

冷蔵クレセントディナーロール生地……226グラム入り2缶
（わたしは〈ピルズベリー〉を使用）

つぶしたニンニク……小さじ2

やわらかくした室温の有塩バター……大さじ2（28グラム）

卵……大1個（グラスに入れてフォークで混ぜる）

細かいシュレッドチーズ……56グラム
（わたしは〈クラフト〉のチェダーを使用）

準備
オーブンを温めているあいだに、
天板に〈パム〉などのノンスティックオイルをスプレーするか、
オーブンペーパーを敷く。

ハンナのメモその1：
オーブンペーパーがお勧め。

作り方

① 薄く粉を振った台の上にディナーロール生地を出す。
まだ3角形に切り分けないこと。

② 小さめのボウルにつぶしたニンニクと
やわらかくした有塩バターを入れて混ぜる。

③ 生地の表面に②のガーリックバターを均等に塗る。

④ とき卵と細かいシュレッドチーズを混ぜたものを、
その上に薄く塗り広げる。

⑤ 生地を3角形に切り分け、
とがった部分を向こう側にして巻いていく。
巻き終わったら三日月の形に整え、天板に置く。

ハンナのメモその2:
濃い茶色のロールパンにしたければ、
巻いた生地の上にとかした有塩バターを塗る。

⑥ 190度のオーブンで10〜12分焼き、
ナプキンを敷いたカゴに移して別のナプキンをかける。
温かいうちに食卓へ。

どんな料理にも合うおいしいロールパン、約16個分。

ミシェルのメモ:
マイクとロニーとノーマンをディナーに招くときは、
2倍量で作ること!

11

「ジャンバラヤのお代わりは、マイク？」三杯目を食べ終えたマイクにハンナがきいた。

「ありがとう、でももうひと口も食べられないよ」マイクは椅子の背に寄りかかって、満足げな笑みを浮かべた。

ハンナはミシェルのほうをちらりと見た。ふたりともマイクがこれから言うことはわかっていた。ハンナがうなずくと、ミシェルがうなずき返し、姉妹は同時に言った。「こんなにうまい食事は何年ぶりだろう！」

マイクはぎょっとしたようだ。「ぼくがこれから言おうとしていたことが、どうしてわかったんだい？」

ハンナは「勘よ」と言って、ミシェルにウィンクした。

「そう、ただの勘」ミシェルは姉のことばを繰り返した。「そろそろコーヒーにしましょうか。コーヒーメーカーのスイッチを入れてくるわ。もうデザートがほしい人はいる？」

「先にロニーとぼくで事情聴取をすましてしまおう」マイクがみんなに代わって決めた。

「ハンナ、まずはきみだ。じゃまがはいらないようにキッチンに行こう。そのあとミシェルの話を聞いて、そのあとはノーマンだ」

「そのまえにコーヒーサーバーをこっちに持ってこさせて」ミシェルが言った。「キッチンに何も取りにいけなくなるから」

コーヒーサーバー、カップ、クリームと砂糖がテーブルに置かれると、ハンナはマイクとロニーのあとについてキッチンテーブルに向かった。事情聴取は気が進まなかった。実のところ夫の過去をあまりよく知らなかったと認めなければならないからだ。PKの私生活となるとさらに知らなかったので、少なくともそれほど長くはかからないはずだった。

だが、それはまちがいだった。マイクはロスの生活についてあらゆることを知りたがった。ロスがPKについて話したことや、大学時代のロスについてハンナが知っていることもふくめたすべてを。やがて、事情聴取は終了し、ハンナはダイニングテーブルに送り返されて、ミシェルがキッチンに呼ばれた。

ミシェルがキッチンに行ってしまうと、ノーマンがハンナの手を取った。「疲れているみたいだね。そんなにきつかった？」

「いいえ、そんなことないわ。ただ、マイクは何もかも聞きたがったの。大学時代のロスのこととか……」ハンナはことばを切って、ぬるくなったコーヒーをひと口飲んだ。「そのせいでいろいろ思い出しちゃって」

「すべてが再生されるような感じ？」

ハンナはため息をついた。「そうね、自分がいかに世間知らずだったかに気づかされたわ。大学時代のわたしは、なんでも額面どおりに受け取っていた。だれに言われたことでも。そして、当時わたしが知っていると思っていたロス像と、あとで彼から聞いた話を一度も比べてみなかった」

「食いちがっていたんだね？」

「ええ。マイクに指摘されるまで、わたしはそれに気づかなかった。ロスはミネソタで育ったとわたしには言ったけど、マイクが大学の記録を調べたら、彼は州外の学生だった。大学時代、ロスはひとりっ子だと言ってたけど、結婚式の相談をしていたとき、妹はロンドンで働いているから来られないと言った。彼のお父さんが離婚して再婚し、三人目の妻とのあいだに娘ができた可能性はあると思うけど、ロスは大学を出てまだ数年だから、半分血のつながった妹はロンドンに住んでそこで働くような年齢ではないはずよ」

ノーマンは肩をすくめた。「ロスのお父さんはまた離婚して、三人目の奥さんにはまえの夫との間に大きい娘がいたのかもしれない。あるいは、大きくなってから里子を引き取ったのかも」

「その可能性はあると思うけど、ほかにもあるの。以前には考えたこともなかったいくつもの小さなことが。わたし……もう思い出したくない」

「わかるよ」ノーマンはハンナの肩を抱いた。「長い一日だったんだから」

「そうじゃないの。ただ……自分の夫や、彼が話してくれたことを信じられなくなってきたの。ドレッサーの上のあの写真がほんとうに彼のお母さんなのかどうかも知らないのよ。今はすべてを疑ってる。そのせいで自分が不誠実だと感じるの」

「それなら、うそだと証明されるまではロスに言われたことを信じればいい。とりあえず彼を信じてみるんだ。そういう食いちがいのすべてに、もっともな理由があるかもしれないんだから」

「ええ、それがわたしのすべきことよね。いい奥さんならそうするべきだわ。少なくともわたしはそう思う」

「誠実なんだね」ノーマンは言った。「立派だよ、ハンナ」

「そうね、その誠実さが見当ちがいで、視野が狭くなっているのでなければ。それだとただのばかってことになるもの！」

「すごくおいしいケーキだったよ、ハンナ」マイクはそう言うと、抱えている箱を別の腕に持ち替えて、ハンナをハグした。箱にはケーキが三切れはいっていたが、真夜中までに食べられてしまうだろう、とハンナは思った。「心配しなくていいよ。かならずこの事件を解決して、ロスを見つけるから」

ハンナはうなずいた。でも、ロスが見つかりたくないなら、マイクには彼を見つけられないのではないかと思いはじめていた。「ありがとう、マイク」

「おやすみ、シェリー」ロニーがミシェルをすばやくハグした。「明日の朝会おう。出勤まえにガレージで親父《おやじ》の手伝いをするつもりなんだ……もちろん、マイクにもっと早く来いと言われなければだけど」

「十時までに来ればいいよ」マイクは彼に言った。「保安官事務所に行ったらいくつか電話をしないといけないし、それにはきみの手伝いはいらないから」

ハンナはミシェルに〝あとで話すわ〟という視線を送った。姉妹レーダーが作動したらしく、ミシェルがうなずきを返した。

「カドルズを見つけてぼくもうちに帰るよ」マイクとロニーを見送ってドアが閉まるとノーマンが言った。カドルズがモシェと眠っているソファに向かい、そのあとけげんそうな顔で振り返った。「猫たちがいない」

ハンナは微笑《ほほえ》んだ。「たぶんわたしのベッドよ。モシェは最近早寝なの。見にいきましょう」

ハンナとノーマンはカーペット敷きの廊下を歩いて、ドアの隙間からマスターベッドルームをのぞいた。ふたりが来たことに猫たちは気づいていないらしく、モシェはまだハンナの羽毛枕の上で四肢を投げ出していたし、カドルズはその隣にいた。どちらの猫もふたりがベッドに近づいても動かず、ひげをぴくりとさせることもなかった。

ハンナは唇のまえに指を立て、ノーマンは同意してうなずいた。ふたりは部屋から出た。リビングルームに戻ると、やわらかなレザーソファのひとつに向かった。「カドルズを置いていっても大丈夫よ。明日迎えにきてくれればいいわ」

「カドルズが寝るとぐんと長くなることは知っているだろう。体重も増えるんだ。ある晩なんか、移動させようとしたら百三十キロもあったんだから」

ハンナは笑った。「いいのよ。その現象には慣れてるから。モシェも同じよ」

「朝目が覚めると、モシェにベッドを占領されて、こっちはできるだけ小さくなっているんだろう?」

「まさにそのとおりだけど、わたしの申し出は変わらないわ。カドルズはモシェのところにお泊まりしていいわよ」

「オーケー、どうなるかきみがわかっているならね。明日は早くに出かけるんだろう?」

「いつもほどは早くないわ。ミシェルとシリルのガレージに行くつもりなの。出勤まえに車を預けたい人たちのために七時からやってるから」

「何時にここを出る?」

ハンナは超高速で計算した。「六時半に出るわ。リサがナンシーおばさんとマージを連れて早めに来て、クッキーを焼きはじめてくれると言ってたから」

「じゃあ僕は六時にここに来るよ。きみたちとコーヒーを一杯飲んでから、カドルズを連れて帰れるように。最初の予約が八時だから、クリニックに行くまえにあの子をうちに連れて帰る時間は充分あるだろう」

「わたしはそれでいいわよ」ハンナは彼に微笑みかけながら言った。「支えてくれてありがとう、ノーマン。マイクの事情聴取のあと、かなりつらい状態だったの」

「無理もないよ」ノーマンは立ちあがり、ハンナを抱き寄せてハグした。「そろそろ失礼するよ、ハンナ」

「おやすみなさい」

ノーマンが帰ったあと、ハンナはしばらく座って考えていた。ロスが自分の過去のことで彼女を欺《あざむ》いていたのだとしても、正直どう感じるべきなのかわからなかった。それは離婚理由になるのだろうか？　そもそもわたしはほんとうに離婚したいの？　しばらく考えてから、取り越し苦労だと思った。ノーマンが言っていたように、食いちがいについては、完全に理にかなった説明があるのかもしれない。

少し気が楽になったので、ソファから立ちあがってベッドルームに向かった。ゲストルームを通りかかったときにドアからのぞくと、ミシェルはもうベッドのなかで、横向きに丸くなって眠っていた。かすかな笑みを浮かべており、明日選ぶことになる車の夢を見ているのだろうか、とハンナは思った。

五分後、ハンナは寝る準備を整え、上掛けの下にもぐりこんだ。そっと押すと猫たちがベッドの足元に移動したので、枕を奪回し、ひどく疲れたことに思いを馳《は》せる暇もなく、妹とまったく同じ姿勢で眠りについた。

究極のファッジー・チョコレート・バントケーキ

●オーブンを175℃に温めておく

材料

卵……大4個

植物油……1/2カップ

冷たいコーヒー（または水）……1/2カップ

サワークリーム……227グラム（わたしは〈クヌーセン〉を使用）

チョコレート・ファッジケーキ・ミックスまたは
　プディングがはいっていないケーキミックス……1箱
（直径23センチまたは33センチのケーキまたは2層のケーキ1台が作れる量。
わたしは〈ダンカン・ハインズ〉を使用）

チョコレート・プディング・ミックス……141グラム
（わたしは〈ジェロー〉の半カップ×6個分を使用）

ミニチョコチップ……336グラム入り1袋
（〈ネスレ〉の340グラム入り1袋でも）

準備
型の用意をする。
バント型の内側に〈パム〉などのノンスティックオイルをスプレーして、
粉をまぶしておく。粉をまぶすには、底に少量の小麦粉を入れ、
キッチンのゴミ箱の上で型をたたいて内側にいきわたらせる。
中央のくぼみの周囲を含め、全体に薄くまぶせたら余分な粉を振り落とす。
小麦粉入りのノンスティックオイル、〈パム〉のベーキングスプレーを
型の内側に吹きかけてもよい。

⑭ 型のままふんわりとアルミホイルをかけて冷蔵庫で
最低1時間冷やす。ひと晩ならなおよい。

⑮ 型に皿をかぶせてひっくり返し、
カウンターに置いたタオルの上にそっと皿を落とす。
ケーキが型からはがれて皿に落ちるまでこれをつづける。

⑯ クールホイップ・ファッジ・フロスティングで
フロスティングをする。

ぜいたくなチョコレートケーキ、少なくとも10切れ分。
トールグラスに注いだ冷たいミルクか濃いコーヒーが合う。

クールホイップ・ファッジ・フロスティング

材料

冷凍クールホイップ……227グラム入り1本（解凍しないこと!）

チョコチップ……168グラム入り1袋
（わたしは〈ネスレ〉のセミスィート・チョコチップを使用）

ハンナのメモその1：
かならずオリジナルのクールホイップを使うこと。
砂糖不使用のものや本物のホイップクリームは不可。

作り方

① 電動ミキサーのボウルに卵を割り入れ、
色が均一になるまで低速でかくはんする。

② 植物油を注ぎ、低速でかくはんする。

③ 冷たいコーヒーを注ぎ、低速でかくはんする。

④ サワークリームを加え、低速でかくはんする。

⑤ ケーキミックスを加え、低速でかくはんする。

⑥ 即席チョコレート・プディング・ミックスを加え、
低速でかくはんする。

⑦ 最後にミニチョコチップを加え、低速でかくはんする。

⑧ ミキサーをオフにし、ボウルの内側をこそげて、
最後に手でひと混ぜする。

⑨ ゴム製のスパチュラで生地をバント型に移す。

⑩ スパチュラで表面をならしてオーブンに入れ、
175度で55分焼く。

⑪ ケーキテスターか、細い木の串か、長楊枝を縁とリングの
あいだに刺し、何もついてこなければ出来あがり。
焼けていない生地がついてくるようなら、
あと5分焼いてから再度確認する。

⑫ オーブンから取り出してワイヤーラックの上に置く。

⑬ 20分冷ましてから清潔な手でケーキを型からはがす。
まんなかの穴の部分も忘れずに。

作り方

① 耐熱ボウルにクールホイップを入れる。

② ボウルにチョコチップを加える。

③ 電子レンジの強で1分加熱し、そのままもう1分おく。

④ ボウルを電子レンジから取り出し、
かき混ぜてチョコチップがとけているかたしかめる。
とけていなければ、30秒加熱して30秒そのままおく
工程をとけるまで繰り返す。

⑤ 15分そのままおいて固まらせる。

⑥ ひと混ぜして、冷蔵庫から究極のファッジー・チョコレート・
バントケーキを出し、フロスティングを塗る。
まんなかのくぼみの部分も忘れずに。
下のほうまで塗らなくても、厚めに塗っておけば
くぼみのなかまでたれる。

⑦ ケーキを冷蔵庫に戻し、最低30分は冷やしてから
切り分けてお客さまに出す。

ハンナのメモその2:
このフロスティングはクッキーにも使用できる。
クッキーに塗り、乾いて固まるまでワックスペーパーの上に置いておく。

クッキーなら天板1枚分、または23センチ×33センチのケーキ1個か、
バントケーキ1個か、2層の丸型レイヤーケーキ1個分。

ハンナのメモその3:
この簡単でおいしいチョコレート・フロスティングがすぐに作れるように、
オリジナルのクールホイップとチョコチップは冷蔵庫に常備してある。

12

お気に入りの椅子に座るグランマ・ニュードスンに、ハンナは紅茶を注《つ》いだ。ティートレーにはティーコージーをかぶせたティーポットと、レモン、砂糖、クリーム、ボーンチャイナのカップとソーサーが二セットのっている。足りないのは、グランマになくていいと言われた白い手袋だけだ。

「ありがとう、ハンナ」ハンナからカップとソーサーを受け取って、グランマは言った。

「見事なお手並みですよ、ディア」

「ありがとうございます。あなたに教えていただいたおかげです」ハンナは褒めことばを返した。

グランマ・ニュードスンはうれしそうだった。紅茶をひと口飲んで、ハンナに微笑《ほほえ》みかけると、尋ねた。「結婚して幸せなの？」

「ええ、もちろん」ハンナはすぐに言ったが、わずかにひるんだ。いつものグランマはこんなふうに個人の問題に踏みこんだりしない。「ロスはすばらしい夫です」

「それを聞いてうれしいですよ、ハンナ。実際、あなたたちは完璧な夫婦《パーフェクト・ペア》だと思っているわ」

突然、まるで魔法のように場面が〈レッド・アウル食料雑貨店〉に変わった。ハンナは肉売り場のカウンターのそばに立って、夕食に何を買おうか考えていた。

「今日はサーモンのいいのがあるわよ」純白のブッチャーズ・エプロンをつけたフローレンスが、身を乗り出して言った。「アラスカから届いたばかりのが」

ハンナは微笑んだ。サーモンは好物だ。「いいことを教えてくれたわ、フローレンス！ロスはサーモンが好きだから、三切れいただくわ。彼のためにサーモン・ウェリントンを作ることにする」

フローレンスはうなずき、サーモンを包みはじめた。「じゃあ、うまくいってるのね、ハンナ？」

「ええ、もちろん！」ハンナは答えた。「何もかも申し分ないわ、フローレンス」

「それはよかった」フローレンスはハンナに包みをわたして言った。「あなたたちは完璧な夫婦《パーフェクト・ペア》だと思うわ」

また場面が変わり、ハンナは摘《つ》みごろに熟した証拠にほんのりバラ色に色づいた、きれいな黄金色の完璧な洋梨《パーフェクト・ペア》になっていた。美しい庭の、小さな梨の木の枝になる洋梨に。今は夜らしく、ほかの木々には色とりどりの日本の提灯《ちょうちん》がさがり、きらめく小さなライトが木の幹と枝を飾っている。入念に手入れされた庭の真ん中には、踏み固められた四角い広場があり、そこは舞踏会かパーティのダンスフロアのようだった。広場の奥でオーケストラが演奏し、美しく着飾った何組ものカップルが屋外で踊っているのが見えた。

あるカップルがハンナの目を引いた。男性はロスで、『白鳥』（一九五六年のアメリカ映画）のグレース・ケリーそっくりの美しい女性と踊っていた。彼女の髪は金髪で、白い夜会服は完璧な肢体を手袋のようにぴったりと包み、ふたりの姿は息をのむほど美しかった。

遠くにいるにもかかわらず、ハンナは輝かしいカップルの会話を聞くことができた。まるで耳元で直接話しかけられているように。

「心からきみを愛している」ロスは言った。「きみを幸せにするために全力を尽くすよ。きみの望みならなんでもかなえよう」

彼の美しいパートナーは微笑んで彼を引き寄せた。「わたしがほしいものはひとつだけよ」

「なんでも言ってくれ」ロスは言った。「何がほしいんだい、ダーリン？」

「完璧な洋梨《パーフェクト・ペア》よ。わたしは完璧な洋梨がほしいの」

「どこにあるかわかれば、手に入れてあげるよ」ロスはにこやかに彼女を見おろして言った。

「それなら知ってるわ。あの小さな梨の木よ」女性はハンナの枝を指さした。「ほら、あそこ。見える？」

「ああ。取ってきてあげよう、最愛の人。待っていてくれ、きみへの贈り物を」

ハンナは寒気がした。何か恐ろしいことが起ころうとしている。やがて彼女は震えはじめたが、恐怖からではなかった。ロスはハンナの枝の真下に立って手を伸ばしたが、いちばん高い枝にあって届かないので、梨を落とそうと枝を揺らしていたのだ。

「やめてえええぇ」枝という安全な場所を失う恐怖で、ハンナは叫んだ。「やめて、ロス！　わたしを傷つけないで！」

だが、彼には聞こえないらしく、さらに強く揺すった。枝は前後に揺れはじめ、今にも折れそうだ。だが、彼女の枝と茎は強かった。がんばればなんとかなるかもしれない。揺さぶるのをやめてくれさえすれば、危険は去るだろう。

そのときだった。ハンナの心臓である強く弾力のある茎が、これ以上の衝撃に耐えられなくなった。茎はぽきんと折れ、彼女は地面に向かって、待ちかまえるロスの手のなかに落ちていった。

「お待たせ、ダーリン」ロスはダンスフロアの隅で待つ美しい女性のもとにハンナを運びながら声をかけた。「ふたりでこの完璧な洋梨を食べて、愛を誓おう。きみからどうぞ」

女性がやわらかい肌にかぶりつき、ハンナは悲鳴をあげた。人生は終わった。ロスは別の女性と浮気をしていた。もうわたしのことは愛していないのだ。ロスにとってハンナは完全に死んでいるのだ。

「姉さん？　姉さん、起きて！」

なじみのある声がして、ハンナはあえぎながら恐ろしい夢から覚めた。「なっ……？」

しゃべろうとしたが、涙でのどが詰まっている。

「また怖い夢を見たのね」ミシェルがハンナのベッドの縁に座って言った。「猫たちがキッチンに走りこんできて、テーブルの下に隠れようとしたとき、何かおかしいと気づくべきだったわ。カドルズは震えてるし、モシェは耳を頭にぴったりくっつけてたんだから。そうしたら姉さんの悲鳴が聞こえて、何事かと急いで走ってきたのよ」

「ごめん」ハンナは起きあがって息をしようとしながら言った。「そうよ。悪夢を見たの。ひどい夢だった」

「そのことについて話したい？」

「いいえ、でも、洋梨の木の夢だった」ハンナはすばらしいにおいに気づいて話すのをやめた。「これは洋梨を焼いているにおい？」

「そうよ。今は洋梨のアップサイドダウン・コーヒーケーキをふたつ焼いている最中で、先に焼いたふたつはラックで冷ましてるところ。ナンシーおばさんとリサが、ヘイティのお母さんの古い料理本のなかから見つけたレシピなの」

「すごくいいにおい！」ハンナは悪夢の最後の痕跡を追い払って言った。「だから完璧な洋梨の夢を見たのね！」

「フルーツのお菓子を焼くのはやめたほうがいいかもね」ミシェルはハンナの腕をつかんだまま言った。「最初はイチゴの夢を見て、つぎは桃、今度は洋梨でしょ。フルーツケーキを焼いたらどうなるか考えたくないわ！」

「焼く必要はないわよ」ハンナは言った。「こんな夢を見つづけたら、わたしがフルーツケーキになっちゃうから」

ミシェルは立ちあがった。「もしその気になったら、あとで夢のことを話して。心理学の教授が言ってたけど、だれかに話せば、もう同じ悪夢を見なくなることもあるんですって」

ハンナは少し考えて、ほんとうかどうかはわからないが、いつか試してみてもいいと思った。「ありがとう、ミシェル。シャワーを浴びてすぐに行くわ。コーヒーケーキがすごくいいにおいだから、おなかが鳴ってきちゃった！」

コーヒーケーキはそのにおいと同じくらいおいしくて、ハンナとノーマンはミシェルをべた褒めした。「洋梨っていうところがいいわ」ハンナはふた切れ目を受け取りながら言った。

「ぼくもそう思う」ノーマンもふた切れ目をもらおうと皿を差し出した。「見た目もいい。

母がよく作っていたパイナップルとチェリーのアップサイドダウンケーキにそっくりだ」ミシェルは笑った。「わたしのコーヒーケーキにパイナップルとチェリーがはいっていないことをのぞけば？」

「そうかもしれない」ノーマンはそう言って笑った。「どうして洋梨を使おうと思ったの、ミシェル？」

「リンゴのスライスで作ろうと思っていたんだけど、リンゴがなかったの。それで、桃にしようかと思ったけど、それもなかった。パントリーをよく見たら洋梨の缶がいくつかあったから、それを使うことにしたの」

「生の洋梨でも作れるかしら？」ハンナがきいた。

「皮をむいて、芯を取って、スライスすればね。もともとリンゴで作ろうとしていたんだもの。〈レッド・アウル〉に寄って、生の洋梨があるかどうか見てみましょうよ。もしなかったら、また缶詰を使えばいいわ。〈クッキー・ジャー〉用にもうふたつ作って、お客さんの反応を見たいのよ」

「いいわね。小さい紙皿に入れてプラスティックのフォークを添えれば、サリーのコンベンションでも出せるわ。コンベンションは九時からだから、朝食としてコーヒーケーキを出してもいいわね」

「それとマフィンも」ノーマンが言った。「マフィンなら皿もフォークもいらないし、朝食にぴったりだよ」

「ミシェルの焼くマフィンは最高だしね」ハンナは言った。

「これまで食べたのはピーチマフィンとストロベリーマフィンだ」ノーマンが回想した。

「小さい紙カップでミニマフィンを焼いて、数種類から選べるようにしたらどうかな?」

「それいい」ハンナはミシェルのほうを向いた。「今度あんたが休暇で帰省するとき、〈クッキー・ジャー〉に出してみましょう」

「楽しそうね」ミシェルは乗り気のようだ。「ところで、ノーマン、いっしょに来てわたしの車選びを手伝ってくれる?」

「いいよ、カドルズを家に送り届けたあとでね。今日はドク・ベネットが手伝いに来てくれることになったから、一日休みなんだ。それに、今夜はミシェルが車を持ったお祝いに、きみたちふたりを〈レイク・エデン・イン〉のディナーに招待するよ」

「ありがとう、ノーマン」ミシェルはどちらの申し出も受け入れて言った。「いっしょにシリルのところに行ってもらえるのはすごくありがたいの。ふたりの意見は信用できるし、正しい車を選びたいから」

ノーマンがよろこんでいるのがハンナにはわかった。「ミシェルが試乗するのを待つあいだ、いっしょにシリルのまずいコーヒーが飲めるわね」ハンナはノーマンに言った。

「そうすれば、ひとりで駐車場に立っていなくてすむし」

「いっしょに車を見てくれないの？」ミシェルは驚いたようだ。

ハンナは首を振った。「ええ。わたしの助けはいらないでしょう。あんたが決めなさい。運転するのはあんたなんだから」

「でも……どうすればぴったりの車だってわかるの？」

「簡単よ」ハンナは言った。「服を買っているつもりになればいいの。試着すれば、自分に似合うかどうかわかるでしょう。ラックではすてきに見えたワンピースでも、着てみて全然似合わなければ買わないわ。駐車場に置いてあるのを見ていいなと思っても、試乗してみるのが大事なの。自分がほしいものはちゃんとわかっているはずよ。目で見て、運転してみればわかるし、正しい選択ができるはず」


一時間半後、ロニーとシリルが選んだ中古車をミシェルに見せているあいだ、ノーマンはハンナの横に立っていた。「きみが中古車を買うならどれを選ぶ？」彼はハンナに尋ねた。

「わたしならブルーのを選ぶけど、ミシェルはちがうかも」ノーマンが朝の予約をドク・ベネットに代わってもらったので、ハンナはうれしかった。中古車を購入するための外出でも、つきあってくれる人がいるのはいいものだ。

ノーマンは少し驚いた顔をした。「ミシェルがコンバーチブルを選ぶことはないよね？」

「すごくかっこいい車だけど、それはないと思う」

「よかった。シアトルにいたころ、中古のコンバーチブルに乗ってたんだけど、冬には悲惨だったよ。ヒーターを全開にしても、いつも寒かった」

「冬にミシェルが試乗することになってよかったわ」

「そうだね。ヒーターも試せるし」

「ヒーターのいかれた車は悲惨だものね」ハンナは返した。それは誇張でもなんでもなかった。マイクとノーマンからのサプライズプレゼントとしてシリルに直してもらうまで、ハンナの車のヒーターはちゃんと動いたためしがなかったのだ。

ミシェルはロニーとシリルが選んだ車に次々と乗っていった。試乗にはロニーも同乗し、ミシェルがコンバーチブルを運転したあと首を振るのを見てハンナはうれしくなった。ブルーの車は最後までとってあり、ミシェルがその車で駐車場から出ていくのを、ハンナは微笑みながら見守った。

「あの車になるかな？」ノーマンがきいた。

「そう願うわ。最後まで残しておいたし、ミシェルはいちばんいいものを最後までとっておく質《たち》なの」

「どうして知ってるの？」

「小さいころそうだったから。ベーコンが大好きで、ベーコン添えのパンケーキはいつも先にパンケーキを食べて、ベーコンをあとで食べるために残していたの。今回もそうだといいんだけど。あのブルーの車はあの子にぴったりだから」

「どうして？」

「車体が長すぎないから楽に駐車できるし、小さすぎることもないから、いつも持ち歩く必要があるものは全部積める。後部座席があるから人を乗せるのに便利だし、見かけはスポーティなのにセダンだから」

五分後、ミシェルが戻ってきた。車を停《と》め、とても興奮した様子でハンナたちのところにやってきた。「ブルーのにしてもいい、姉さん？」

「もちろん」ハンナはすぐに答えた。「どれでも好きな車を選んでいいのよ」

「でも、シリルがロスの車を売った金額よりも高かったら？」

「それは心配しなくていいわ。ロスの車の売却代金と同じか、それに近い金額のものをシリルとロニーが選んでおいてくれたから」

ミシェルは心からうれしそうな笑顔を見せた。「それならあのブルーの車にする！　ずっとあういう車がほしかったの」彼女は両腕を姉にまわしてぎゅっと抱きしめた。「ありがとう！　ロニーとシリルが確認してくれたわ、完璧な走りだって」

「それなら、〝ブルーのに決めた〟と伝えにいきなさい」ハンナはうながした。

「そうする！　〈クッキー・ジャー〉まで運転するのが待ちきれないわ」

ミシェルが走っていってしまうと、ハンナはノーマンのほうを向いた。「シリルと話してくるわ」

「どうぞ。ぼくももう行くよ。そろそろクリニックに行かないと」

ハンナは驚いた。「ドク・ベネットに診察を代わってもらったんだと思ってた」

「そうだけど、書類仕事があるんだ。請求書の支払いがかなり遅れてててね。じゃあ、またあとで、ハンナ」

「ええ。今日も新作のクッキーを試作するつもりだから、あなたのためにいくつか取っておくわね」

ノーマンが去ると、ハンナはシリルとミシェルとロニーのところに行った。「ちょっといいかしら、シリル？」

「もちろん」シリルはミシェルとロニーから離れた。「なんだい、ハンナ？」

「ふたつ話があるの。あなたのオフィスに行きましょう。向かいながら話すわ」

ハンナは絶対に話を聞かれないところまで行ってから、最初の話題にはいった。「昨夜ふと頭に浮かんだんだけど、遅い時間だったから電話できなかったの。ロスの車を買う人は、ＰＫがあの車のなかで死んだことを知ってるの？」

「いいや。話す理由はなかったから」

「でも、事故にあったことのある車の場合、報告しないといけないんじゃなかった？」

「損傷がひどいときにはね。あの車はたいしたことなかった」

「もし知っていたらあの車を買ったかしら」

「買ったと思うけど、伝える義務はないから伝えなかった。PKのことはとても残念だよ。彼のことは好きだったし、彼のガールフレンドも好きだった」

「PKのガールフレンドを知っていたの？」

「一度会っただけだけど、印象的だったからおぼえてるよ」シリルは小さくすっと笑った。「PKは彼女への婚約プレゼントとしてうちで中古車を買ったんだ。彼女はずっとジープをほしがっていたらしくて、ちょうど中古のラングラーがあったんだ。ただ、走行距離はたいしたことなかったが、修理する必要があった。PKはプレゼントするまえにピンキーの好きな色に塗り直すつもりだったから、それでいいと言った」

「ピンキーという名前だったのね？」

「彼はそう呼んでたけど、何かほかの名前を縮めたものだろうね。PKによると、彼女のお気に入りの色はピンクで、ずっとピンクのジープをほしがっていたそうだ。彼はプロポーズする直前に譲渡契約書にサインして、婚約指輪を贈った」

「すごくすてきな婚約プレゼントね」

「そうなんだ、ユニークだしね。ピンクのジープなんて見たことがないよ」

「わたしもないわ！」ハンナは小さく笑った。「ここでジープに塗装したの？」

「いいや、ＰＫが一日で車体を塗装してくれるところに持っていった。翌日取りにいって、ここに戻ってきたんだ。サプライズだからすぐには彼女に見つからないように、車をクレーンで持ちあげた。ふたりはうちの二番ガレージで婚約したんだ」

「彼女はピンクのジープのことを知らなかったの？」

「何も知らなかったよ、ＰＫがグローブボックスに隠しておいた指輪のこともね。クレーンをおろしたときの彼女の顔を見せたかったよ！　ＰＫがキーをわたして、ジープは自分からのプレゼントだと伝え、グローブボックスのなかにもうひとつのプレゼントがあると言ったんだ。ふたりは車に乗りこみ、彼女がグローブボックスを開けて婚約指輪を見つけると、ふたりは五分にも思えるあいだキスしていた。修理工たちはいまだに話題にしているよ、あの日はほんとうに楽しかったって」

「でしょうね」ハンナはまだピンクのジープというアイディアをおもしろがっていた。

「彼女はピンクのジープを気に入った？」

「それはもう。塗装がすっかり気に入ったようだった。グローブボックスのなかや、ホイールウェル（タイヤの脱着をおこなうために設けられているくぼみの部分）までピンクに塗られていることにも気づいた。すばらしい日だったよ。わたしたちはシャンパンで、ふたりは酒を飲まないという話だったから、スパークリング・アップルジュースで乾杯した。その日は早めに店じまいして、車を取りにきたお客さん全員がパーティに加わった」

「わたしも参加したかったわ」

「うん、きみにも来てほしかったよ。とても楽しい時間だった。ピザを注文して、赤身の肉を食べないピンキーのためにチキンとマッシュルームのピザを特注した。修理工の奥さんたちが夫たちを迎えにくると、ラジオをつけて音楽に合わせてみんなで踊った。そのうちに、ブリジットがふたりのために焼いた婚約祝いのケーキを運んできた」

「どんなケーキ？」

「チョコレートケーキだ。大きなパーティになることがわかっていたから、まったく同じものを三つ。それをここにいた全員がひと切れずつ食べた。フロスティングを作る時間がなかったから、アイスクリームを添えてね。きみにもらったレシピだと言ってた」

「究極のファッジー・アイスクリーム・チョコレート・バントケーキと呼んでた？」ハンナはきいた。

「まさにその名のとおりだよ。とてもうまかったから、これからわたしの誕生日にはずっとそれを焼いてほしいとたのんだくらいだ」

「わたしのチョコレート・フロスティングのレシピも教えるとブリジットに伝えて。すぐにできてとても簡単なの。あのケーキにぴったりのフロスティングだし」

ハンナとシリルは修理工場の建物に到着し、彼のオフィスにはいった。ハンナは彼のデスクのまえの椅子に座ると、小切手帳を取り出した。

「ミシェルの車の代金の差額ぶんの小切手を書くわ。口座残高よりも多い金額なら、足りないぶんもすぐに支払います」

「それはありがたい。でも、きみは何も払う必要はないよ。実は、わたしがきみに五百ドル払わないといけないんだ」シリルはハンナの驚いた顔を見て笑った。「そうなんだよ、ハンナ。あの車はかなり高く売れてね。登録料や保険料を差し引いても、まだ五百ドル残るんだ」

「ほんとうに？　全部差し引いても？」

「うそじゃないよ。わたしだって初めて車を売るわけじゃないからね」

「そうよね。ロスの車がそんなに高く売れたなんて信じられなくて。あなたって凄腕《すごうで》のセールスマンなのね！」

「そりゃそうさ。アイルランド人だからな」シリルは得意げな笑みを見せた。「アイルランド人の口八丁と呼ぶ人もいるかもしれないが、わたしはアイルランド人の魅力と呼びたいね」

「すばらしいわ、シリル。あなたのアイルランド人の魅力に感謝しなきゃ。あなたとロスのおかげで、ミシェルにすてきなプレゼントができたわ」

「これはきくべきじゃないのかもしれないが、ロスと何かあったのか、ハンナ？　彼は帰ってくるのかい？　特別番組のロケで出かけているという話は聞いているが、車をきみに譲ったというのがどうも引っかかってね」

ハンナは家族全員からするようにと言われている説明をするために深呼吸をした。準備したことばを言おうと口を開けたが、どうしてもできなかった。

「実を言うと、わたしもよくわからないの」彼女は認めて言った。「わたしに車を譲渡した理由は説明できないし、戻ってくるまできくこともできないから」

「わかったよ。新しい車を買うつもりだったのかもしれないし、自分の身に何かが起こる予感があって、万が一のためにきみに譲りたかったのかもしれない。予感がすることってあるだろう。予知能力というやつだ」

「なんであってもおかしくないわ」それについては考えたくなかったが、ハンナは答えた。

「信じつづけることだよ、ダーリン」シリルは彼女を軽くたたいて言った。「よくないことを心配するより、すべてうまくいくと信じるほうがいい」

ベーキングパウダー……小さじ3（大さじ1）

塩……小さじ1

やわらかくした有塩バター……1/3カップ（75グラム）

牛乳……1カップ

卵……大1個

準備
①縦横23センチ、高さ5センチの型を用意する。

ハンナのメモその1：
20センチの角型しかなければ、
それと標準サイズのパン型を使うとよい。
焼き時間はそれぞれちがうので、竹串かケーキテスターを
真ん中に刺して焼け具合をたしかめること。

②型に〈パム〉などのノンスティックオイルをスプレーする。
③熱に強いきれいな大皿を準備する。
型よりも大きいものにすること。
皿の上で型を逆さまにすると、
焼いたときにできるバタースコッチ液が流れ出すので、
深さのあるものだとさらによい。
おいしいバタースコッチ液をひとしずくも失いたくはないはず！

作り方

① 小さめのボウルに刻んだピーカンナッツと
ブラウンシュガーを入れてフォークで混ぜる。

② 中力粉とシナモンを加えて混ぜる。

③ 全体がぽろぽろになるまで、フォークかパイ皮用のブレンダーで
冷たいバターを混ぜこむ（スイートクラム・トッピング）。

洋梨のアップサイドダウン・コーヒーケーキ

(コーヒーケーキはコーヒーによく合うケーキのことで、かならずしもコーヒー味というわけではない)

●オーブンを175℃に温めておく

材料

スイートクラム・トッピング

細かく刻んだピーカンナッツ……1/2カップ

ブラウンシュガー……1/3カップ(きっちり詰めて量る)

中力粉……1/4カップ(きっちり詰めて量る)

シナモンパウダー……小さじ1/2

冷たい有塩バター……42グラム(大さじ3)

フルーツ・レイヤー

有塩バター……56グラム

ブラウンシュガー……1/2カップ(きっちり詰めて量る)

洋梨……3個(皮をむいて芯を取り、薄くスライスしたもの。生でも缶詰でもよい)

ゴールデンレーズン……1/2カップ

コーヒーケーキ生地

中力粉……2カップ(きっちり詰めて量る)

白砂糖(グラニュー糖)……1カップ

⑫ ⑦のフルーツ・レイヤーの上に⑪の生地を流しこむ。

⑬ ⑫の上に③のスイートクラム・トッピングを振りかける。

⑭ 175度のオーブンで焼く。真ん中にケーキテスターか
竹串を刺して、生地がついてこなくなれば焼きあがり。
焼き時間は23センチの角型なら約50分。
20センチ角型なら約40分。
標準サイズのパン型も約40分。

ハンナのメモその3：
焼きあがりの確認は
焼き時間終了の5分まえからすること。

⑮ 鍋つかみで型をオーブンから取り出し、
すぐに大皿をかぶせる。
大皿と型をしっかり持ってすばやくひっくり返し、
アップサイドダウン・コーヒーケーキを大皿に移す。
型を大皿の上にかぶせたまま1、2分おき、
バターとブラウンシュガーでできたバタースコッチが
ケーキからたれるようにする。

マイクかノーマンを招いていなければ約9人分。

ミシェルのメモ：
つぎに作るときは薄くスライスした
生の桃で試してみるつもり。

④ 準備した型にバターを入れ、
バターがとけるまで温めたオーブンに入れる。
鍋つかみを使って型をオーブンから取り出し、
ワイヤーラックに置く。

⑤ とけたバターの上にブラウンシュガーを振りかける。

⑥ その上に薄くスライスした洋梨を並べる。

⑦ 洋梨の上にゴールデンレーズンを振りかける
（フルーツ・レイヤー）。

ハンナのメモその2：
このコーヒーケーキは電動ミキサーを使うと
簡単に作ることができる。
使わなくても作れるが、時間と腕力がいる。

⑧ コーヒーケーキ生地を作る。
電動ミキサーのボウルに中力粉、
白砂糖、ベーキングパウダー、塩を入れ、
低速で数分かくはんしてスイッチを切る。

⑨ やわらかくしたバター、牛乳、卵を加え、
低速で1分かくはんしたあと、
中速でさらに1分かくはんし、
スイッチを切って、ボウルの内側をこそげる。

⑩ 低速でもう2分かくはんし、スイッチを切って、
ボウルの内側をもう一度こそげる。

⑪ ボウルをミキサーからはずし、
ゴム製のスパチュラでひと混ぜする。

13

ハンナは階段をのぼって九時ちょうどに〈レイク・エデン・ファースト・マーカンタイル銀行〉のまえに立ち、窓口係主任のリディア・グラディンが正面入り口を開けるのを待った。

「おはよう、ハンナ」リディアが入り口のドアを解錠してハンナを招き入れながら、最高のお客さま対応係の声で言った。

「おはよう、リディア」とハンナは返し、広々とした内部に足を踏み入れた。銀行全体が、コールドスプリングの花崗岩《かこうがん》採石場からトラックで運ばれたミネソタの花崗岩で建てられていた。

「すぐに用件を聞くから少し待ってね」リディアは言った。「先に金庫を開けてわたしの現金箱を解錠しちゃうから」

「急がなくていいわよ」と言って、ハンナは歩いていくリディアを見送った。彼女は今より二、三サイズやせていたころに買ったらしいぴちぴちの赤いセーターに、ドロレスなら六十歳近い女性には〝不適切〟ということばを使いそうな、きわめて短い黒のスカート姿だった。

町に一軒しかない銀行は、ミネソタでは育たない植物であるヤシの木のイミテーションで感じよく飾られていた。きれいなラベンダー色の布張りの、座り心地のいい椅子が待合スペースを美しく彩っており、ハンナはそのひとつに座った。椅子のあいだにはガラス天板の小ぶりなテーブルが置かれ、地元の庭に植えられたらすぐにしおれて枯れてしまうような熱帯の花が描かれた、色とりどりの大きな絵画が飾られている。この内装はダグ・グリアスンが銀行の頭取に就任したときに更新されたもので、ハンナは一度、どうして熱帯の島にあるほうがふさわしいイミテーションの木や花で飾ることにしたのかと、彼に尋ねたことがあった。ダグは笑って、休暇をとる暇がないので、装飾を一新した銀行に出勤すれば、アルバ（西インド諸島の島）に行かなくても暖かな熱帯にいるような気分になるのだと告白した。

「準備できたわよ」リディアは窓口の向こうの背の高い回転椅子に座ると、ハンナを手招きした。

ハンナは立ちあがって、リディアの窓口に急いだ。「個人の決済用口座に預け入れをしたいの」

リディアはハンナが窓口の格子の下から差し出した小切手を調べた。裏を見てかすかに眉をひそめる。「署名してもらわないと」

「もちろん、そうよね」リディアに小切手を押し戻され、ハンナはうっかりしていた自分を責めた。「ごめんなさい」と謝り、急いで小切手に署名した。「口座の残高がだいぶ少なくなっているから、これでかなり助かるはずよ」

「入金して新しい残高を出すわね」と言って、リディアはコンピューターのキーボードをいくつかたたいた。そしてすぐにけげんそうな顔をした。

「どうしたの、リディア？　最新の取引明細書は見てないんだけど、まさか借り越しになってないわよね？」

「とんでもない！」リディアはハンナの疑問に驚いたようだった。「受領証に最新の残高を書いてあげるわね」

プリンターから受領証が出てくるのを待って、リディアはその裏に残高を書きこんだ。格子の下からハンナのほうに押し出し、残高を読むハンナを見つめる。

「うそでしょ……」ハンナは深呼吸をしてから残高を読みあげた。「六万八百七十六ドルも？」

「コンピューターの画面にはそう出てる。業務用の口座とまちがえて、個人の口座に大金を預けてしまったということはない？」

「ないわ。業務用口座にだってこんなにはいってないもの。何かのまちがいよ。きっとわたしの個人口座に別の人のお金がはいってしまったのよ」

「この大金の預け入れをだれが処理したのか調べてみるわね」リディアはキーボードに何やら打ちこみ、答えが出るのを待った。やがて、わずかにたじろいで「あらまあ！」と言った。

「だれなの？」

リディアは格子に身を寄せた。「ダグ・グリアスンよ。彼がオフィスにいるか見てくるわね、ハンナ。どうしてこんなことになったのかわからないけど、きっと何かひどい手ちがいがあったんだと思う」

二分後、ハンナはダグのデスクのまえに座って、エスプレッソマシーンで淹《い》れてもらったカプチーノを手にしていた。コーヒーを飲んでいると、ダグはキーボードに何やら打ちこみ、顔を上げて彼女を見た。

「まちがいではないよ、ハンナ。これがきみの正しい残高だ。もっとあると思ったのかい？」

「まさか、ちがいます！　そんな大金を預けたことはこれまで一度もないし、六万ドル以上もあるなんて思ってもいなかった。だれか別の人のお金が入金されたのよ、ダグ。きっと今ごろその人の小切手は、どこかで不渡りになって戻ってきているはずだわ！」

ダグは微笑《ほほえ》んだ。「ほかのだれかの預入金じゃない。きみのだ。問題がわかった気がするよ。ロスはロケに出かけるまえ、きみの口座にお金を移したことを言わなかったんだね？」

ハンナはあまりのショックに一瞬口がきけなくなった。「ええ」彼女は小さな声で答えた。「実は……仕事中で、ロスが出かけるまえに話す暇がなくて」

ダグはデスクの引き出しを開けてフォルダーを取り出した。「彼は留守のあいだ、きみがお金に不自由しないようにしておきたかったんだろう。きみにサインしてもらいたい署名カードがいくつかあるんだ」

「署名カード？」

「そう。彼の口座用のね。ロスはすべての口座をきみと共有し、共同名義口座にしたいと言っていた。結婚するまえにそうしておかなかったのを悔やんでいると」

ハンナが見ていると、ダグはフォルダーから三枚のカードを取り出した。「口座は三つあって、署名カードも三枚ある。それぞれのカードのふたつ目の線の上にフルネームで署名してもらえれば、すべての口座にアクセスできるようになる」ダグは話すのをやめて、デスクの向こうからハンナを見た。「顔が青いね、ハンナ。大丈夫かい？」

「あの……ええと……大丈夫よ。ただ……驚いちゃって、それだけよ」いかに動揺しているかをダグに悟られまいと、ハンナは署名カードを見おろした。ロスは車もふくめてすべての資産を彼女に残したようだった。シリルが言ったように、ロスは何かが起こって帰ってこられなくなるかもしれないと予期していたのだろうか？　それとも出ていったのはもともと計画していたことで、これはハンナのもとに戻るつもりはないというさらなる証拠なのだろうか？　でも、ロスはアパートメントの鍵を持っていった。それは戻ってくるという証拠なのでは？

最初のカードに署名しながら、シリルのアドバイスに従って、最悪のことを心配するのではなく、すべてはうまくいくと信じようとした。だが、自分が結婚した相手についての新情報を知ると、心配せずにいるのはますますむずかしくなった。

「きみが署名しているあいだに、残高をプリントアウトしよう」ダグはそう言って、またキーボードに向かった。「ロスはすべての口座にいくらはいっているか、きみに知ってほしいと言っていた」

ハンナはうなずいた。まだ動揺しすぎていて口がきけなかった。二枚目のカードに署名していると、ダグのプリンターがトレーに書類を吐き出した。

ダグはプリントアウトを取ってデスク越しにハンナにわたした。「これだよ」

「ありがとう、ダグ」ハンナは最後のカードに署名すると、三枚きちんと重ねてデスクの上に置き、ダグのほうに押し出した。そして、プリントアウトをふたつに折ってバッグに入れた。今朝はもうこれ以上の驚きに対処できそうにない。あとで見よう、〈クッキー・ジャー〉の厨房《ちゅうぼう》でひとりになったときに。

ハンナは最後の天板を業務用オーブンの棚にすべらせて扉を閉めた。タイマーをセットしたあと、コーヒーポットのところに行って、カップにコーヒーを注《つ》いだ。そしてすぐに、作業台のいつものスツールに座った。

書類を入れたバッグが、隣のスツールでやたらと存在感を出しているように見えた。それは磁石のように彼女を引き寄せ、好奇心は満たされたがっていた。さっさと見てごらん。今はひとりだし、もうずっとがまんしてきたんだから。ほかのみんなはコーヒーショップにいるし、動揺したとしてもだれにも気づかれないよ。知りたいんでしょう？

たしかに知りたい。ハンナは手を伸ばしてバッグを開けた。ダグにもらった書類を取り出してにぎりしめる。ロスは結婚する何週間もまえから、心配しなくていい、いつでも大金を使う余裕はあるんだからと言っていたが、あれはほんとうだったのだろうか？　それとも、大金のクレジットカードの請求書が夫宛てに送られてくるのだろうか？

送られてくる請求書の支払いができるだけのお金がロスにありますように、と無言の祈りを唱えてから、折りたたんである書類を開いた。

見るのが怖かった。代わりに、だれかがはいってきて書類をバッグに押し戻すことになるのを半分期待して、スイングドアを見たが、ドアはぴくりとも動かなかった。

臆病者！　心の声がたしなめた。遅かれ早かれ見なくちゃならないのよ。ひとりきりでいるあいだにやってしまいなさい。深呼吸をしてやればいいの！

ハンナは深呼吸をしてプリントアウトを見おろした。最初の口座の残高は三万ドルと少しで、六万ドルの銀行間振替があったことを示していた。ハンナの決済用口座に移したお金だろう。

ふたつ目の口座は金融市場預金口座《マネー・マーケット・アカウント》（連邦政府の保険付き預金口座）だった。この口座の残高は十万ドル近くあった。

ハンナはあまりのショックにプリントアウトを取り落とした。ＫＣＯＷがロスにかなりいい給料を払っているのは知っていたが、これほどの大金の説明にはならない。何も心配はいらないとハンナに言ったり、ハネムーンクルーズの代金を払う余裕があったのも当然だ！

よけいなゼロを足さないよう、まばたきをして三つ目の口座の残高をたしかめた。これは利息付き預金口座で、二十二万六千ドルもはいっていた。ロスは〈レイク・エデン・ファースト・マーカンタイル銀行〉に四十万ドル近くも預金があったのだ！

ハンナは畏敬の念をこめてプリントアウトを見おろした。ビル・ゲイツやウォーレン・バフェットのような大富豪ではないにしても、ロスの預金額はハンナの生涯希望賃金よりも多かった。

コーヒーカップを取ってひと口飲んだ。そして、もう一度プリントアウトを見おろした。

合計額はやはり同じだ。想像ではない。これはものすごくリアルな夢ではないとたしかめるために、自分をつねってからもう一度見た。やはり同じだった。これは現実なのだ。

ハンナは両手で頭を抱えた。ことの顛末《てんまつ》に頭がくらくらして、かすかにめまいを覚えた。あまりにも展開が早くて、どんどん置いていかれ、どうすることもできない。深く呼吸することを思い出し、少し冷静になると、もう一度プリントアウトをじっくり読んだ。合計額は黒インクではっきりと印字されていた。

タイマーが鳴り、じゃまがはいったことに感謝した。ロスがどうやってこれだけの大金を得たのかということばかり考えていても仕方がない。オーブンミットをつかみ、業務用ラックをオーブンのそばに移動させて、オーブンの棚から一枚ずつ天板を取り出した。メープル・クランチ・クッキーは天板の上で一、二分冷ましてからラックに移さないとサクサクにならない。

数分後、クッキーはオーブンペーパーごとラックの上にあった。すばらしいにおいで、これを作ることにしてよかったとハンナは思った。あとは試食するだけだ。おいしかったら、コンベンションホールで朝食用クッキーとして売るためにもっと焼くことにしよう。

ハンナがふたたび作業台のスツールに腰をおろそうとしたとき、裏口をノックする音がした。だれのノックかわかったので、急いでドアに向かい、ノーマンを迎え入れた。

ノーマンは「やあ、ハンナ」と声をかけ、裏口のドアのそばのフックに防寒コートをかけた。「これは焼きたてのクッキーのにおいかな？　それとも……パンケーキ？」

ハンナは笑った。「パンケーキじゃないけど、においは似てるわね。メープル・クランチ・クッキーよ。座って、ノーマン。コーヒーを持ってきてあげる。それから、試食できるくらいクッキーが冷めたか見てみるわね」

ノーマンがコーヒーを飲んでいるあいだに、ハンナは業務用ラックに近づいてクッキーをチェックした。クッキーはまだ温かかったが、熱くはなかったので、皿に盛って作業台に運んだ。

「おひとつどうぞ」彼のまえに皿を置いて勧めた。「初めて焼いたから、あなたの感想を聞きたいわ」

ノーマンはクッキーをひとつ取ってかじった。そして笑顔になった。「うまい。最低でも週に二回は朝食に食べたいよ。いや、もっとかな。サクサクしていて甘くて、メープルシロップみたいな味がする。パンケーキよりおいしいぐらいだ。それだけじゃない。ぼくの好きなものがはいってる気がするんだけど、なんだろう」

「コーンフレークよ」

「それだ！」ノーマンはうなずき、もうひとつクッキーを取った。「シリアルとパンケーキ、両方ともぼくの好きな朝食だよ。今日のお客さんに試食してもらうつもり？」

「ええ。クッキーを試作したときは、みんなよろこんで試食してくれるから」

「きみに感想を言えるから？」

「それもあるわ。でも、おもな理由は試食用のクッキーが無料だからよ」

「それはいつだってうれしいよ」ノーマンはもうひとつクッキーを取ると、ハンナのほうに皿を押し出した。「下げてくれ。あとを引くから、ここに置いてあると全部食べちゃうよ」

ハンナは微笑みながら皿を下げて厨房のカウンターに置いたが、作業台に戻ったときは笑みが消えていた。「見てもらいたいものがあるの、ノーマン。あなたの意見を聞かせて」

「いいよ。なんだい？」

「今朝シリルから五百ドルの小切手を受け取ったの。ロスの車を売ってはいったお金が、ミシェルの車の代金よりも多かったらしくて」

「よかったじゃないか！」

「ええ、でもそのあと起こったのはそれほどいいことじゃないのよ。いいことなのかもしれないけど。それをあなたに教えてほしいの」

「わかった。何があったんだい？」

「シリルの小切手をわたしの決済用口座に入金するために銀行に寄ったら、あることがわかったんだけど、それが大きな問題かもしれないの」

「大丈夫だよ。お金が必要ならよろこんで貸すから」

「そうじゃないの。実を言うと、その逆なのよ」

「その逆？」ノーマンは戸惑っているようだ。「どういう意味？　最初から話してくれよ、ハンナ」

ハンナのメモその2:
大きめのボウルと木のスプーンでも作れるが、
電動ミキサーを使うほうがずっと簡単。

作り方

① 電動ミキサーのボウルに白砂糖とやわらかくしたバターを入れ、なめらかになるまでかくはんする。

② とき卵を加え、よくかくはんする。

③ メープルシロップを加え、よくかくはんする。

④ ミキサーを低速にしたままベーキングソーダ、ベーキングパウダー、塩、バニラエキストラクトを混ぜ入れる。

⑤ 中力粉を半カップずつ加え、その都度よくかくはんする。

⑥ ゴム製のスパチュラでボウルの内側についた生地をこそげ、ボウルをミキサーからはずす。

⑦ 砕いたコーンフレークとホワイトチョコチップを加え、均等にいきわたるまで手で混ぜこんで、最後に木のスプーンでひと混ぜする。

⑧ 生地を最低1時間冷やす(ひと晩冷やしてもよい)。

⑨ 生地が冷えたらオーブンを175度に温める。

⑩ オーブンを予熱しているあいだに、天板に〈パム〉などのノンスティックオイルをスプレーするか、オーブンペーパーを敷く。

メープル・クランチ・クッキー

材料

白砂糖（グラニュー糖）……2カップ

室温でやわらかくした有塩バター……1カップ（225グラム）

とき卵……大2個分（グラスに入れてフォークで混ぜる）

メープルシロップ……1/2カップ

ベーキングソーダ（重曹）……小さじ1

ベーキングパウダー……小さじ1

塩……小さじ1

バニラエキストラクト……小さじ1

中力粉……4カップ（きっちり詰めて量る）

砕いたコーンフレーク……1/2カップ
（砕いてから量る。わたしは〈ケロッグ〉のコーンフレークを使用）

ホワイトチョコチップまたはバニラチップ……1カップ
（168グラム入り1袋）

仕上げ用の白砂糖（グラニュー糖）……1/2カップ

ハンナのメモその1：
メープルシロップを量るときは、計量カップの内側に〈パム〉などのノンスティックオイルをスプレーしておくとシロップがくっつかない。

⑪ 白砂糖1/2カップを浅いボウルに入れておく。

⑫ 生地を両手でクルミ大のボール状に丸める。

⑬ ボール状の生地を⑪のボウルに入れて転がし、
砂糖をまぶしつけてから、用意した天板に置く。

⑭ 金属製のスパチュラで生地を軽くつぶす
(こうするとオーブンに運ぶとき、
生地が天板から転がり落ちない)。

⑮ 175度のオーブンで10〜12分、
または黄金色になるまで焼く。

⑯ オーブンから取り出し、天板に置いたまま2分だけ冷ます。
そのあとワイヤーラックに移して完全に冷ます
(あまり長く天板に置いておくとくっついてしまう)。

大きさにもよるが、5〜6ダース分。

ミシェルのメモ:
アンドリアによると、トレイシーとベシーは、
いつもアンドリアが朝食に出すシリアルの代わりに
このクッキーを食べられるように、
〈クッキー・ジャー〉に連れていってもらいたがっているという。

14

「実はね」ハンナはノーマンの向かいにあるスツールに座って言った。「ミシェルがどんな車を選んでもいいように、個人口座の通帳をバッグに入れていったの。口座の残高は知っていたから、それで差額が払えることを願って」

「きみはいいお姉さんだね」

「ありがとう。そうしてあげたかったのよ。〈クッキー・ジャー〉を手伝ってくれてるのに、バイト代を出すと言っても受け取ってくれないし、あの子にはかなりの借りがあるから。口座にそれほどお金があるわけではないけど、差額ぶんぐらいになればいいなと思っていたの。もし足りなかったら、残りは分割払いにしてもらうつもりだった」

「もっとかかるようだったら、ぼくが出してたよ。言ってくれるだけでよかったのに」

「ありがとう、ノーマン」ハンナはあらためてノーマンがいかに親切で愛情深いかを思った。そして、説明をつづけた。「ところが、その必要はなかったの！」

「シリルの小切手のおかげで？」

「それは理由のごく一部。シリルの小切手を銀行に持っていって預け入れをしたとき、借り越しになっていないといいけど、とリディアに言ったの。残高を調べたリディアはとても驚いて、受領証の裏に残高を書いてくれた。わたしが思っていたより六万ドルも多かったの」

「銀行のまちがい？」

「わたしはそう思った。リディアもね。でも、入金を受け付けたのはダグ・グリアスンよ」

「ダグが？」

「ええ、そのことで話をしようとダグのオフィスに行った。そうしたら、まちがいではなくて、ロスは町を出る直前にダグに会いにきて、六万ドルをわたしの口座に移したらしいの！」

ノーマンは低く口笛を吹いた。

「口笛を吹くのはまだ早いわ。それだけじゃないの。ロスは彼のすべての口座をわたしとの共同名義にすると言ったらしくて、わたしはカードに署名して、すべてにアクセスできることになった。ロスは大金を銀行に預けていたのよ。わたしが思っていたよりずっと多くのお金を！」

ハンナがノーマンに衝撃的なニュースを伝え終わったとき、裏口のドアをノックする音がした。短く三回、大きく一回という、スネアドラムのリズムのような軽快なノックだ。

「アンドリアだわ」ハンナはノーマンに知らせた。「なかに入れてやってくれる？　わたしはコーヒーを注《つ》ぐから」

「これはバッグに入れて保管したほうがいいよ」と言って、ノーマンは銀行残高の書類をハンナに差し出した。

「そうね」ハンナは書類を受け取ってバッグに入れた。そして、アンドリアのコーヒーを注ぎにいった。

コーヒーのマグを持って戻ると、アンドリアがノーマンの隣のスツールに座っていた。

「ごめん、姉さん」アンドリアはひどくすまなそうに言った。「ききこみに行ってみたんだけど、見つけられなかったわ、ロスを……」そこまで言って、ノーマンを見た。そして、困ったようにハンナを見た。「ごめん、姉さん。あとで話す」

「ノーマンに隠すことは何もないわ」ハンナは妹を安心させた。「今話して」

「わかった」アンドリアはノーマンを見た。「ききこみをして、ロスにうらみを持っていたり、なんらかの理由で嫌っていた人を見つけてほしいと姉さんにたのまれたの。薬物混入のチョコバーはＰＫをねらったものなのかロスをねらったものなのかわからないし、姉さんに向かってロスを悪く言うひとはいないだろうからって」

「たしかにそうだね」ノーマンは言った。

「でも、何も見つからなかった」アンドリアは言った。「思いつくかぎりの人に話を聞いたの。イルマ・ヨークにまでよ、あの人がいかにゴシップ好きか知ってるでしょ。でも、イルマでさえロスについて悪いことは何も思いつかなかった。ほかの人たちもね。みんなほんとうに彼のことが好きなのよ。ロスはレイク・エデンでとても人気があるのね」

「職場のほうはどう?」ノーマンがきいた。「ロスが来たことで、自分たちの仕事をとられたと思っていそうな人は、KCOWにいた?」

「そっちはあとで調べなきゃ。今日はあそこまで行く時間がなかったの」アンドリアはしゃべるのをやめて腕時計を見た。「これから行くのは無理だわ。約束がはいってるの。明日でもいい、姉さん?」

「あんたはよくやってくれたわ、アンドリア。ほんとにありがたいと思ってる。わたしがあとでKCOWに行って、何か知ってる人がいないか探ってみる」

「ほかにもわかったことがあるけど、ロスのことじゃないの」アンドリアは言った。「明日PKの葬儀がおこなわれるとグランマ・ニュードスンから聞いたわ」

ノーマンはハンナのほうを見た。「きみは行くつもり?」

ハンナはとっさに心を決めた。「ええ、行きたいわ」

「わたしも行く」アンドリアがハンナに言った。「刑事はいつも被害者の葬儀で何か情報を得るのよね。どんな刑事ドラマでもたいていそうよ」

「刑事ドラマを見てるの？」ハンナはきいた。アンドリアはファッションやインテリアデザイン関係の番組のほうが好きなことを知っているからだ。

「ビルが見てるの。彼がまともな時間に帰ってくるときはいっしょにすごしたいから、わたしも見てるのよ。葬儀にはわたしも行きますからね、姉さん。刑事ドラマがまちがっているはずはないし、だれかがわたしたちと話しているうちに、知りたいことを話してくれるかもしれないもの」

アンドリアがトレイシーとお友だちのためのメープル・クランチ・クッキーの袋を持って帰っていくと、ノーマンがハンナに言った。「ぼくももう行くよ。きみの仕事が終わらなくなるから」

「あら、そんなことないわよ」ハンナは笑って言った。「バークッキーをいくつか焼くだけだし、話をしながらでも生地は作れるわ」

「きみがそう言うなら」ノーマンはそう言ってまた座った。「何を作るんだい、ハンナ？」

「スイート・アンド・ソルティ・ストロベリー・バークッキーよ。甘さとしょっぱさの組み合わせが好きなの」

「ぼくも好きだよ。そういえば母がチョコレートサンデーにシーソルトを振りかけてたな。チョコレートの濃厚さが引き立つと言ってた」

「そのとおりよ」ハンナは急いでパントリーに行き、必要な材料を持って戻ってきた。バターをやわらかくして、あらかじめ業務用ミキサーのボウルに入れておいた白砂糖と混ぜ、そっとため息をつく。「どういう意味だと思う、ノーマン？」

「推測だけど、ロスがしばらく留守にするから、きみに充分なお金を残しておきたかったのは明らかだね」

ハンナは自分のあいまいな質問をノーマンが正しく理解してくれたことに気づいて微笑《ほほえ》んだ。「わたしがききたいことをちゃんとわかってくれてるのね？」彼女は言った。それは疑問というより事実確認だった。

「うん。アンドリアがいるあいだじゅう、きみが何かを気にしていたのがわかったから。彼女の話は聞いていたけど、ダグ・グリアスンに言われたことを考えていたんだよね」

「そのとおりよ」ハンナはクラスト生地の材料を混ぜながら言った。完全に混ざると、クランブル・トッピング用に少し生地を取り分けてラップで包み、ウォークイン式冷蔵庫にしまった。そして、残りの生地を用意しておいた型の底に広げ、金属製のスパチュラで表面をならし、業務用オーブンの棚にすべらせた。オーブンの扉を閉じ、タイマーをセットして、作業台のノーマンのところに戻った。「彼は戻ってくると思う？」

ノーマンはお手上げだという身振りをした。「まったくわからないよ、ハンナ。そう思える点もあるし、思えない点もある」

「ほんとにいらいらするわ！　ときどき思うの……」その先は、裏口のドアを高圧的にノックする音にさえぎられた。

「マイクが来た」ノックの音から判断してノーマンが言った。

「ほんとだ。はいってもらうわね」

「銀行のこと、彼に話したほうがいいよ」

ハンナは小さくため息をついた。「わかってる」と言って、マイクのために裏口のドアを開けにいった。


「彼が何をしたって？」マイクは驚いてハンナを見た。

「町を出るまえに、署名をしてすべてをわたしに残したの。それがかなりの大金なのよ、マイク」ハンナはダグにもらったプリントアウトを取り出してマイクにわたした。「これを見て」

マイクはプリントアウトをじっくり読んだ。「そうだね。これで事態は変わってくるよ、ハンナ。ぼくたちはまちがった場所を捜していたのかもしれない」

「どういう意味？」

「彼が大金を引き出したかどうかを知る必要がある。すべての口座の共同名義人になったんだよね？」

「ええ。ダグが言うには、ロスはわたしがすべてにアクセスできるようにしたかったんですって」

「それはいい！　かなり手間が省けるよ。ぼくといっしょに銀行に行ってくれないか、ハンナ」

「今は無理よ。バークッキーを焼いているところだから」

「あとどれくらいで焼ける？」

ハンナは時計を見た。「一時間以内には終わると思うけど」

「わかった。それで大丈夫だ」マイクはコーヒーを持って立ちあがった。「ぼくは車に戻るよ。現場に出ている捜査員たちに連絡してから、ダグに電話する。これから行くと伝えておく必要があるからね。提出書類が必要かどうかも知りたいし」

マイクが出ていくと、ハンナはノーマンのほうを見た。「どうしてマイクはわたしを連れていきたがってるの？」

「署名して口座を共同名義にしたわけだから、きみなら預け入れと引き出しの記録を請求できる。判事から裁判所命令をもらわないかぎり、マイクにそれはできない」

「わたしがその記録を請求してマイクにわたすなら、面倒な手続きはいらないってこと？　そして、ロスが町を出るまえに大金を引き出したかどうかがわかるってこと？」

「うん」

「ようやくわかったわ。もちろん協力するつもりよ。マイクがまちがった場所を捜していたのかもしれないと言ったから混乱しただけ」

「ぼくも不思議に思ったよ。きみを銀行に連れていかなきゃならないとマイクが言うまではね。ロスが現金をいくら持っているか、お金の使い道についてダグに何か手がかりを残したかどうかが知りたいんだと思う」

「でも……どうしてロスがダグに手がかりなんか……」ハンナは一瞬口ごもったが、すぐに答えが頭に浮かんだ。「トラベラーズ・チェックね！　ロスがトラベラーズ・チェックを買っていたら、大金を持っていけない場所に行くつもりだったことになる」

「そのとおり。それにロスは外貨について尋ねたかもしれない。するとマイクは手がかりを得ることになる。ダグが何か話してくれるか、銀行の記録を見ることで正しい方向を示してもらえるのを期待してるんだよ」

タイマーが鳴り、ハンナは立ちあがって、甘いクラスト生地の天板をオーブンから取り出した。冷ますために天板を業務用ラックにすべらせ、戻ってストロベリー・フィリングの準備をする。それがすんでクラストが適度に冷めると、クラストの上にフィリングを広げ、シーソルトを振りかけて、冷蔵庫に入れておいた生地をクランブルにして散らした。

「もうすぐできるわ」ハンナはスイート・アンド・ソルティ・ストロベリー・バークッキーの最後の天板をオーブンに入れながら言った。「三十分以内に焼けるから、そうしたらマイクといっしょに銀行に行ける」

「今からでも行けるよ」ノーマンが言った。「タイマーをセットしておいてくれれば、ぼくがオーブンから天板を出してラックに移しておくから」

「ほんと？」ハンナはきいた。

「問題ない」ノーマンはにやりとした。「きみがやるのをずいぶん見てきたから、やり方はわかるよ。それほどむずかしくないだろう。オーブンから出すだけなんだから。それに、ぼくは歯科医だよ」

　ハンナは一瞬彼を見つめた。「どういう関係があるの？」

「歯科医は取り出すのがすごくうまいんだ」

　ハンナはうめき、そして笑った。「ついに歯科医ジョークが出たわね」

「でも、きみを笑わせることができた」

「たしかに」ハンナは認めた。「ほんとに焼きあがるまでここで待っていてくれるの？」

「ああ。朝にも話しただろう。今日の残りはドクター・ベネットが代わりに務めてくれるから、クリニックに戻っても待っているのはつまらない書類仕事だけなんだ。ミシェルが戻ってきみたちが一日の仕事を終えたら、約束していたディナーに出かけよう」

「ありがとう、ノーマン」ハンナはそう言って、彼の肩を軽くたたいてから、防寒コートを着た。「もう出かけられるとマイクに言うわ。できるだけ早く戻ってくるから」

「急がなくていいよ」ノーマンは彼女の背中に向かって声をかけた。

ハンナはノーマンのことを、どんなに彼のことが好きかを思いながら、ドアを開けた。冷たい冬の空気のなかに出て、ノーマンのような親友がいるのはなんて幸運なのだろうとあらためて気づいた。

準備
23センチ×33センチの天板に
〈パム〉などのノンスティックオイルをスプレーする。

ハンナのメモその1：
このクラストとフィリングは電動ミキサーを使うとずっと簡単。
手動だとかなり力がいる。

作り方

① バター、白砂糖、粉砂糖を大きめのボウルか
電動ミキサーのボウルに入れる。
白っぽくふんわりするまで中速でかくはんする。

② バニラエキストラクトを加えてさらにかくはんする。

③ 中力粉を1/2カップずつ加え、低速でその都度かくはんする。

ハンナのメモその2：
中力粉を加えると、生地はやわらかくなる。
それで正しいので心配はいらない。

④ ボウルをミキサーからはずし、清潔な手で1カップ分の
生地を取り分け、大まかに丸めてラップでくるむ。
冷蔵庫に入れて冷やしておく。
これがあとでクランブル生地になる。

⑤ 清潔な手で残りの生地を天板に広げて押しつける
（生地がべたべたするようなら、
生地の上にワックスペーパーを置いて押し広げる）。
できるだけ均等に天板の縁まで広げること。

スイート・アンド・ソルティ・ストロベリー・バークッキー

●オーブンを160℃に温めておく

材料

クラストとトッピング

室温でやわらかくした有塩バター……2カップ（450グラム）

白砂糖（グラニュー糖）……1カップ

粉砂糖……1 1/2カップ

バニラエキストラクト……小さじ2

中力粉……4カップ（きっちり詰めて量る）

ストロベリー・フィリング

ストロベリーのアイスクリームトッピングまたはプレザーブ……330グラム入り1瓶

ホワイトチョコチップまたはバニラチップ……1カップ（168グラム入り1袋）

生クリーム……大さじ2

バニラエキストラクト……小さじ1/2

シーソルトまたはコーシャーソルト（粗挽きのもの）……小さじ2

⑬ 焼いたクラストの上にストロベリー・フィリングを
できるだけ均等に流しこみ、
ゴム製のスパチュラで表面をならす。

⑭ ここで塩の出番！
ストロベリー・フィリングの上に
シーソルトかコーシャーソルトを振りかける。

⑮ 冷蔵庫から残りの生地（35分以上冷やしておいたもの）を
取り出す。清潔な手で生地を砕いてぽろぽろにし、
ストロベリー・フィリングがのぞく程度に振りかける。

⑯ 型をオーブンに戻し、160度でさらに25〜30分、
またはストロベリー・フィリングがふつふつして
クランブルが軽く色づくまで焼く。

⑰ オーブンから取り出し、型ごとワイヤーラックに置く。

ハンナのメモその3：
完全に冷めるまで切るのはがまんすること。
最低20〜30分たたないとストロベリー・フィリングが
熱くて流れ出してしまう。

⑱ バークッキーが完全に冷めたら、
ブラウニーの大きさに切り分けて、
きれいな皿に盛り、お客さまに出す。
もっときれいにしたいときは、皿の縁に生のイチゴを並べても。

⑥ 160度のオーブンで約20分焼く。

⑦ クラストを焼いているあいだに
ストロベリー・フィリングの準備をする。
ストロベリー・トッピング（またはプレザーブ）の
瓶のふたを取り、電子レンジの強で20秒加熱する。
そのまま1分おいてから取り出し、中身を耐熱ボウルに移す。

⑧ クラストのまわりの部分が軽く色づいてきたら、
オーブンから取り出し、型ごとワイヤーラックに置いて
約15分冷ます。

⑨ クラストが冷めたらストロベリー・トッピングの仕上げをする。
ストロベリー・フィリング入りの耐熱ボウルに、
ホワイトチョコチップまたはバニラチップを加え、
ゴム製のスパチュラで混ぜる。

⑩ さらに生クリームを加え、
ゴム製のスパチュラで混ぜる。

⑪ ボウルを電子レンジに入れて強で1分加熱し、
そのまままさらに1分おいてから取り出して、
耐熱のスパチュラか木のスプーンでかき混ぜる。
なめらかにかき混ぜられないときは、
さらに強で20秒加熱して同じ時間おいたあと、
再度かき混ぜる。
チップがとけるまで必要なだけこれを繰り返す。

⑫ できあがったストロベリー・フィリングに
バニラエキストラクトを混ぜ入れる。
塩はまだ入れないこと。

15

ハンナはマイクとともにダグのデスクのまえに座っていた。ふだんなら飲まないペパーミントティーをちびちび飲んでいたが、ロスが違法なことをして大金を得たのかもしれないという不安で、胃のなかで蝶《ちょう》が羽ばたいているようだった。

マイクはエスプレッソのカップを置いて、ダグと目を合わせた。ハンナには彼がいらいらしているのがわかった。

「ロスが町に戻ってこなかったとき、どうして電話で知らせてくれなかったんですか？」

ダグはどうしようもなかったのだという身振りをした。「第一に、きみにたのまれてはいなかった。第二に、銀行には守秘義務があり、連邦規則が適用される。一万ドル以上の預け入れがあった場合には報告する義務があるが、大金を引き出す場合はそのかぎりではないんだ。うちの顧客が大金を預け入れたり、引き出すたびに警察に電話していたら、この町でこれほど長く銀行家をしていないよ」

マイクはおもしろくなさそうだったが、うなずいた。「なるほど。たしかにそうですね」

ダグはハンナのほうを見た。「それに、ハンナが自分の取引明細書を照合したら、きみに話すと思ったんだ。あの金は彼女の口座に入金されているからね」

ハンナはひどい罪悪感を覚えずにいられなかった。「ごめんなさい、ダグ。明細書は届いていたけど見もしなかったわ。時間があるときに目を通すつもりでデスクの上に置いたまま」

ダグはため息をついた。「きみが収支のバランスに気をつけているのはわかっているよ、ハンナ。でも、せめて明細書には毎月目を通してほしい。もし矛盾点があると思ったら、すぐに知らせてもらいたいからね」

「そのとおりね」ハンナは認めて言った。「来月から明細書が来たらそうすると約束するわ」

「明細書は一通じゃないよ」ダグが念を押した。「きみの個人決済用口座と業務用の口座、それにロスと共有する三つの口座もあるんだから。大金が関わるものだから、もっと財務に関して責任を持つべきだ。やり方がわからなければ、よろこんで力になるよ」

「ちゃんとやると約束するわ。でも、ありがとう」ハンナは恥ずかしくなり、話題を変えようとマイクのほうを見た。「ダグにもらったプリントアウトから何かわかったことはある？」

「ああ」マイクはハンナの手をぎゅっとにぎってから、ダグに注意を移した。「ロスが最後に引き出したのが現金だったかどうか知りたいんです」

「ちょっと待ってくれ、マイク」ダグはハンナに向かって言った。「この話をする許可をもらえるかな、ハンナ？」

「はい」ハンナは急いで言った。

「それならいい。ロスは二十ドルと五十ドルの小額紙幣の現金を希望した。普通はそれほど大量の現金は置いていない。必要がないからね。だが、五月と十一月の末には現金を多めに用意しはじめるんだ」

ハンナは不思議に思った。「どうしてその時期に？」

「卒業祝いやクリスマスギフトのために、みんな新しい紙幣をほしがるからだよ。休暇のあいだにどれだけの紙幣が必要になるかは驚くほどだ。とくにジョン・ウォーカーが現金を入れられる卒業祝いカードやクリスマスカードをドラッグストアに置きはじめてからはね」

「おばからそういうカードをもらったのを覚えていますよ。クリスマスツリーの上に小さな投入口がついていた」マイクがにっこりして言った。「十セント硬貨が何枚もはいっていたから重くて、封筒に切手が三枚も貼ってあった」

ダグは笑った。「今は二十五セント硬貨だよ、マイク。だからさらに重い。カードに現金を入れて送るなら、紙幣がお勧めだね」

「つまり、ロスが必要とするだけの量の現金があったのね？」ハンナは横道にそれるのを防ぐために尋ねた。

「ああ、そうだ。ちょうどその朝、現金輸送車が来たところで、わたしはロスに必要な金額を取りに金庫室に行った」

「ロスはそのときトラベラーズ・チェックを購入した？」ハンナがきいた。

その質問が口から出た瞬間、マイクが彼女に微笑《ほほえ》みかけた。

「いいや。トラベラーズ・チェックの売り上げ記録は毎週受け取っているが、その週は売っていない」

「ロスはお金をいくらか外貨に両替しましたか？」マイクがきいた。

「いいや。それも記録がある」ダグはデスクの真ん中の引き出しに手を入れて、小さな保護封筒を取り出すと、ハンナにわたした。「すまない、もっと早くわたせばよかったんだが、忘れていたよ。ロスがきみに残したものだ。ある顧客が封をした封筒を別の顧客に直接手わたししてはいけないことになっているんだが、中身が違法なものではないとわかるようにきみがここで開けてくれれば、銀行の内部監査に引っかかることもないだろう」

封筒を開けるハンナの手はかすかに震えていた。どうして出ていったのかを説明するロスからの手紙だろうか？　彼が自分に何を残したのか見るのは怖かったが、気を落ち着かせてなかを見た。

「何がはいってるんだい？」マイクがきいた。

「ふたつの鍵がついたキーリング」ハンナは答えると、封筒を振って、ダグのデスクの吸取り紙の上に中身を出した。「それだけよ。ほかには何もはいってない」

「番号のタグがついている」マイクが指摘した。「一三七だ」

「見せてもらってもいいかな？」ダグがハンナにきいた。

「ええ、どうぞ。こういう鍵は以前に見たことがあるけど、どこだったか思い出せない」

「貸し金庫の鍵だよ」ダグが言った。

「ロスは貸し金庫を持っていたんですか？」マイクがきいた。

「調べてみよう。少し時間をくれるかな。コーヒーのお代わりでもして待っていてくれ。すぐに戻る」

ハンナとマイクはそれぞれ考えをめぐらせながら座って待った。ハンナはロスがどうして貸し金庫の鍵を残したのだろうと考えていた。レイク・エデンにもハンナのもとにももう戻らないという意味だろうか？　もう二度と彼に会えないのだろうか？　鍵のことがダグの言ったとおりなら、ロスの貸し金庫には何がはいっているのだろうか？　自分には鍵を使ってなかを見ることが許されるのだろうか？　それとも、それは違法だとする銀行規則でもあるのだろうか？

ハンナは深呼吸をして、この新たな事実についても前向きに考えなければと思い、マイクを見た。「どういう意味だと思う?」と彼に尋ねた。

「鍵のはいった封筒のこと?」

「ええ。これって、彼はもう……戻ってこないつもりだということかしら?」

マイクはまたハンナの手をにぎった。「わからないよ、ハンナ。もしかしたら用心のためかもしれない」

「何の用心?」

マイクはしばらく黙りこんだ。考えているのだろう。やがて、ハンナの手を軽くたたくと、その手を放し、また口を開いた。

「失うことに対する用心だよ。あるいは、意に反してだれかに鍵を奪われないようにするため」

「でも、どうしてかしら、だれかに……」ハンナがそこまで言ったとき、オフィスのドアが開いてダグが戻ってきた。

「リディアに記録を調べてもらったよ。ロスはここに貸し金庫を持っている。番号は一三七だ。実を言うと、彼が貸し金庫の契約をしたとき、手つづきをしたのは彼女だった」

きくのは怖い気もしたが、ハンナはどうしても知りたかった。「わたしがロスの貸し金庫を開けることはできる?」

「できるよ。うちの銀行は貸し金庫に関してはセルフサービスのシステムを採用していてね。ほかの銀行は、窓口係が管理している署名カードで本人確認をしてから顧客を保護区域に入れ、銀行の鍵と顧客の鍵を使って、貸し金庫のボックスが保管されている金庫室の扉の鍵を解錠する。そして、金庫室からボックスを取り出した窓口係が、それを保護区域内の個室に運んだあとに退出する。顧客はそこでボックスのふたを開け、中身を追加したり、確認したり、取り出したりする。用がすんだら、ブザーを押して窓口係を呼び出し、窓口係がボックスを金庫室に運んでもとの場所に戻し、扉をまた両方の鍵で施錠する。銀行の鍵がなければ顧客は自分の貸し金庫を開けられないし、銀行従業員も契約者の鍵がなければその顧客の貸し金庫を開けることはできない。ひじょうに安全性の高いシステムだ」

「たしかにそうね」ハンナは同意した。「でもここではそのシステムじゃないのね?」

「ああ。うちにはフルタイムの行員がふたりと、月曜日や金曜日のほか、月初や月末のように銀行が忙しいときだけ勤務するパートタイムの行員がひとりいるだけだ。今わたしが説明したようなシステムには人手が必要で、うちにはそれに割けるだけの行員がいない。わたしが頭取になったとき、やり方を変えてセルフサービスシステムでいくことにしたんだ」

「だからロスは鍵をふたつ持っていたの?」ハンナがきいた。

「そうだ。貸し金庫エリアは建て増しした別館にある。建物の奥、従業員用休憩室のすぐ隣だ。契約者は鍵のひとつでそのエリアのドアを開け、なかにはいって施錠したのち、もうひとつの鍵で金庫室を開ける。貸し金庫の契約者が使える部屋はふたつあって、そこにも鍵をかけることができる。契約者はそのどちらかを使って用をすませ、貸し金庫のボックスを金庫室に戻してドアに施錠する」

「別館は夜でも開いているんですか？」マイクがきいた。

「いいや、銀行の営業時間内だけだし、鍵がなければだれもはいれない。セルフサービスシステムの最大の利点は、銀行が署名カードで本人確認をしたり、銀行の鍵でボックスの解錠や施錠をしたり、契約者を金庫室に案内したりといった、すべての責任から解放されることなんだ」

「なるほど」マイクがすばやくうなずいて言った。

「取締役会でも納得してもらえたよ」ダグは言った。

ハンナは眉をひそめた。「でも……それだと、ふたつの鍵を持っていればだれでも別館に行って、貸し金庫のボックスを取り出せるわね」

ダグは首を振った。「それはちがうよ、ハンナ。鍵にはボックスの番号も、銀行の名前も刻印されていない。その両方を知らなければ、正しい銀行に行って正しいボックスを開けることはできない。契約時の伝票にだけボックス番号が書かれている理由のひとつはそれだ」

「でも、ロスの鍵にはボックス番号が書かれたタグがついていたわ」ハンナが指摘した。

「銀行がタグをつけることはないから、ロスが封筒に入れるまえにつけたんだろう」

マイクが身を乗り出したので、重要な質問をするのだろうとハンナは思った。「これで貸し金庫をめぐる相続問題は解決しますね？　署名カードに載っていない人物でもアクセスできるわけですから」

「そのとおり。両方の鍵を持っていて、銀行とボックス番号を知っていれば、銀行の営業時間内に開けることができる。簡単なことだ」

ハンナは笑顔になった。マイクがなぜその質問をしたのかはっきりとわかったからだ。

「それなら、わたしがこのボックスのなかを見るとき、だれかを連れていくこともできるのね？」

ダグはうなずいた。「だれでも好きな人を連れていけるよ、ハンナ。すべてはきみしだいだ」

「マイク？」ハンナは彼のほうを見た。「わたしといっしょにロスのボックスのなかを見てくれる？」

マイクは「いいとも」と言うと、立ちあがった。「そうきかれるのを待っていたよ」

マイクとハンナは、ことばを失ってロスの貸し金庫ボックスの中身を見おろした。そして、おそらくほんの一瞬だったのだろうが、ハンナには永遠にも思えるあいだ、ふたりは顔を見合わせた。

「またお金」ハンナは言った。

「ああ。かなりの大金だな」

「いくら……」ハンナはそこで震える息を吸いこんだ。「いくらあると思う？」

「わからない」マイクは小さく乾いた笑い声をあげた。「これほどの大金が一カ所にあるのを初めて見たよ」

ハンナは目をぱちくりさせて、紙幣の束を見つめつづけた。「白い帯がついてる。だれかが数えたってことかしら？」

マイクは身をかがめて、札束のひとつに巻かれた白い帯の刻印を読んだ。そして、体を起こすと、うめきとしのび笑いの中間のような声をあげた。「一万ドルと書いてあるよ、ハンナ」

「ロスは貸し金庫に一万ドルを入れたってこと？」

「ちがう。その十倍だよ。このボックスには十万ドルがはいっている」

ふたりはさらに箱の中身を見つめた。やがて、ハンナは震える息を深く吸いこんだ。

「ロスはこれを全部わたしに残したのかしら？」

「それは疑いようがない。ロスの意思は明らかだ。封筒にふたつの鍵を入れて、きみが銀行に来たときにわたしてほしいとダグにたのんだんだから。貸し金庫のボックス番号が書かれたタグまでつけてる。そのとき彼は生きていて元気だった。きみにこれをたくしたがっていたと証明するには充分だ。彼が時間をかけて遺言書を作成したのはどこから見ても明らかだよ」

そのとき彼は生きていて元気だった。そのことばがハンナの心のなかにこだまして、頭がくらくらしてきた。マイクはロスがもう元気でも生きてもいないと思っているの？　そのことについては考えたくなかった。今はいやだ。とても対処できないし、恐ろしすぎてちゃんと考えられない。そこで、貸し金庫のボックスが置かれたデスクのまえの椅子に座り、目下の問題に集中しようとした。

「大丈夫かい？」マイクがきいた。

「ええ」ハンナはきっぱりと言った。驚いたことに、口に出してはっきり認めてしまうと、たしかに大丈夫だった。「ロスはわたしに署名させるためにあのカードをダグに預けていた。どうして貸し金庫を開けて、口座のどれかにお金を預けなかったのかしら？」

マイクはため息をついた。その質問には答えたくないのだ。「それはわからないな。彼にきいてもらわないと」

「ロスはここにいないし、連絡をとる方法もわからないんだから、きけるわけないじゃない。わかってるでしょ」マイクが質問の意図をはぐらかすので、ハンナはいらいらしてきた。「こう言い換えたらどうかしら」感じているよりもいらだちをおもてに出さないようにしながら言った。「銀行口座に預金できるのに、現金十万ドルを貸し金庫に入れる理由は何？」

マイクはひどく気まずそうだった。「うーん……銀行口座には預金できなかったんじゃないかな、少なくとも一度には。一万ドル以上の預金には報告の義務が生じるとダグが言っていただろう」

「ダグが言ったことはわかるわ。それなら、どうしてロスは少額ずつ預金しなかったの？」

「わからないよ」

「理由を考えてみて、マイク。刑事でしょ」

マイクは手を伸ばしてハンナの肩に置いた。「落ち着くんだ、ハンナ。きみはこれ以上ないほどストレスを感じている」

「そうね」ハンナは認めて深呼吸をした。「最初からやり直しましょう。貸し金庫に十万ドルの紙幣を預けなければいけない理由としては何がある？」

「うーん……だれかから隠したかったのかもしれない」

「だれから？」

「それを知る方法はないけど、配偶者から財産を隠すために貸し金庫を使う人たちもいる」

「彼の配偶者はわたしだし、ロスはわたしに鍵を残したのよ。わたしから隠したいなら、そんなことはしなかったはずでしょ。可能性のあるほかの理由をあげて」

「何か理由があって預金したくなかったのかもしれない」

ハンナはいらいらとため息をついた。「それはわかってるわよ。どうして預金したくなかったのかってきいてるの」

「そうだなあ……一万ドルまでという限度がある。これはドラッグディーラーや犯罪者が、犯罪で得た利益を預金できないようにするためのものだ」

「ドラッグマネーはわたしも考えたけど、ほかにはどんな犯罪のことを言ってるの？」

「恐喝だ。だれかから恐喝した金の可能性がある。あるいは誘拐の身代金や、銀行強盗の金で、犯人は紙幣に印がついているかどうかわからないとか。もしかしたら偽札で、貸金庫に入れたのは、隠しておいてばれないように一枚ずつ使うためかもしれない」

「つまり、汚れたお金か、偽札の可能性がある。そういうこと？」

「そうだ」

ハンナはしばらく黙って考えていた。「このお金が偽札かどうかわかる？」

「いいや。ぼくの意見としてなら言えるけど、それだけだ」

「あなたの意見は？」

「束の一枚目は使用済み紙幣だから、少なくとも本物に見える。でもそれはぼくの勘にすぎない。実際はわからないよ」

「だれなら偽札かどうかわかるの？」

「わからないけど、見つけ出すよ。財務省に友だちがいるから、今夜帰ったら電話してみる。いいやつだし、彼ならわかる人間にわたりをつけてくれるだろう」

「ありがとう、マイク」頭のなかであらゆる可能性がぐるぐるしていた。ハンナはそのなかからひとつを選んできいた。「銀行強盗が盗んだお金を貸し金庫に入れるかしら？」

「ああ、状況によってはね。身元がしっかりしていれば、どこの銀行にも行けるし、貸し金庫を借りることもできる。そして、ブリーフケースや旅行用バッグに隠して金を持ちこみ、貸し金庫に入れることができる」

「だれにも知られずに？」

マイクは首を振った。「貸し金庫を契約したら、それを開けたりものを入れるときはプライバシーが与えられる。きみが鍵を使ってロスのボックスを取り出したときのようにね。きみがいなかったら銀行の人間ははいれないし、ボックスを出すとき、きみはひとりになる。ここにあるような貸し金庫の場合はさらに簡単だ。貸し金庫の契約をしてしまえば、だれにも身元を調べられない」

またいらいらがつのってくるのがわかった。「つまりあなたが言いたいのは、このお金についてはなにもわからないってことね」ハンナは紙幣の束を示した。「どこから来たとしてもおかしくないと」

「そうだ。もちろん、これが偽札や違法なことで得たものなら、使おうとした者は発見される危険性がある」

ハンナは少し考えた。「そうね。もしそうならどうしても知りたいわ」身をかがめてもう一度よく札束を見た。そして、何かに気づいて小さく声を上げた。「あれは何？」

「どれだい？」

「三つ目の札束の下に何か光るものがある」ハンナは自分が見つけた光る物体を指差した。

「上のほうに丸みがあって、硬貨の縁みたいに見えるわ」

マイクは近づいて、よく見ようと身をかがめた。「見えた。銀色のものだね。ちょっと待ってくれ、取り出してみるよ。なんなのか確認しよう。きみのバッグに爪やすりか何か、薄くて平たくてとがったものははいってない？」

「どうかしら。見てみるわね」ハンナはバッグをデスクに置いて、中身をかき回した。ペン十一本、空き時間に読もうと思っていたペーパーバック、大昔の缶入りブレスミントが出てきたあとで、マイクの条件に合うものを見つけた。

「これはどう？」ときさながら掲げたのは、一方が細くとがった櫛《くし》だった。アンドリアのよそ行き用のバッグが小さすぎてはいらなかったとき、妹のためにに入れておいたものだ。

「完璧だ」マイクはそう言って櫛を受け取った。「これならうまくいくだろう」

ハンナが見ていると、マイクは櫛のとがった先端を札束の下に差しこみ、物体をつついて反対側に出した。そして、ボックスの中身に指で触れることなく、物体を空いた部分に押し出した。

「鍵だわ！」すぐに形を認めてハンナは言った。手を伸ばそうとしたが、マイクに手をつかまれた。

「ちょっと待ってくれ」彼は言った。「ボックスの中身には触れずに出そう」

「どうして？」

「その大きなバッグにピンセットははいってる？　それならありがたいんだが。でなければハサミでもいい」

ハンナは開いているバッグに戻って探しはじめた。ピンセットもハサミも見つけることはできなかったが、一膳の箸《はし》が見つかった。「これならどう？」紙で包装された箸をマイクにわたした。

マイクは箸袋から箸を引き出してにっこりした。「ぼくは箸使いがうまいんだよ。これでくるっと回してみよう。こつが必要だけどできると思う」

マイクが木の箸を使って鍵を持ちあげ、デスクの上に置くのを、ハンナは魅せられたように見つめた。「もうさわってもいい？」ときく。

「いいよ。きみに触れてほしくなかったのは紙幣だけだから。手にしてごらん、ハンナ。近くでよく見てみよう」

ハンナは鍵を手に取り、手のひらの上でひっくり返した。「こっち側に何か書いてあるわ。〈スーペリア・ストレージ〉。別の側には番号。三一二と読める」

「見せて」マイクが手を出し、ハンナは鍵をわたした。彼は鍵を手のなかでひっくり返し、両面を調べた。「きみの言うとおりだな。〝二〟はすこし消えかけてるけど、たしかに三一二だ。貸し倉庫のユニット番号だろう」

「ロスのユニット?」

「おそらく。でなければ、だれかのために借りていたんだろう。ロスが倉庫会社に毎月小切手を書いていたかどうか知っているかい?」

「いいえ。ロスは自分で支払いをしていたけど、ダグなら彼が書いたすべての小切手の記録を見せてくれるはずよ」ハンナは突然激しい興奮に襲われ、めまいがしそうだった。「このユニットの場所がわかれば、ロスが行った場所の手がかりになるかもしれないわ」

マイクは彼女に微笑みかけた。「そうだね。彼の捜索をしてきて見つかった最初の手がかりだ。この鍵はぼくに預けてくれないか。保安官事務所のコンピューターで調べてみるから」

ハンナは同意しようとして思い直した。「いいえ。わたしが持っているわ。あなたは倉庫会社の名前とユニット番号がわかったでしょ。鍵はわたしが保管する」

「どうして？」

「ロスはわたしの夫だし、この鍵は彼がわたしに残したものだからよ。あなたが場所をつきとめたら、わたしがそこに行く。自分で鍵を開ける必要があるの」

「でも……わかった」マイクは了解した。「ユニットを見つけたら、いっしょに開けにいこう」

「ありがとう」ハンナは鍵をポケットに入れて言った。ばかげたことかもしれないが、宝くじを当てたような気分だった。もう一度貸し金庫ボックスを振り返り、かすかに眉をひそめた。「もうひとつ質問があるんだけど、マイク」

「なんだい？」

「今このお金をどうするべきだと思う？」

「金庫室に戻すべきだと思うよ。でも、そのまえに、ダグを電話で呼んで、ロスのボックスの中身の証人になってもらうべきだと思う。なかのものには一切触れていないね、ハンナ？」

「ええ。開けるときにふたの外側に触れただけ」

「よし。ぼくが札束のひとつから読みあげた通し番号をきみに書き取ってもらうあいだ、ダグに見ていてもらいたいんだ。そのあとで紙幣を戻せば、ダグに立証してもらえる」

「どうしてそんなことをするの？」

「通し番号を見るためには紙幣をボックスから出す必要があるからだよ。信頼できる証人がいれば、たとえどんな疑いが出たとしても、ぼくが紙幣を戻したと断言してもらえる」

「なるほど。そして、通し番号がわかれば、友だちに電話して、何かわかるか調べてもらえるってことね？」

「ああ。それがぼくの計画だ」

「わかったわ。理にかなっていると思う。わたしがダグにここに来てほしいとたのみにいく？」

「いや。ぼくが携帯電話で彼に電話する。どちらかがここにひとりでいるのはよくないと思うんだ」

「お金が偽札だったり、それ以外の方法で違法に手にしたものだったときのために？」

「そういうこと。終わったあとも、きみがボックスを戻して鍵をかけるまで、ダグに見ていてもらおう」マイクはハンナに近づいてそっと抱きしめた。「用心するに越したことはないよ。何を相手にすることになるのかわからないんだから」

16

マイクはパトカーで去っていき、ハンナは小さく手を振った。そして店の裏口に向かい、なかにはいるべきか思案した。行くところはもう一カ所あるが、そこにはミシェルを連れていきたくなかった。ハンナがPKの同僚たちに質問するのを聞いたら、ミシェルは口を出さずにはいられないだろう。

向きを変えて車のほうに何歩か戻りかけたが、考え直した。場をなごやかにするために甘いものをお土産に持っていけば、人はたいてい口が軽くなる。テレビ局の休憩室でクッキーをふるまおう。チョコレートがはいっているものならなんでもいい。チョコレートはみんなの心を落ち着かせ、ハンナに対してもっと心を開いて話したいという気にさせてくれるだろう。

また方向転換して、急いで〈クッキー・ジャー〉の裏口に向かった。運がよければ、みんなコーヒーショップで正午のラッシュに対応しているはずだ。

慎重にドアを開けてなかをのぞいた。厨房《ちゅうぼう》にはだれもいなかった。急いでなかにはいり、静かにドアを閉めると、まっすぐ業務用ラックに向かった。八つの棚のすべてにチョコレート・カシュー・バークッキーの天板がはいっていた。急いで天板一枚ぶんをブラウニーの大きさに切り分け、大皿に並べた。二、三分後には、大皿を車の後部に積んで、運転席に乗りこんでいた。

　小路を出ると雪が降りはじめ、大雪にならなければいいけど、とハンナは思った。〈レイク・エデン・イン〉での今夜のディナーがとても楽しみだった。サリーはいつもすばらしいメインディッシュとパンとサイドディッシュとデザートを作る。考えてみれば、サリーが出すものはなんでもすばらしかった。

　道路はそれほど混んでいなかったので、思ったより早くＫＣＯＷ本社に着いた。切り分けたバークッキーのにおいにそそられて空腹の胃がグーグー鳴るなか、多層構造の駐車場ビルに車を入れた。忙しい朝だったので、昼食をとる時間がなかった。ミシェルが作ってくれた朝食以来、ノーマンと試食したクッキーを勘定に入れなければ、八時間近く何も食べていないということだ。ビジター用と記されたスペースに車を停《と》め、バークッキーの大皿を持つと、車から降りてコンクリートの床を裏口に向かった。

　裏口のドアにはブザーがついていたので、ハンナはそれを押した。すぐにインターコムから声が聞こえてきた。

「ＫＣＯＷテレビです。お名前をうかがえますか？」

「ベティ？」スピーカーから聞こえてきた金属的な声の持ち主に気づいて、ハンナはきいた。「ベティ・ジャクソン？」

「ええ。ハンナ？」

「そうよ。今はここで働いているの、ベティ？」

「ええ、三カ月だけね。もし運がよければ、産休を取っている社員が産休後も赤ちゃんといっしょにうちにいることにするかもしれないけど」

「そうなったらあなたはその人の仕事をもらえるの？」

「そう願ってるわ。だれかに会いにきたの？」

「実は……そういうわけじゃないの。休憩室にチョコレート・カシュー・バークッキーを差し入れしようと思って寄っただけ」

「なるほど。もちろんそうよね」

インターコム越しでは声のニュアンスが伝わりにくいにもかかわらず、ハンナは当てこすりを聞き取った。ほんの一瞬、自分はどうするべきだろうと考え、理解していないふりをすることにした。「どういう意味、ベティ？」と精一杯罪のない声で尋ねた。

ベティは笑った。「わたしはごまかせないわよ。あなたが調査していることはみんな知ってるんだから。いつもそうでしょう」

ハンナはしらばっくれても無駄だと判断した。「そのとおりよ。わたしと話をしてくれそうな人はいるかしら?」

「ええ、それは問題ないわ。みんなあなたが好きだし、どっちにしろ今はその話でもちきりだもの。事件以来いちばんの話題よ。いつあなたがわたしたちに質問しにくるか、社内で賭けまでおこなわれているくらい」

「うそでしょ!」ハンナはショックだった。知るかぎり、これまで職場の賭けの対象にされたことはない。「冗談よね?」

「まあね、でも社内で賭けがおこなわれていてもいいくらいよ。みんないつあなたが来るかと思ってたんだもの。ちょっと待ってね、今ドアを開けるから。階段をのぼって一階に出たら左に向かってちょうだい。そこが受付で、今わたしがいるところよ。あなたが持ってきたそのお土産を味見して、ほかのみんなにあげてもいいかたしかめてあげる」

ハンナは笑った。一、二秒後、ブザーが鳴ってドアがかちりと解錠された。ドアを開けてなかにはいり、階段をのぼりはじめる。いちばん上までのぼると、可能なかぎり引き伸ばされたストレッチ素材のゴールドのブラウスに、ふくよかすぎる脚を細く見せる黒のスラックスという、まばゆい姿のベティ・ジャクソンが見えた。

「こんにちは、ベティ」ハンナはあいさつした。「元気そうね。やせたんじゃない?」

「ええ、十キロね。一品目ダイエットをしてるの」

「どういうこと?」

「食べたいものを食べていいんだけど、一品目だけなの。その一品目が大量のマッシュポテトとグレービーでないかぎりはうまくいくわよ」

ハンナは笑った。「どうやらあなたはそれ以外のものにしたみたいね。ほんとにすごくやせたわ。すぐに気づいたもの」

「ありがとう」ハンナを案内して廊下を歩きながら、ベティはうれしそうだ。ハンナは彼女がバークッキーの大皿をちらちら見ているのに気づいた。

休憩室まで来るのにそれほど時間はかからなかった。ベティはドアを開けてハンナを招き入れ、テーブルのほうを示した。

「今ひとつ味見する？」答えはわかっていたが、ハンナは彼女にきいた。

「ええ、でもなんにせよ、それ以上はわたしに食べさせないでよ。服を全部新調したのに、せっかく落とした十キロのうち少しでも戻ったら、はいらなくなっちゃうから」

「わかったわ、ひとつしか勧めない」ハンナは約束した。「だれかが来るまえに、今すぐ食べたい？」

「そうこなくちゃ」ベティはコーヒーポットのところに行って、ふたつのカップにコーヒーを注いだ。ひとつをハンナにわたし、自分のコーヒーに低カロリー甘味料を加えると、テーブルの向かいに座って、ハンナが大皿からホイルをはずすのを期待もあらわに見守った。

「はいどうぞ、ベティ」ハンナはテーブルの上のディスペンサーから取ったナプキンでバークッキーをひとつつかみ、ベティにわたした。「感想を聞かせて」

「よろこんで」とベティは答え、ひと口かじった。一瞬でうっとりした表情が顔じゅうに広がり、飲みこんだときは笑顔になっていた。「うーん！」彼女はうめいた。「あなたが焼くものはなんでもおいしいけど、これはまぎれもなく天国だわ！」

「ありがとう。気に入ってもらえてうれしいわ」ハンナはもう一枚のナプキンを広げて大皿の上に広げ、効果的にベティの視界から隠した。

「助かるわ！」ベティはハンナの行動に反応して言った。「まずはだれに会いたい、ハンナ？　休憩中の人の代わりを務めるのもわたしの仕事だから、あなたが選んだ人に休憩をとるように伝えるわよ」

「だれを選べばいいかわからないわ。あなたはだれがいいと思う？」

「簡単よ。まずスコッティ・マクドナルドと話すといいわ」

「わかった。でも、どうして？」

「スコッティとPKは反目していたから。だれが見てもわかったわ。あれは嫉妬ね」

「どうしてスコッティがPKを嫉妬するの？」

「スコッティはPKよりも長くここにいるし、ヘッドカメラマンの地位につけると思っていたのよ。代わりにPKが任命されたときは、みんなほんとに驚いたわ。スコッティは怒り狂ったけど、ロスがPKをアシスタントに選んだときはさらに怒った」

「スコッティは自分がロスのアシスタントになるべきだと思ってたの？」

「ええ……少なくともみんなそう言ってる」

「当時もあなたはここで働いてたの？」

「いいえ、PKがヘッドカメラマンになったときはいなかった。でも、うわさになってるし、そのことは複数の人から聞いたわ。昇進の話が流れてから、スコッティはPKを目の敵《かたき》にするようになったの」

「でも、あなたはそのときここにいなかったのよね？」

「まあね。でもロスが特別番組制作のチーフとしてはいってきたときはいたわよ。ロスとPKがフード・ネットワークのデザートシェフ・コンテストの撮影で〈レイク・エデン・イン〉に行ったときのことも知ってる」

「スコッティは自分がロスと行くべきだと思ったの？」

「そうなのよ！　二週間まえにロスが会社の特別な仕事でロケに出て、PKがロスのオフィスを使うようになってからは、怒りに拍車がかかったみたい。部屋のまえを通りかかるたびに、殺したがっているみたいにPKをにらんでたわ」

「ほんとに殺したと思う？」

ベティはその質問に驚いたようだった。「そういう意味で言ったんじゃないわよ」彼女は説明しようとした。「でも……実を言うと、わからない。そこまではいってないと思うけど、スコッティがことあるごとにＰＫを批判していたのはほんとうよ。ＰＫのガールフレンドにもやさしくなかった。あんなにかわいい子だったのに」

「ＰＫのガールフレンドを知ってたの？」

「よくは知らないけど、何度か会ったことがあるわ。よく車でＰＫを迎えにきて、ふたりで夕食に行ってた」

「ピンクのジープで？」ハンナはシリルに聞いたことを思い出してきいた。

「そう」ベティは笑った。「なんともふざけた車だったけど、彼女はピンクのジープがご自慢だったの。ピンクと白のバケットシート用カバーまで見つけてね。ＰＫは〝PINKIE《ピンキー》〟と書かれたバニティプレート（割増料金を払って好きな文字や数字の組み合わせを選べるナンバープレート）をプレゼントしたのよ」

「ピンキーの本名を知ってる？」ハンナはきいた。

ベティは少し考えてから首を振った。「聞いたことないと思う。ＰＫはいつもピンキーと呼んでたし、ほかのみんなもそうだったから」

「ピンキーのラストネームは？」

ベティはやはり首を振った。「知らないわ。でも、キャロルなら知ってるかも。彼女にもおいしいバークッキーを食べにいくように伝えるから、きいてみるといいわ」

「キャロルとピンキーは友だちだったの？」

「そういうわけじゃないけど、キャロルはだれのどんなことでも知ってるの。開局当初からここにいるから、社員とその関係者に関する歩く百科事典みたいなものなのよ。さらにありがたいことに、聞いてくれる人にならだれにでも躊躇《ちゅうちょ》なく話してくれるの」

「最初にキャロルをここによこしてくれる？」ハンナは言った。

「いいけど、どうして？」

「全員のことを話してもらえるなら、だれに何をきけばいいかわかるでしょ」

「なるほどね」ベティはそう言うと立ちあがった。「わかったわ、ハンナ。まずはキャロル、そのあとでスコッティね」

ハンナはベティが出ていくのを待って、大皿からナプキンを取り去った。キャロルへの質問を考えようとしたが、キャロルに好きなように話させるほうがいいと判断した。キャロルは聞いてくれる人にならだれにでも躊躇なく話すとベティが太鼓判を押していたし、ハンナは聞き上手なのだ。

コーヒーをすすりながら待った。ドロレスが創設し、ハンナと妹たちがレイク・エデン・ゴシップ・ホットラインと呼んでいる電話連絡網のことを、キャロルに教えてあげるべきかもしれない。母ならキャロルのような人を情報源として便利に使うだろう。

二十分後、ハンナは殺人事件手帳と呼んでいる速記用メモ帳の何も書いていないページを開いて、スコッティが来るのを待っていた。キャロルはピンキーの本名を知らなかったが、ＫＣＯＷの従業員全員についてよろこんで何もかも話してくれた。一時期マーサという従業員にＰＫを殺す動機があったのではないかとキャロルはにらんでいた。ＰＫは一度マーサとデートしたが、その後二度と誘わなかったらしい。キャロルによると、マーサはＰＫに冷たくされたことで落ちこみ、女心を踏みにじった男がどんな目にあうか、だれかが彼にわからせるべきだと何度か口にしていたという。

ハンナはこれをすべて律儀《りちぎ》に書き留めたが、やがてキャロルはハンナの心に植えつけられた疑惑を根こそぎにした。マーサは今婚約していて、ＰＫも含めたオフィスの全員が結婚式の招待状を受け取っているというのだ。

キャロルはほかの従業員や関係者や上司たちについても話したが、ＰＫを殺すそれらしい動機のある人物はひとりもいなかった。キャロルは自分が耳にしたあらゆる人のゴシップを包み隠さずに話してくれたが、そのなかのだれひとりとして、容疑者リストに加えようとハンナに思わせた人物はいなかった。

「お待たせ、ハンナ」ベティがドア口に現れた。「スコッティを連れてきたわ。そのたまらなくおいしいバークッキーをあげてくれる？　わたしはあえて見ないでおくわ、さもないとテーブルを飛び越えてお皿をひっつかんで、鍵のかかる最寄りのオフィスに駆けこんじゃいそうだから」

スコッティは笑った。ベティのことを気に入っているらしい。「そして、だれかがマスターキーでドアを開けるころには完食してるんだろう？」

「そのとおり」ベティはうなずいて言った。

「少なくとも五個残しておいてくれるなら、きみのじゃまはしないよ」

ベティが行ってしまうと、スコッティは微笑《ほほえ》むのをやめてまっすぐハンナに顔を向けた。

「あんたが何をききたいのかはわかってるよ。PKに起きたことにおれが関係していると思っているなら見当ちがいだ」

「でも、あなたはPKが好きじゃなかったんでしょう、スコッティ？」ハンナはバークッキーの大皿を彼にわたしてきいた。

「最初はそうだった。でも、そのうち話をするようになって、事情を知ってからはいいやつだと思ってたよ」スコッティは大皿からバークッキーをひとつ取り、ディスペンサーからナプキンを一枚つかんだ。「こういうことなんだよ、ハンナ。おれは上司から不当な扱いを受けたと思っていた。KCOWの開局以来カメラマンをしてきたし、PKよりもいいカメラマンだと思っているからだ」彼はそこまで言うと眉をひそめた。「PKがそうだったよりも」と自分で訂正する。「ごめん、でもまだほんとうのこととは思えないんだよな。毎朝あいつが出勤してくるような気がして……つい待ってしまう」

ハンナはスコッティがコーヒーを飲んでため息をつき、何度かまばたきをするのを見守った。「ほんとうのこととは思えない」彼は繰り返した。

「わかるわ」彼と同じくため息をついてハンナは言った。

「みんなこんな感じなのか？」スコッティはきいた。

「だと思う」

「恐ろしいことが起こって、振り返ったら、いつもそこにいた人物がいなくなってる」スコッティはもう一口コーヒーを飲み、ハンナの作品をひとつ取ってかじった。「うまい」と彼は言った。

「ありがとう」ハンナは賛辞を受け入れたが、スコッティが横道にそれるのを許すつもりはなかった。「あなたはPKを嫌っていたとみんなに思われていたみたいだけど、実はそうじゃなかったと言いたいの？」

　スコッティは首を振った。「好きだったとはいえないけど、あいつが手をまわしてヘッドカメラマンの仕事を手に入れたわけじゃないと知ってからは気にならなくなった。実を言うと、このまえの水曜日に仕事のあとふたりで飲んだんだ」

「ほんとに？」ハンナはかすかに眉をひそめた。スコッティとPKが反目していたというベティの情報はまちがっていたのだろうか？「どこで？」

「〈レイク・エデン・イン〉のバーで。水曜日はディックがピザディップを作るんだけど、PKはあれに目がないんだ。一時間ばかりいて、二杯ずつ飲んだ」

ハンナは妙だと思った。ＰＫはお酒を飲まないとミシェルが言っていたし、シリルも同じことを言っていた。「ＰＫはお酒を飲まなかったと思ってた」

「飲まなかったよ。十代のころ父親の車をぶつけて、運よく酒気帯び運転でつかまることはなかったけど、それ以来一滴も飲んでいないと言っていた」

「それなのに、ディックのバーに行ったの？」

「ああ、でもピザディップのためだよ。さっきも言ったけど、あいつはあれが大好きだったんだ。おれはビールを二杯、ＰＫはライム入りのコーラを飲んだ。ディックはバージン・キューバ・リブレと呼んでたな。本物のキューバ・リブレにはラムを入れるけど、ＰＫのためにラム抜きにしてたから」

ハンナはあとで調べることと頭のなかにメモして、質問をつづけた。「つまり、あなたはＰＫと親しかったと」

「そこまではいかないかな。親友とかそういうのではなかった。でも、あいつが出世のために上司に取り入ったわけではないのは知っている。実のところ、おれと同じくらい驚いていた」

「ほんとに？」

「ああ。辞令が出てすぐに話してくれた。自分は志願したわけではないし、それに類したこともしていないと」

「彼を信じたの？」

「ああ。ＰＫはいつも真っ正直なやつだった」

「でも、ＰＫがロスのアシスタントに昇進したときは腹を立てたの？」

「いや、そのことにじゃない。その仕事がほしかったわけじゃないから」

「どうして？」

スコッティはその質問にちょっと驚いたようだった。「勤務時間だよ。つねに呼び出されるんだ。出張も多い。たぶん、もっと若かったらやりたいと思っただろう。でもスーツケースの中身で暮らすなんておれ向きじゃない。おれが腹を立てたのは、ＰＫがあのオフィスに移ったことにだ」

ハンナは正直に話すことにした。「ここでふたりの人と話したら、どちらとも言ってたわよ。あなたはロスのオフィスのまえを通ってそこにＰＫが座っているのを見るたびに、すごく怒っているように見えたって」

「それはほんとうだ。うらやましかったからだよ。すごくいいオフィスだからね。夏は涼しくて冬は暖かいし、眺めもすばらしい。おれは奥のせまい部屋から出られないっていうのに。ひとつきりの小さな窓はすごく高いところにあって、外も見えないんだ」

「ロスがそのオフィスをもらったとき、彼に腹を立てた？」

「いいや。ロスは幹部社員として採用されていたし、あそこは幹部社員用のオフィスだからね。でも、ＰＫはちがう。ロスが留守にしているあいだちょっと使わせてもらっていただけなのは知ってるけど、それでもそこにあいつがいるのを見るとやっぱりいらっとした」

「そのことでＰＫと話した？」

「ああ、それで少し気がすんだ。ＰＫはロスが戻るまでおれもいっしょに使わないかと言ってくれたし」

「彼の申し出を受けたの？」ハンナはきいた。

「いいや。向こうからそう言ってくれたことに意味があったんだ。それに、実のところ、ロスがいつ戻ってくるかわからなかったし、すべての荷物を運びこんでから、また運び出すのは面倒だろう」

「わかるわ」ハンナは本心から言った。

スコッティは眉をひそめた。「ロスは戻ってくるんだろう、ハンナ？」

ハンナは必死に答えを考えた。うそはつきたくなかったが、実は知らないということを認めたくもなかった。すると、完璧な答えが頭に浮かび、ハンナは小さく微笑んだ。「あなたはどうかわからないけど、わたしにとっては彼の帰りがどんなに早くても早すぎることはないわ！」

ハンナのメモ：
クリームチーズを冷蔵庫から出しておくのを忘れたときは、
簡単な方法でやわらかくできる。クリームチーズの包みをはがし、
耐熱ボウルの底に置いて、電子レンジの強で20秒加熱する。
そのまま1分おいてから取り出してかき混ぜる。
なめらかでなければさらに20秒加熱し、
1分おいてから取り出して、もう1度かき混ぜる。

ナンシーおばさんのメモ：
このレシピは電動ミキサーを使うとずっと早くて簡単にできる。
使わなくてもできるが、鬼のようにかき回さなければならない！

作り方

① やわらかくしたクリームチーズとバターを
電動ミキサーのボウルに入れ、中速でかくはんする。

② 白砂糖とブラウンシュガーを加えて中速で
白っぽくふんわりするまでよくかくはんする。

③ 卵とバニラエキストラクトを加え、よくなじむまでかき混ぜる。

④ ベーキングパウダーと塩を加え、
中速でよく混ざるまでかくはんする。

⑤ 中力粉を半カップずつ加え、その都度中速でかくはんする。

⑥ ミキサーをオフにして、ゴム製のスパチュラで
ボウルの内側をこそげ、ボウルをミキサーからはずして
最後に手でひと混ぜする。

⑦ 刻んだカシューナッツを加え、スプーンで混ぜこむ。

⑧ ミルクチョコチップを加えて混ぜる。

チョコレート・カシュー・バークッキー

●オーブンを175℃に温めておく

材料

やわらかくしたクリームチーズ……226グラム
（わたしは銀色のパッケージの〈フィラデルフィア〉を使用）

やわらかくした有塩バター……1カップ（226グラム）

白砂糖（グラニュー糖）……3/4カップ

ブラウンシュガー……3/4カップ（きっちり詰めて量る）

卵……大1個

バニラエキストラクト……小さじ1

ベーキングパウダー……小さじ1

塩……小さじ1/2

中力粉……2 1/2カップ（きっちり詰めて量る）

刻んだ塩味のカシューナッツ……3/4カップ（刻んでから量る）

ミルクチョコチップ……1カップ（168グラム入り1パック）

準備

23センチ×33センチのケーキ型の内側に
〈パム〉などのノンスティックオイルをスプレーする。
または厚手のアルミホイルを敷いてから、
焼きあがって冷ますときに型から持ちあげられるように、
縁の"耳"の部分を残して同様にスプレーする。

作り方

① 耐熱ボウルにバター、ミルクチョコチップ、
コンデンスミルクを入れる。

② 電子レンジの強で1分加熱し、取り出して
耐熱のゴム製スパチュラでかき混ぜる。

③ ボウルを電子レンジに戻し、さらに1分加熱する。

④ そのまま1分おいてから取り出し、
耐熱のスパチュラで混ぜる。

⑤ なめらかになっていれば出来あがり。
そうでないときは、電子レンジの強で30秒加熱してから
1分おく工程を、なめらかになるまで繰り返す。

⑥ チョコレート・カシュー・バークッキーに
フロスティングするときは、
型にはいったままのクッキーの上に流しこみ、
耐熱のゴム製スパチュラで隅々まで広げてならす。

⑦ 好きな人に耐熱ボウルの内側をこそげさせてあげる
(ひとりのときは思う存分ボウルについた
フロスティングを楽しんで)。

ハンナのメモその1:
もしそうしたければこのフロスティングはこんろでも作れる。
ソースパンに材料を入れて弱めの中火にかけ、
ミルクチョコチップがとけるまで休みなくかき混ぜる。
そのあと火のついていないこんろに移して1分冷まし、
バークッキーにかける。

ハンナのメモその2:
このフロスティングは23センチ×33センチのケーキにも使える。

⑨ 生地を型に入れ、ゴム製のスパチュラか清潔な手で、
型の底の隅々にまで広げる。
できるだけ均等になるように押しつけてならす。

⑩ 175度のオーブンで30分、または表面が軽く色づくまで焼く。

⑪ オーブンから取り出し、天板ごとワイヤーラックなどの上に置いて、
さわれるくらいになるまで完全に冷ます。

⑫ 完全に冷めたらミルクチョコレート・ファッジ・フロスティングを
かける。

⑬ フロスティングが完全に冷めたら、
型にアルミホイルを被せ、食べるときまでカウンターの上か
冷蔵庫のなかに入れておく。

切り分ける大きさにもよるが、約30個分。

ミルクチョコレート・ファッジ・フロスティング

（電子レンジレシピ）

材料

有塩バター……大さじ2（28グラム）

ミルクチョコチップ……2カップ
（わたしは〈ネスレ〉の326グラム入りパックを使用）

コンデンスミルク……1缶（396グラム入り。
わたしは〈イーグル・ブランド〉のものを使用）

17

〈クッキー・ジャー〉の裏の駐車場に車を停《と》めるころには、ハンナの頭のなかで情報が泳ぎまわっていた。キャロルは又聞きゴシップの泉で、ＰＫについて知らなくてもいいことまでハンナに話してくれた。ほとんどは調査に関係のない情報だが、ハンナは時間をかけてデータをふるいにかけ、役に立つかもしれないいくつかの事実を書き留めた。

車のエンジンを切ってしまったので寒かったが、殺人事件手帳のページをめくって得た情報を整理した。〝ピンキー〟はＰＫのガールフレンドの本名ではないが、ＫＣＯＷの人たちはだれも彼女の正体を知らなかった。だが、ふたりは高校が同じだと思うとキャロルは言っていた。容疑者リストのピンキーの名前があるページを開き、その情報を書き留めた。ピンキーとＰＫは婚約を解消し、もう会っていなかったこともわかった。それはミシェルからも聞いていたが、被害者と近しい人物は疑いが晴れるまで自動的に容疑者になると、マイクから聞いたことがあった。

つぎに、スコッティのために空けておいたページを出した。おそらくスコッティは犯人ではないだろうと直感が告げていたが、調査はしなければならない。幸い、どこからはじめればいいかはわかっている。スコッティはＰＫと〈レイク・エデン・イン〉のバーに行ったと話していた。今夜ノーマンと食事に行ったら、インの共同経営者兼バーテンダーのディックに話を聞くことにしよう。

それからベティ・ジャクソンがいる。彼女はＰＫが好きだと言ったが、スコッティとＰＫが反目していると思うと言うのがやけに早かった。それがまちがいだったなら、ベティはハンナが思っていたほど観察力があるわけではないか、真犯人から疑いをそらそうとわざとそう言ったということになる。もしかしたら真犯人はベティなのかもしれない。可能性は低いだろうが、まだ情報はほとんど集まっていない。立証するにも反証するにも、いずれにせよもっと情報を集めなければ。

ハンナが最後に加えたのは、未知の動機をもつ名前のない容疑者だった。この容疑者にはいつも容疑者リストの単独ページが与えられていた。調査を進めていくうちに、実際の名前や動機が書きこまれるのだが、今のような初期の段階ではまだだ。ＰＫ殺害事件もそうなるだろう。今の段階ではまだわからないことだらけだ。

ハンナはメモ帳を閉じてバッグにしまい、車から降りた。すぐに〈クッキー・ジャー〉の厨房《ちゅうぼう》に足を踏み入れた。

「姉さん！　お帰りなさい！」ミシェルが笑顔で姉を迎えた。「ノーマンはメールを確認しにクリニックに行ったわ。五時半に戻ってきて、わたしたちをディナーに連れていってくれることになってる。それでいい？」

「ええ」とハンナは答え、防寒コートをドアの脇のフックにかけた。「いいにおいがするわね。何を焼いているの？」

「チョコレート・バタースコッチ・クランチ・クッキーよ」

「新しいレシピ？」

「ええ。姉さんのチョコチップ・クランチ・クッキーとチョコレート・シュガークッキーの応用なの。バークッキーを二種類焼いたから、普通のクッキーも焼きたくなっちゃって。パントリーにコーンフレークがあったし、バタースコッチ・チップもあったから、試してみたの」

「すごくいいにおい！」

「今焼いているのは二回目のものなの。味見したければ一回目のがラックにあるわよ」

「味見したいわ！　ありがとう」ハンナは小走りで業務用ラックに向かい、棚のひとつから温かいクッキーを取った。小さくかじり、とてもおいしかったので、もっと大きくかじった。

「座って、姉さん。疲れてるみたいね」ミシェルが作業台を示した。「ふたりでコーヒーを飲みながら、つぎに何を焼くか相談しましょうよ」

「先にこのクッキーをもう少し食べさせて」ハンナはクッキーをもうひと口かじり、お気に入りのスツールに向かった。作業台に着いてスツールに座り、クッキーを飲みこむと、ミシェルが運んできてくれたコーヒーとクッキーの皿を受け取った。

「お客さんに気に入ってもらえると思う？」ミシェルがきいた。

「きっと気に入るわよ。ひとつ食べればわかる」

ミシェルはにっこりしてハンナの向かいのスツールに座った。「ノーマンが話してくれたわ。ロスが姉さんに残したあの口座のお金のこと。すごい大金じゃない！」

「そうなのよ」とハンナは言ったが、心のなかではこうつづけていた。貸し金庫のことを話したらそれどころじゃなくなるわよ！

「マイクは銀行の記録からロスがどこにいるかわかったの？」

「わかったともわからないとも教えてくれなかったし、ダグのまえではききたくなくて。ダグの話だと、ロスはあの日、引き出すお金を二十ドル札と五十ドル札にしてほしいとたのんだみたい」

「それって重要なこと？」

「わたしはそうは思わない。旅に出る人はお金を持っていくものだし、たいてい使いやすい額面にするでしょう」

「たしかに」

「ロスがトラベラーズ・チェックを買ったかどうかもきいてみたの」

「さすが！」ミシェルは明らかに感心していた。「それで、買ってた？」

「いいえ。マイクがつづけて外貨に両替したかときいたけど、それもしてないって」

「じゃあ、手がかりはなし？」

「そのようね」ハンナはコーヒーをひと口飲んでクッキーをもうひとつ取った。そろそろミシェルにロスの貸し金庫の中身のことを話さなければ。

「何？」ミシェルはハンナの顔つきが変わったことに気づいて尋ねた。

「もうひとつとてもびっくりするようなことがあったの。ロスが貸し金庫を契約していたことがわかったのよ。セルフサービスの貸し金庫で、彼はその鍵をわたしに残していた。それで、マイクといっしょに開けにいったの」

ハンナは札束を見ていかに驚いたか、札束の下にあった鍵をどうやって見つけたかを話した。話を聞き終えると、ミシェルは無言で首を振った。

「どんどん奇妙になっていくわね」ミシェルは言った。「それで、なんの鍵だかわかったの？」

「南京錠《なんきんじよう》の鍵みたいな形で、片面に〈スーペリア・ストレージ〉と書いてあったから、貸し倉庫のユニットの鍵だと思う。マイクは調べてみると言ってたけど、彼は今ＰＫの事件のことでとても忙しいでしょ。それもあって鍵はわたしが持っていると言い張ったの」

「いいわよ」ハンナはポケットから鍵を出してミシェルにわたした。

「見てもいい？」

「たしかにそうみたいね。貸し倉庫のユニットの鍵で、裏に番号が押印されてる。〈スーペリア・ストレージ〉はすごく大きな貸し倉庫のチェーンで、至るところにあるわよ」

「どうして知ってるの？」

「〈スーペリア・ストレージ〉のマークがついた建物がセントポールにあるから。大学に行くとき毎日そこを通るの。ルームメイトのひとりが倉庫に預けたいものがあったから、そこのユニットを借りたのよ。倉庫施設はミネソタとウィスコンシンとアイオワじゅうにあると倉庫のスタッフが言ってたんですって」

「ロスのユニットはセントポールの施設にあるのかしら」

「それならすぐにわかるわ」と言って、ミシェルは自分の携帯電話を手にした。

ハンナは妹が電話をかけるのを聞いた。わずかな時間でロスはセントポールの貸し倉庫を借りていないことがわかった。

「残念」ミシェルは電話を切って言った。「応対してくれた女性によると、ユニット三一二は彼の名前では登録されていないそうよ」

「そう。でもまあ、これでわかったら話がうますぎるものね。問い合わせてくれてありがとう」

「ネットで支店を調べて、別の支店に問い合わせることはできるわよ」ミシェルが申し出た。

「いい考えだけど、明日にしましょう。貸し倉庫はどこにも行かないわ」ハンナは立ちあがって、自分と妹のためにコーヒーのお代わりを取りにいった。カップに熱いコーヒーを注ぎたして言った。「ほかにも話すことがあるの。実は、ずっと銀行ですごしていたわけじゃないのよ」

「どこに行ったの？」

「KCOWまで行ってきた。一度ここに戻ったんだけど、みんなコーヒーショップのほうにいるみたいだったから、どこに行くかはだれにも言わなかったのよ。バークッキーを少し持ってここを出たの」

「全部話して」ミシェルは身を乗り出して言った。「新しい容疑者は見つかった？」

「ええ、ピンキーについても少しわかったわ」

「名前は？」

「それはわからない。KCOWの人たちはみんなピンキーと呼んでいた。わたしが話した人は、だれも彼女の本名を知らなかったわ。でも、PKとピンキーが同じ高校に通っていたことはわかった」

「すごいじゃない！　これでどこを捜せばいいかわかったわ。PKのお葬式に行けばご両親に会えるだろうから、どこの高校だったかきけばいいのよ」

「それはちょっと……」

「失礼かしら？」ミシェルはことばを足した。「失礼というわけではないけど、家族とも親しいような関係ではないことを考えると、ちょっと不適切かもね。話をする機会があっても、お悔やみを言うだけにして、質問はするべきじゃないと思う」

「質問をする必要はないわ」

「どうして？　質問をしないでどうやって探るの？」

「母さんはＰＫのご両親を知ってるし、わたしたちの調査を手伝うのが大好きでしょう。母さんにきいてもらえばいいのよ」

ハンナはほんのわずかな時間しか考えなかった。「それならうまくいきそうね。母さんは社交術の天才だから。お悔やみを言いながら情報を引き出す方法を考えてくれるでしょう」

「ＫＣＯＷではほかにだれかと会った？」ミシェルがきいた。

「ええ。ベティ・ジャクソンが今あそこで働いてるのよ」

「やった！　ベティといえばゴシップ好きのひとりよね。彼女はだれが犯人だと思ってた？」

「これという人はあげなかったけど、ＰＫがヘッドカメラマンに昇進するまで自分がなるはずだと思っていた男性と話すことを勧めてくれたわ。名前はスコッティ。本人はそれほどＰＫに腹を立てていたわけではないと言ってた」

「でも、ベティは仕事をめぐって関係がこじれたせいかもしれないと思ってるの？」

「ほんとうにスコッティがＰＫを殺したと思っているのかときいたら、そうでもないみたいだったけど、可能性がないわけではないし。なんとも言えないわ、ミシェル。スコッティとも話したけど、なんとなく彼はやってないという気がする」

「それならたぶん姉さんが正しいのよ」

「でも、わたしの勘が正しいとも言い切れないでしょう。どっちにしろスコッティのことは調べなきゃ」

「わかった。ＫＣＯＷで会ったほかの人のことを話して。姉さんがどう思ったかを」

ハンナはキャロルのことを詳細に描写しながらミシェルに話した。話を終えると、ミシェルは考えこむような顔をした。

「スコッティはＰＫの死亡時刻にアリバイがあったの？」彼女はきいた。

「きかなかったわ。死因は薬物が混入したチョコバーを食べたことだから、死亡時刻にアリバイがあっても関係ないもの。殺人の凶器はチョコバーで、ＰＫが食べるまえに郵送で届けられたものだから」

「そうね。そして、封筒は捨てられてしまったから、犯人がいつ送ったかはわからない」

「そのとおり。それに、いつ郵送されたかがわかっても、だれが送ったかはわからない。死亡時刻には何百マイルも離れたところにいた可能性もある」

「PKが死んだとき、レイク・エデンにいた可能性もある」ミシェルは推測した。

「そうね。わたしがこれまで取り組んできたなかで、死亡時刻が意味を持たない殺人事件は初めてよ。事件をさらに複雑にしているのは、被害者が本来被害者になるべき人ではなかったかもしれないことね」

ミシェルはそれについてしばらく考えた。「たしかに。わからないことだらけね！」

姉妹は長いことだまっていたが、やがてミシェルがまた口を開いた。「だれかにどうしても死んでもらいたかったんでしょうね。そうじゃなかったら、チョコバーに鎮静剤をしのばせるなんて手間のかかることはしないはずよ。人を殺すにはもっと簡単な方法があるんだから。しかも、自分が関わることなく、ねらっている人物にチョコバーを届ける方法を考えなければならない。少なくとも、犯人がなんとしてでもつかまることなく殺そうと決意していたのはたしかね」

「ええ」ハンナは同意した。「殺人に駆り立てられた人物と言えるでしょうね」

「特定の人を特定の方法で殺すことに駆り立てられていながら、それがいつ起こるかわからないとしたら、近くにいてすべてが計画どおりに進むように気をつけると思わない？」

ハンナは末の妹をじっと見つめてから微笑《ほほえ》んだ。「そのとおりよ、ミシェル。もしわたしが犯人だったら、うまくいったかたしかめたいと思うし、新聞で読むだけでは満足できないと思う。いつ、どうやって死んだかを知る必要がある。そして、捜査がどれくらい進んでいるのか、刑事たちがどこまで真実に迫っているかを知りたいと思う」

「そのとおり。それに、姉さんのことも忘れないで。犯人は姉さんの調査の進み具合を知りたくなるわ」

ハンナは小さく身震いした。「でしょうね。でも、もし失敗していたらどうするの？まちがった人物を殺してしまったら？」

ミシェルは少し考えた。「そのときは、できるだけ遠くに行きたいと思うでしょうね」

「そう。そして振り出しに戻る。正しい人物が死んだのかも、犯人がまだレイク・エデンにいるのかもわからない」

ミシェルは深くため息をついた。「その通りだし、もう仮説は品切れよ。今回の調査はすごくいらいらすると思わない？」

「ええ。それに、わたしたちにとっても他人事じゃないということも考慮に入れないと」

「それは考えもしなかったわ！」ミシェルは眉をひそめた。「つまり、あまり入れこまないようにしなくちゃならないということね。考えすぎると、感情のせいであらゆることを潤色してしまうから。わたしたちはふたりともPKに起きたことに動揺している。それに……もしＰＫが本来の被害者だったとわかっても、それがいいことなのか悪いことなのかわからない」

「そして、ねらわれていたのがロスだったとわかったとしても、それがいいことなのか悪いことなのか判断できない」

「そうね」ミシェルは作業台越しに手を伸ばしてハンナを抱きしめた。「はっきりわかっていることがひとつだけあるわ」

「何？」

「犯人をつかまえなくちゃならないこと」

「同感」ハンナは言った。「わたしたちはＰＫを殺した犯人をつかまえなくちゃならない。そのせいで今回は二倍に複雑なのよ」

姉妹はそれぞれのコーヒーカップをじっと見おろした。何かの魔法で、そこに犯人の特定につながる答えが現れてくれないかとでもいうように。

「何か対処方法があるはずよ」ミシェルが顔を上げてハンナに言った。「どうすればいいかわかる？」

「ええ。直感的かつ論理的になることよ。どちらも同時にね。そして、この事件については完全に中立でなければならない。こうなってほしいとか考えるのもだめ」

「わかった。ほかには？」

「PKかロスに対して少しでも意見の相違やうらみを抱いていたり、現実にしろ妄想にしろなんらかの理由でどちらかを嫌っていた人全員を疑うべし」

「それはわかるけど……どうやって？」

「どちらかと少しでも関係のあった人全員の話を聞くの。彼らが生まれてから今までの人生について知る必要がある。大切なのは、できるだけ多くの情報を集め、注意深く、じっくりとすべての人の話を聞くこと。あとで役に立つと信じて」

「むずかしいわね。それが犯人をつかまえるのに役立つの？」

「そうとは言い切れないけど、わたしが知っている方法はそれだけ。時間はかかるけど、大きなジグソーパズルみたいなものよ。すべてを箱から出して、ひとつひとつのつながりがわかれば、犯人の絵がはっきり見えるはず」

「そう願うわ！　ほとんど不可能に聞こえるけど、できるかぎり力になると約束する」

「そうしてくれるのはわかってるわ。あんたはいつもそうだもの。もうひとつだけ、わたしたちがやらなければならないとても大事なことがあるの」

「何？」

「くじけないようにたくさんチョコレートを食べること」

ミシェルは一瞬ぽかんとハンナを見つめたあと、笑いだした。「それならできるわ！」と宣言し、勢いよく立ちあがってクッキーを取りに業務用ラックに向かった。

チョコレート・バタースコッチ・クランチ・クッキー

●オーブンを175℃に温めておく

材料

有塩バター……1カップ（225グラム）

セミスィート・チョコレート……168グラム
（わたしは〈ベイカー〉の28グラムのものを6かけ使用）

粉砂糖……1カップ（ふるわなくてよい。きっちり詰めて量る）

白砂糖（グラニュー糖）……1カップ

卵……大2個

バニラエキストラクト……小さじ1

ベーキングソーダ（重曹）……小さじ1

塩……小さじ1

中力粉……3カップ（きっちり詰めて量る）

バタースコッチ・チップ……1カップ（168グラム入り1パック）

砕いたコーンフレーク……2カップ（砕いてから量る）

作り方

① バターとチョコレートをソースパンに入れて弱火にかけ、かき回しながらとかすか、電子レンジでとかす

（わたしは耐熱の計量カップに入れて電子レンジの強で
3分加熱してとかす）。とけたら大きめのボウルに移し、
粉砂糖と白砂糖を加えてよくかき混ぜたあと冷ましておく。

② 冷めたら卵を1個ずつ加え、
その都度よくかき混ぜる（ここから電動ミキサーを使ってもよい）。

③ バニラエキストラクト、ベーキングソーダ、塩を加え、
全体をよくかき混ぜる。

④ 中力粉を半カップずつ加え、その都度かき混ぜる
（いっぺんに加えると、ボウルに粉が山盛りになって
かき混ぜるときに飛び散る）。

⑤ ボウルの内側をこそげ、電動ミキサーを使った場合は
ミキサーからボウルをはずし、木のスプーンでひと混ぜする。

⑥ バタースコッチ・チップと砕いた
コーンフレークを加えてよく混ぜる。

⑦ 生地を直径2.5センチのボール状に丸める
（容量小さじ2のスクーパーを使ってもよい）。

⑧ 油を塗った天板（わたしはいつも〈パム〉などの
ノンスティックオイルをスプレーする）にボール状の生地を並べ、
オーブンに運ぶとき転がらないように
清潔な手で軽く押してつぶす。

⑨ 175度のオーブンで10〜15分焼く（わたしの場合は12分）。

⑩ 天板のまま2分冷ましたあと、
ワイヤーラックに移して完全に冷ます。

だれもが好きになるおいしいチョコレート・バタースコッチ・クランチ・クッキー、
約5〜6ダース分。

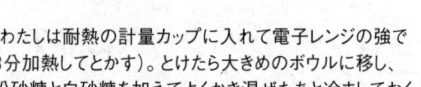

18

さまざまなクッキーとバークッキーを十回ぶん焼いたあと、ハンナとミシェルはふたたび作業台のまえに座った。「終わった」ハンナは妹に微笑《ほほえ》みかけて言った。「すごく助かったわ、ミシェル」

「楽しかったわね。ところで、ブースを確認したいと言ったら、サリーはコンベンション会場に入れてくれるかしら？」

「きっと入れてくれるわよ。今日電話で彼女と話したら、わたしたちが参加することにすごく興奮してた。フードコートみたいにまんなかにテーブルや椅子を設置して軽食を提供すると、みんな長居をして買い物をすることになるから大ちがいなんですって」

「たしかにそうね。空港やモールにはフードコートがあるもの。郡共進会《カウンテイフエア》にも。みんな休んで力を補充する必要があるのよ」

「たしかに。社員のための休憩室がない大企業なんて想像できないし。わたしたちだって、今は作業台のまえに座ってコーヒーを飲んでる」

「そして、ノーマンを待ってる」ミシェルは壁の時計を見あげた。「そろそろ来るころね」

それが合図だったかのように、厨房《ちゅうぼう》の裏口ドアをノックする音がした。ミシェルは笑って立ちあがった。「ほら来た。わたしが出るわ」

「ありがとう、ミシェル」ノーマンがドアの横のフックに防寒コートをかけながら言うのが聞こえた。すぐに彼が作業台にやってきた。「やあ、ハンナ」

「ハイ、ノーマン」

ノーマンはハンナを軽くハグした。「早く来すぎたんじゃないといいけど。おなかはすいてきた？」

ハンナは笑った。「ぺこぺこよ」

「ドアを開けてくれたとき、ミシェルもそう言ってたよ。今夜コンベンション会場に運びこむものはある？トランクはほぼ空いてるけど」

「どうかしら」ハンナはミシェルを見た。「何か持っていくべきものってある？」

「とくにないわ」

「よし、それじゃあ」ノーマンはハンナに手を差し出した。「食事に行こう。サリーに電話したら、早めに来てくれてもいいと言っていたよ。ダイニングルームは七時まで通せないけど、ディックがバーでピザディップを作ってるし、カラオケナイトは九時からだから」

ハンナは「すばらしい！」と叫んで笑った。ノーマンは完全に頭がどうかしてしまったのではないかと思っているように彼女を見つめている。「なぜすばらしいかは、〈レイク・エデン・イン〉に向かいながら話すわ」

　雪の降る寒い夜のなかをなめらかに進む快適なドライブのあと、ノーマンは〈レイク・エデン・イン〉の裏の〝配送車専用〟と書かれた駐車スペースに車を停《と》めた。「ここに停めていいとサリーに言われたんだ」彼はふたりに言った。「裏口を開けておいてもらった。はいってから施錠しておけばいいらしい」

「完璧ね」ミシェルが防寒ブーツを靴に履き替えながら言った。「ドアまで二歩で行けるから、防寒ブーツを履く必要がないわ」

「出るときは雪が降っているかもしれないわよ」ハンナが妹に注意した。

「わかってるけど、可能性に賭けてみる。ブーツと靴を履き替えなくていいのはすごく楽だもの」

「たしかにそうね」ハンナは同意した。「わたしも可能性に賭けるわ。あなたはどうする、ノーマン？」

「ぼくは安全策をとるよ。そうすれば吹雪になったとき、雪のなかきみたちのブーツを取りにいけるから……。でも、ぼくに冒険心がないとは思わないでくれよ。もしそう思うなら裸足《はだし》で行くからね！」

ハンナもミシェルも笑った。「ブーツを履いて、ノーマン」ハンナは彼に言った。「それが紳士のするべきことよ。もし季節外れの熱波に襲われて地面がぬかるんだら、あなたの防寒コートを敷いて、その上を歩かせてね」

三人とも笑みを浮かべたまま建物のなかにはいり、ドアを施錠して、サリーの巨大な厨房を通るせまい廊下を歩いた。ロビーを抜けてバーに近づくと、ノーマンはハンナを見た。

「カウンターかテーブル席に行っててくれ。ぼくは防寒コートをまとめてかけたあと、靴を履き替えてくるから」

ハンナとミシェルはコートを脱いでノーマンにわたし、西部劇の酒場のような両開きのスイングドアを抜けてディックのバーにはいった。テーブル席にはすでにかなりの人がいたが、カウンターに人はまばらだった。

「どこがいい？」ミシェルがハンナにきいた。

「カウンターがいいわ。ディックはバーテンダーだし、そのほうが彼と話しやすいから」

「スコッティとＰＫのことをきくの？」

「そのつもりよ。ディックはすごく観察力のある人だから。以前彼にそう言ったら、すぐれたバーテンダーは観察力がないといけない、それは仕事の一部だと言ってたわ。最後にここに来たときスコッティとＰＫがどんな様子だったか、ディックに印象をききたいの」

「オーケー」ミシェルは言った。「姉さんにまかせる」

ハンナはカウンターに歩いていき、あるスツールを示した。「ここに座って、ミシェル。逆隣のスツールにはバッグを置いて、ノーマンの席を確保しておくわ」

ハンナとミシェルが座ると、ディックが急いで寄ってきた。「やあ、きみたち」ふたりに笑いかけてあいさつしたあと、ハンナに言う。「カラオケにはまだ少し早いよ、ハンナ」

「幸運の星に感謝したほうがいいわよ、ディック。姉さんが歌うのを聞いたことある？」

ディックは少し考えてから首を振った。「ないと思うよ、覚えているかぎりでは」

「あら、覚えているはずよ！」ミシェルがきっぱりと言った。「ハンナ姉さんの声はすごく大きくて、しかも音痴なの。ほんとなんだから。わたしが小さいころ、よく歌って寝かしつけようとしてた」

「役に立たなかった？」

「すごく役立ったわよ」ハンナは言った。「ミシェルは三十秒聞いただけで、わたしの歌から逃れようと眠ってくれたもの」

ディックは笑った。「ふたりともからかっているんだな。まあ、そういうことにしておこう。それでも今夜はきみの歌声が大きな救いになるかもしれないんだ」

ディックがにやりと笑ったので、今度はこちらが彼にからかわれるのだとハンナは気づいた。「どうしてわたしたちが食後酒を飲みに寄らないと思うの？」

「アリス・ボーゲルとディガー・ギブソンが来るからだよ。ふたりはいつもデュエットするんだ」

「ディガーは歌が下手なの？」ミシェルがきいた。

「もしかしてアリスも？」ハンナが質問を付け加える。

「さあね。わたしはバーテンダーだから、口は固いんだ……耳もね」

「耳栓をしてるとか？」ハンナはきいた。

「お金を払ってくれるお客さんについて心ないことは言えないよ。ディガーとアリスは……」ディックは口ごもり、ふさわしいことばを探した。「いっしょにパフォーマンスするのが好きだとでも言っておこうか」

姉妹は顔を見合わせた。ディックは〝歌う〟ということばを使うまいとしているのだ。

「なるほど」ミシェルは言った。「ディガーとアリスは自分たちがとても上手な……パフォーマーだと思ってるの？」

「それってわたしみたい」ハンナは言った。「自分ではうまいと思ってたの。学校行事でクラスで歌うことになったとき、歌わずに歌詞をささやくだけにするようにと先生に言われるまでね」

ディックのにやにや笑いが顔じゅうに広がった。「アリスとディガーはそれじゃだめだろうな。自分たちにはすごく音楽性があると信じきってるから」

「そうじゃないとだれかに言われたことは?」ハンナがきいた。

ディックは首を振った。「みんなアリスのこともディガーのことも好きだからね。傷つけたくないんだ。実を言うと、ふたりのパフォーマンスにもいいことがひとつだけある」

「それは何?」ハンナがきいた。ディックの罠《わな》にかかることになるとわかっていても、どうしても落ちを聞きたかった。

「こういうわけさ。ディガーとアリスが椅子を押して立ちあがると、これからステージに向かうのだとバーにいる全員にわかる。するとみんななんであれ、飲んでいるもののダブルを注文するんだ。ビールを飲んでいる人までがね!」

「どうやってビールをダブルにするの?」ミシェルがきいた。

「一度に二本注文するんだよ」

「それで役に立つのかしら」ハンナは疑問を口にした。

「それが立つんだよ! ダブルを注文したお客さんには、ウェイトレスが使い捨ての耳栓を配るからね」

ハンナとミシェルの笑いが収まったころ、ノーマンがスイングドアを押してバーにはいってきた。ハンナが手を振ると、彼は歩いてきて、とっておいてもらったスツールに座った。

「遅くなってごめん」彼は謝った。「患者のひとりにばったり会って、インプラントについて尋ねられてね」

ハンナは興味を惹《ひ》かれた。「インプラントってすごく特殊なものでしょ。あなたのところではインプラントもやってるの？」

「いや、でも、それが必要かどうか診察に来るように勧めた。それでもし必要だとわかれば、口腔《こうくう》外科医を紹介するからと」

「なんにします、みなさん？」正面に黒の太い文字で〝レイク・エデン・イン〟と書かれたブルーとグリーンのストライプのカクテルナプキンをカウンターに置きながら、ディックがきいた。

「わたしはここのハウスワインのシャルドネをグラスで」ミシェルが言った。「このまえ来たとき飲んで、おいしかったから」

「クロ・デュ・ボワだね」ディックが応え、ハンナに目を向けた。「きみは、ハンナ？」

「わたしはアーノルド・パーマー（アイスティーをレモネードで割ったノンアルコール飲料）をアイスティー多めで」ハンナは言った。

「飲まないつもり？」ノーマンが言った。

「ディナーまではね。一日じゅう走りまわってたから、二杯以上お酒を飲んだら眠りこんじゃいそうなの」

ディックはノーマンのほうを見た。「きみは何にする、ノーマン？」

「ホットレモネードのシナモン入りをお願いするよ」

「いいチョイスだ」ディックは彼に微笑みかけて言った。

「ディック?」ハンナは彼が飲み物を用意しにいくまえに呼びかけた。「あとで時間があるときに、少し話をしたいんだけど」

ディックは彼女に少し身を寄せた。「PKの事件のことで?」

「ええ。いくつかききたいことがあるの」

ディックは微笑んだ。「もちろんいいよ、ハンナ。いつものようにね。先にきみたちの飲み物を用意して、バーのほかのお客さんたちの様子を見てくるよ。戻ってきたら話そう」彼は腕時計を見てつづけた。「今夜はバーでホッケー・プレーオフ・ピザディップを出す予定で、そろそろ出来あがる。きみたちも食べてみるかい?」

「どんなものか知らないけど、食べてみたいな」ノーマンが言った。「腹ぺこなんだ」

「わたしも食べてみたいわ」ハンナも言った。「ミシェルは?」

「わたしも」彼女はディックを見た。「ディップって言ったわよね?」

「ああ」

「何がはいってるの?」

「ほとんどあらゆるものが。友だちのジョンのレシピなんだ。大学時代、同じ家に部屋を借りてて、よくいっしょにテレビでホッケーの試合を見たものさ。ジョンはいつもこのデイップを作って、それをつけて食べるのは女の子たちが持ってきた……」彼はしゃべるのをやめてハンナを見た。「ディップにつけるポテトチップスをなんというのかな？」

「ポテトチップス」ハンナはまったくの真顔で言った。

みんなが笑い、ディックは小さくため息をついた。「そうだよな、でもやっぱり知りたくてね」

ハンナは少し考えてから肩をすくめた。「わたしもよくは知らないの。もしそれを表す料理用語があるとしても、聞いたことがないわ。なんであれボウルかバスケットに入れてディップといっしょに出せばいいのよ。みんなずっとディップを食べてきたんだから、それがなんであっても食べ方はわかるでしょ。こんなふうに言うこともできるわ。〝ディップのおともです〟」

「オーケー。それなら簡単だ」ディックは言った。そして、また腕時計を見た。「飲み物を持ってくるよ、そのあとでディップを出そう」

ジョンのホッケー・プレーオフ・ピザディップ（前菜）

●オーブンを175℃に温めておく

材料

室温でやわらかくしたクリームチーズ……226グラム入り1パック
（わたしは〈フィラデルフィア〉の銀色の長方形パッケージのものを使用）

ドライオレガノ……小さじ1/2

ドライパセリ……小さじ1/2

ドライバジル……小さじ1/4

細切りのモッツアレラチーズ……1カップ（約112グラム）

細切りのパルメザンチーズ……1カップ（約112グラム）

オニオンパウダー……小さじ1/2
（または細かく刻んだ生のタマネギ大さじ1）

ガーリックパウダー……小さじ1/2
（または細かく刻んだ生のニンニク小さじ1）

スパゲティ用ミートソース……1カップ（わたしは〈プレゴ〉のものを使用）

スライスしたペパロニ……56グラム

スライスしたブラックオリーブまたはグリーンオリーブ……大さじ2〜3

小さめのマッシュルーム……小1缶

市販のガーリックブレッド……1斤分（アルミホイルに包まれているもの。
または冷凍ソフトブレッドスティック生地2パック）

⑥ ④のチーズの上に⑤のミートソースをスプーンでかけ、
ゴム製のスパチュラで広げて平らにする。
ただし混ぜないこと。

⑦ ⑥の上に残りのチーズを振りかける。

⑧ ペパロニを均等に並べる。

⑨ スライスしたオリーブを散らす。

⑩ キッチンペーパーで小さめのマッシュルームの水気を拭き、
その上に散らす。

⑪ 175度のオーブンで25～30分焼く。

⑫ 5分焼いたところで、ガーリックブレッドをオーブンに入れ、
パッケージに書かれた指示にしたがって焼く。
ソフトブレッドスティックの場合は1本を2等分し、
パッケージに書かれた指示に従って焼く。
ピザディップといっしょに焼きあがるように
焼き時間を調整すること。

⑬ 焼けたらガーリックブレッドをスライスし、
ナプキンを敷いたバスケットに入れて、
ディップといっしょに出す。
ソフトブレッドスティックの場合は
そのままバスケットに入れる。

ハンナのメモその3：
ソフトブレッドスティックは少し長めに焼くと、
ホッケー・プレーオフ・ピザディップにつけたとき形がくずれない。
ガーリックブレッドの場合もカリカリの面をディップにつけること。
パンの代わりにチップスを添えてもよい。

準備
パイ皿にアルミホイルを敷く。
冷凍のソフトブレッドスティック生地を使う場合は
天板にアルミホイルを敷く。

作り方

① 小さめのボウルにやわらかくしたクリームチーズ、
オレガノ、パセリ、バジルを入れ、よくかき混ぜる。

ハンナのメモその1:
冷蔵庫から出したばかりのクリームチーズを
急いでやわらかくしたいときは、
包み紙をはがして小さめの耐熱ボウルに入れ、
電子レンジの強で20秒加熱する。
そのまま1分おき、取り出してなめらかになるまでかき混ぜる。
なめらかになるまでこの工程を繰り返す。

② ハーブを混ぜたクリームチーズを用意したパイ皿に塗る。

③ 別のボウルに細切りのパルメザンチーズと
モッツアレラチーズを入れて混ぜる。

ハンナのメモその2:
チーズは清潔な手を使って混ぜてもよい。

④ ③のチーズの半量を②の上に振りかける。

⑤ 小さめのボウルにスパゲティ用のミートソースを入れ、
オニオンパウダーとガーリックパウダー
(またはみじん切りにしたタマネギとニンニク)を
加えて混ぜる。

19

ディックがお代わりを注《つ》ぎ終えてピザディップを運んでくるころには、三人のグラスはほとんど空になっていた。ずっと時間を気にしていたハンナは、安堵《あんど》のため息をついた。ディックにはどうしても今夜話を聞きたかったたし、カラオケで盛りあがっているバーに戻りたくはなかったからだ。

「さて、ハンナ」彼はバーカウンターから三人のほうに身を寄せて言った。「だれかにお代わりをたのまれるまで、少なくとも五分はあるよ」

「ありがとう、ディック。忘れないうちに言っておくと、ピザディップはすごくおいしかったわ」

ノーマンとミシェルが順にディックの友人考案による料理を賞賛するあいだ、ハンナは殺人事件手帳をバッグから取り出し、バッグの底にごろごろしているたくさんのペンのうちの一本をつかんだ。そして、会話が途切れたところで、ここに向かいながら考えてきた質問を開始した。「最後にPKを見たときのことを教えてほしいの」

「いいとも。ＰＫは仕事終わりにスコッティといっしょに来たよ。ふたりがいっしょにいるのを見るのは初めてだったから、おやっと思ったんだ。ふたりは飲み物を注文した。スコッティはビール、ＰＫはバージン・キューバ・リブレだ」

「親しそうだった？」ハンナは尋ねた。

「そうでもなかったな。お互い遠慮がある感じで、親しそうではなかった。バーにはいってきたときはね」

「でも、そのうちに打ち解けたのね？」ミシェルが先を読んできいた。

「ああ。ＰＫは最初から普段どおりだったけど、スコッティはちょっと堅苦しい感じだった。彼の場合見分けるのはむずかしいんだが、ボディランゲージを理解できる程度には知っているからね」

「いつもここに来るときの彼とはちがったということ？」ノーマンがきいた。

ディックはうなずいた。「ふたりはテーブル席にいたんだが、スコッティは背筋を伸ばして座っていて、まったくリラックスしていなかったし、いつものようにテーブルに肘をついてもいなかった」

「ほかには？」ハンナがきいた。

「スコッティはすぐにビールに手をつけなかった。泡の部分を飲むのが好きなのに」ディックはそう言って肩をすくめた。「ささいなことなのはわかっているけど、そういうことで常連客がどんな気分なのかわかったりするからね」

「つまり、スコッティの態度はいつもとちがったということね？」ハンナが確認した。

「ああ。どうも様子がちがっていた。ビールを見ても飲もうとはしなかった。ピザディップもＰＫと話すまではしばらく手をつけなかった」

「会話は聞こえた？」ミシェルがきいた。

「いいや。そこまで近くへは行かなかったからね。いつもとちがうから気にはなったけど、たしかめようとは思わなかった。状況を知りたくて見ていただけだ。何か深刻な問題について話しているのはわかったから」

「どうしてわかったの？」ハンナがたたみかけた。

「スコッティがＰＫの目を見たまま、しばらくそらさずにいたからさ。そのあとふたりとも飲み物をひと口飲んで、ピザディップに手を伸ばした。ほかにもあるんだ、ふたりのあいだにわだかまりはないと示す証拠が」

ハンナは何も言わずに、眉を上げて問いかけた。すると、ディックはつづけた。

「スコッティはほとんど毎週ここに友人五、六人といっしょに来ている。みんなとても親しそうで、よく笑って、仲のいい友人同士らしくからかい合ったりしているよ」

ノーマンは興味を惹《ひ》かれたようだった。「スコッティはＰＫとの会話のあと、そういう態度になったということ？」

「そういうわけじゃない。まだ親しい感じではなかったけど、打ち解けてきているのがわかった。テーブルに肘をついて、ビールをごくごく飲んだんだ。そして、席について以来初めてPKに微笑《ほほえ》みかけた。まだあるぞ。チップスのバスケットをまわし合っていた。なんであれスコッティを悩ませていた問題は解決したんだとわかったのはそのときだよ」

「ずいぶんいろんなことに気づいているのね、ディック」ミシェルが言った。「大学で心理学の講義でもとったの？」

ディックは首を振った。「とってないよ。でも、大学の学費を稼ぐために長いことバーテンダーをしていたからね。いいバーテンダーに必要な技術がそれなんだ」

「必要？」ミシェルは不思議そうに言った。「お客が何か必要としていたら気づけるように注意を払わなくちゃならないのはわかるけど、あなたの場合はそれ以上のことがわかるみたい」

「そうさ。バーテンダーは客と親しくなる必要があるんだ。お互いを守るためにね」

「どういうことかな？」ノーマンがきいた。

「バーテンダーとしては、楽しく飲んでいる状態と、飲みすぎて運転ができない状態の境界線にいるお客にはお代わりを出したくない。もし出せば、それは違法行為だ。いいバーテンダーはいつ飲むのをやめさせるべきか知っている。それは、客が発するあらゆる兆候を見逃さないようにしなければならないということを意味する」

「スコッティはこれまでに……」と言いかけてハンナはやめた。スコッティは今までに酔っ払ったことがあったかと尋ねようとしたのだが、ディックはおそらく教えてくれないだろう。

「酔っ払ったことがあるか?」ディックは彼女の質問を補足した。

「ええ」

「わたしが覚えているかぎりでは一度だけだ。彼はいつもビールをグラス三杯までしか飲まない。それ以上飲んだのを見たのは一度だけで、彼が奥さんと来ていたときだった。その日は彼の誕生日で、大勢の友だちとお祝いをしていた。それ以上飲ませるのはやめるべきだろうかと思ったが、彼の奥さんがカウンターまで来て、自分が家まで運転するつもりだと話してくれた。車のキーまで見せてね」

ハンナは頭のなかのチェックリストでひとつの項目にチェックマークをつけた。飲みすぎると怒りを爆発させる人がいることを彼女は知っていた。「じゃあスコッティは大酒飲みというわけではなかったのね?」

「ああ、ちがうね」ディックは首を振った。「彼が複数の種類の酒を注文するのは見たことがない。ビール党で、それも生ビールだけ。瓶ビールは飲まないし、グラス一杯のビールを最低でも一時間、ときにはそれ以上かけて飲む。大酒飲みはたいていもっとアルコール度数の高いものを飲むものだ。ウィスキーやアルコール度数の高いビール、ワインなどをね。きみが何を知りたいのかはわかるよ、ハンナ。だからずばり言おう。ＰＫとここに来た夜、スコッティがここに残って飲んでいたということはありえない」

ディックの電話が鳴り、彼は背を向けて電話に出た。すぐに戻ってきて言った。「サリーからだった。きみたちのテーブルの準備ができたという知らせと、デザートのとき合流させてもらってもいいかどうか知りたいそうだ。きみたちに伝えたいことがあるらしい」

サリーがデザートに同席するのは大歓迎だとディックに告げると、ハンナとミシェルとノーマンはディックのバーをあとにした。廊下を歩いてレストランに向かい、受付スタンドがあるアルコーブに寄った。

案内係のドット・ラーソンが温かく三人を迎えた。「ようこそ、みなさん！　ディナーにいらしたんですよね。サリーから聞いています。プライベートブースにテーブルをとってあるので、ご案内しますね」ドットはハンナを見た。「サリーがデザートをごいっしょさせていただきたいということは、ディックから聞きましたか？」

「ええ、聞いてるわ。かまわないと伝えておいた。わざわざありがとう、ドット。ところで、赤ちゃんは元気？」

「もう赤ちゃんじゃありませんよ。本人にきいてみてください、もう大きい男の子だって答えますから。母はそれがうれしいらしくて」

「まだお母さんに子守をしてもらっているの？」ミシェルがきいた。

「ええ。ジェイミーがプレスクールにはいるまではやりたいんですって。そのあとは半日しかできなくなるから。二年後にはそうなるんだから、これも主の思《おぼ》し召《め》しね」

ハンナは笑った。

「忘れないうちにお伝えしておきますね。サリーがあなたがたにクリスマス・デコレーション・コンテストに参加してもらいたいそうです。委員会に加わって、お気に入りのオーナメントを家から持ってきて、自分の木に飾るだけでいいんですよ。全従業員が投票して、三位までのクリスマスツリーにトロフィーが出るんです」ドットはノーマンを見た。「それでは、今夜のためにサリーが選んだブースにご案内して、ウェイトレスをご紹介しますね。新人ですが、とても優秀で、きっと気に入っていただけると思います」

ドットに導かれて、三人はダイニングルームのいちばん奥の階段をのぼったところにあるエリアに向かった。カーテンの閉められたブースをいくつも通りすぎ、いちばん奥のブースで足を止めた。

「こちらへどうぞ」ドットは言った。「サリーから何か重要なお話があるとのことです。コンベンションのことか、ＰＫの事件のことだと思います」

ハンナは微笑むだけにした。サリーの話の大部分がコンベンションについてとは思えなかった。もしそうなら、カーテンつきのブースを用意する必要はなかっただろう。おそらくサリーはＰＫについての事件の調査に関係があるかもしれないことを話したいのだ。ハンナは好奇心にかられたが、メインディッシュを食べ終えるまで、好奇心が満たせないのはわかっていた。デザートとコーヒーの時間になるまで、サリーは来てくれないのだから。

「最後にもうひとつだけ」一同が席に着くとドットは言った。「サリーはみなさんに新作の前菜を味見していただきたいそうです」

　ハンナはうめき声をあげそうになった。ディックのピザディップを食べすぎてしまった上に、前菜も試食しなければならないとは。

「生ハムとアスパラガスのロールです。とても軽くてそれほどおなかにたまりません」ドットはハンナの心を読んだかのように言った。

「おいしそう！」バーから持ってきたワインをひと口飲んで、ミシェルが言った。「アスパラガスは大好きよ。野菜のなかでいちばん好きかも」

「生ハムにとてもよく合うしね」ノーマンが言った。

　ハンナは食欲が戻ってくるのを感じた。「サリーは生ハムと野菜を巻くのに何を使ってるの？」彼女はきいた。

「パフペストリー生地を薄く伸ばしたものです」ドットが教えた。「フィロ生地でもおいしいんですけど、扱うのがかなりむずかしいんです。高温のオーブンで焼くと、パリッとおいしくなるので、熱々をお出しします」

　よし、食欲はすっかり戻ったわ、とハンナはサリーの新作を思い浮かべて判断した。これならメインディッシュを食べたあとでもデザートがはいる余地はあるだろう。

ウェイトレスがやってきて、ミシェルにワインのお代わりを注ぎ、ハンナにはグラスワインを持ってきた。ノーマンのまえにはアイスティーのグラスが置かれた。ほとんど空に近いグラスを下げて給仕助手《バスボーイ》にわたし、ふたたび三人のほうを向く。「サリーの新作の前菜を試食していただけるとドットから聞いています。今焼いているところです。メインディッシュはもうお決まりになりましたか？　それとももう少しお時間が必要ですか？」

「わたしは決まってるわ」ミシェルが言った。「豚ヒレ肉のチョップ、フィンガーポテト添えを。付け合わせはニンジンのスイートマスタードソースだと思うけど、ホウレンソウのクリーム煮に変えてもらえる？」

「かしこまりました」ウェイトレスは答えた。「今夜はすべてのメインディッシュにピカデリー・チーズ・ミニマフィンがつくので、バスケットのパンとあわせてお出しします。それでよろしいですか、それともサワードウのソフトロールパンのほうがいいですか？」

「ミニマフィンにしてみるわ。食べたことがないから」ミシェルはハンナとノーマンを見た。「ちょっと席をはずしてもいい？　ロニーに電話して、あとでアパートに寄れるかききたいんだけど、カーテンつきのブースのなかはあんまり電波がよくないのよ」

「サリーのオフィスにはホットスポットがあるんですよ」ウェイトレスが教えた。「オフィスのドアの外の廊下に立つと、すごくよくつながります。電話をしなくちゃならないとき、わたしはいつもそこに行くんです」

「教えてくれてありがとう」ミシェルはそう言って立ちあがった。「できるだけ早く戻るわ」

「行ってらっしゃい、ミシェル」ハンナはうなずいて言った。ミシェルの携帯電話はカーテンつきのブースのなかではたしかにつながりにくいのかもしれないが、姉妹レーダーは申し分なく反応していた。ミシェルが今夜ロニーに立ち寄ってもらいたがっている理由はちゃんとわかった。

「忘れるまえに食べたいものを伝えたほうがいいね」ノーマンがウェイトレスに言った。「アイスティーのほかに、ジンジャーエールもグラスでもらえるかな？　今夜はすごくのどが渇いてるんだ」

「今一杯お持ちして、メインディッシュといっしょにもう一杯お持ちします」ウェイトレスは言った。「ディックのピザディップを召しあがりました？」

「三人とも食べたわよ」ハンナが答えた。

「きっとそれでのどが渇くんですよ。ディックはいつもスパイスをたくさん入れるので」

彼女はハンナを見た。「あなたはなんになさいますか、マーム？」

「メインディッシュを注文するまえに質問があるの。ピカデリー・チーズ・ミニマフィンというのはどういうもの？　メニューでは見たことがなかった気がするんだけど」

「今夜初めてお出しするものです。それで、お客さまに試食していただくつもりなんです。サリーのおばあさまのレシピで、おじいさまのパブではとても人気があったそうですよ」

「じゃあわたしもひとつ試食したいわ」ハンナは決めた。「メインディッシュはひな鶏《どり》の半身、小さいマッシュルームのソテーとワイルドライス添えを」

「いいチョイスです」ウェイトレスが言って、メモ帳に書き留めてからノーマンを見た。「メインディッシュは何を、サー？」

「鴨《かも》のラズベリーソース、蒸したサヤエンドウ添えにするよ」

「ピカデリー・チーズ・ミニマフィンはつけますか？」

ノーマンはハンナのほうを見て微笑んだ。「もちろん。ひとりだけ協力しないわけにはいかないからね」

「のちほどバスボーイにマフィンと今夜のパンのはいったバスケットを持ってこさせます」ウェイトレスはそう言うと、カーテンを開けて外に出た。彼女がカーテンを閉めると、ハンナはノーマンのほうを見た。「ミシェルが今夜ロニーに来てもらおうとしているのは、マイクの捜査がどこまで進んでいるか探るためよ」

「だろうと思ったよ」

「じゃあ、わたしたちを〈クッキー・ジャー〉に送ったあとで、あなたも来てくれる？」

「もちろん。必要なだけきみのところにいるよ、ハンナ」

まさにそのときカーテンが開き、見るとドロレスが怖い顔でそこに立っていた。背後をうかがってすばやくなかにはいり、カーテンを閉めた。「ハンナ・ルイーズ・スウェンセン！　よくこんなことができるわね！　あなたもよ、ノーマン。もっと分別がある人だと思ったのに！」

ハンナもノーマンも当惑した表情でドロレスを見つめた。「分別ってどういう意味、母さん？」ハンナは尋ねた。

少しして、ようやくハンナは母が立聞きした内容に気づいた。ドロレスがいきなりカーテンを開けるまえにノーマンがハンナに言ったのは、〝必要なだけきみのところにいるよ、ハンナ〟だった。

「ちがうの。それは誤解よ」ハンナは説明しようとした。「ノーマンは別に――」

「ノーマンが言いたかったことはちゃんとわかってます！」ドロレスはさえぎって言った。「言っておきますけど、わたしは反対ですからね！」

「落ち着いてよ、母さん」ハンナは懇願した。「ノーマンが言いたかったことを誤解してるわ。ちょっと聞いて、今説明するから」

「何を聞けというの？」ドロレスは完全に激怒しているようだった。「恥を知りなさい、ハンナ！　よくノーマンとここのプライベートブースを使うようなまねができたわね。隠しごとがあると世界じゅうに叫んでいるようなものじゃないの！」

「だから……それは誤解なんだってば！」

「いいえ、ちゃんとわかっていますとも。あなたはわかっていないようだから言わせてちょうだい。結婚している女性は夫ではない男性とカーテンの陰に隠れてはいけないの！ロスが出ていってまだ三週間しかたってないのに、もう代わりを見つけるなんて！」

ちょうどそのとき、またカーテンが開いて、ミシェルがはいってきた。「ごめん、思ったより長くかかっちゃった。ロニーからの折り返しを待たなくちゃならなくて……」彼女は母に気づいてことばを切った。「あら、母さん。今夜はどうしてここに？」

生ハムとアスパラガスのロール

●オーブンを230℃に温めておく

材料

冷凍パフペストリー生地……2枚
（わたしは〈ペパリッジファーム〉を使用）

薄くて長い生ハム……20枚

固い根元を切り落としたアスパラガス
……20本（冷凍でも生でも）

細かくおろしたパルメザンチーズ……適量

準備
使用する型に〈パム〉などのノンスティックオイルをスプレーするか、
オーブンペーパーを敷く。

ハンナのメモその1
わたしは天板にオーブンペーパーを敷く。

作り方

① パッケージの指示に従って
冷凍パフペストリー生地を解凍する。

② 軽く小麦粉を振ったまな板などの上に
解凍した生地を広げ、
パイ生地より少し薄い状態まで伸ばす。

③ よく切れるナイフで、長い辺がアスパラガスの長さ、
短い辺がアスパラガスを二回巻ける長さの
長方形に切り分ける。

④ アスパラガス1本に生ハム1枚を巻きつける。

⑤ おろしたパルメザンチーズのなかで転がして
チーズをまぶしつける。

ハンナのメモその2：
わたしはまな板にワックスペーパーを敷いて
この作業をする。

⑥ 長方形の生地の片面に〈パム〉などの
ノンスティックオイルをスプレーする。

⑦ 生地の縁に⑤を置き、生地ごと転がして丸め、
縁を軽く押しつけて、焼いたとき戻らないようにする。

⑧ 出来あがったアスパラガスロールを用意した型の上に置く。

⑨ ④〜⑧までを繰り返し、すべてのアスパラガスロールを
型の上に置いたら、230度のオーブンで10分、
または黄金色に色づくまで焼く。

⑩ 温かいうちに食卓に出す。

どんなパーティも成功に導くご機嫌な前菜、20本分。

ハンナのメモその3：
リサはこの前菜をあらかじめ作って冷凍しておきたいと言う。
食べるときはキッチンカウンターに15分おいて解凍し、
〈パム〉などのノンスティックオイルをスプレーして、
黄金色になるまで焼くことになる。
うまくいくと思うが、まだ試したことはないらしい。

20

ドロレスは早合点したことをしきりに謝り、この状況をみんなで笑ったあと、いっしょに前菜を楽しんだ。ドクが到着し、ドロレスがブースをあとにすると、すぐにメインディッシュが運ばれてきた。三人はそれを平らげ、バスボーイに皿を片づけてもらい、注文したコーヒーが来るのを待った。

「コーヒーをお持ちしました」と告げながら、ウェイトレスがコーヒーカップとクリームと砂糖とスプーンののったトレーを運んできた。給仕を終えて彼女は言った。「サリーがすぐにデザートを持ってきます。今日試作したもので、みなさんの意見をうかがいたいそうです」

「どんなデザート？」ハンナがきいた。

「アーモンド・カスタードパイのラズベリー・グレーズがけです。接客係はいつも新作を試食させてもらうんですけど、とても好評でした」

「でしょうね」ハンナは言った。「サリーが作るものはなんでもおいしいから」

ウェイトレスがいなくなると、ノーマンはまえのめりになって声をひそめた。「サリーがぼくたちに話したいことというのはなんだと思う？」

「わからない」ハンナは言った。「だれのことであってもおかしくないわ。レイク・エデンの住民は、しゃれたディナーを楽しみたいときや特別な機会には、みんなここに来るから」

「近隣の町の人たちもね」ミシェルが言い添えた。

「コンベンションのことかもしれないよ」ノーマンが思い出させた。

「なんとなくそうじゃない気がするけど、おとなしく待つしかないようね」ハンナはそう言って、コーヒーをひと口飲んだ。

ウェイトレスが約束したとおり、サリーは五分もしないうちにテーブルにやってきた。バスボーイたちを引き連れており、彼らはデザート皿とフォーク、甘いホイップクリームらしきふんわりした白いものがはいったボウル、そして六等分に切られたホールのパイを運んできた。

「前菜の感想をありがとう」サリーはブースにすべりこんできて言った。バスボーイたちにうなずいて、デザートをサーブするよう指示する。「ピカデリー・チーズ・ミニマフィンはどうだった？」

「三人とも気に入ったわ！」ハンナはすぐに答えた。「今までに食べたことがない味で、おいしかった。レシピをもらえる？」

「もちろん。あなたたちが帰るまでに用意しておくわ」

「新しい前菜のレシピもいい？」ミシェルがきいた。

「両方あげる」サリーは約束した。「わたしの新しいパイを試したら、そのレシピもほしくなるわよ。ロレンとブルックも絶賛してくれて、作り方をきいてきたわ。コンベンションの最終日に売店で売りたいんですって」

「アーモンド・カスタードパイのラズベリー・グレーズだよね。おいしいと聞いているよ」ノーマンが言った。

「ええ。カスタードがなめらかでクリーミーなの。とにかく味わってみて。祖母がよく作っていたもので、彼女のレシピボックスのなかにあったの。当時はアーモンドバターがなかったから、自分で作っていたのよ」

「アーモンドバターのレシピもあった？」自分が知っているのと同じものだろうかと思いながら、ハンナは尋ねた。

「いいえ。パイのレシピには書いてなかったし、わたしは幼かったから祖母がどうやって作っていたか覚えていないの。〈レッド・アウル食料雑貨店〉のピーナッツバターとジェリーの売り場にはアーモンドバターがあるから、それを使わせてもらったわ。カスタードに入れるとすごくおいしくなるのよ」

サリーはバスボーイがそれぞれのまえにパイをひと切れずつ置くのを待った。そして、甘いホイップクリームがはいったボウルを手にして、パイの上にたっぷりと添えた。「お好みでホイップクリームに生のラズベリーを飾るのもいいわね。もっと華やかになるから」

サリーはフォークを取り、三人もそれに倣った。パイを味わうと、みんなの顔に笑みが広がった。

「どう?」ふた口目にはいった三人に、サリーがきいた。

「よくわからないよ、サリー」ノーマンはさらに大きくひと口ぶんを取りながら言った。

「もうひと切れ食べないと」

「わたしも」ミシェルがサリーに言った。「ひと切れだけで判断するのはフェアじゃないわ」

サリーは笑ってハンナを見た。「あなたは感想を聞かせてくれる?」彼女はきいた。

「ええ、でもカスタードにむらがないことをたしかめたいから、やっぱりもうひと切れ食べたほうがよさそう。とにかく、信じられないくらいおいしいわ。食感がいいわね。アーモンドの風味はマジパンを思い出させるけど、ひとつだけちがいがある」

「何かしら?」サリーがきいた。

「あなたのパイのほうがおいしいし、マジパンよりずっと気に入ったってこと。ラズベリー・グレーズがアーモンドの風味をすばらしく引き立てている。これをデザートメニューに入れてほしいわ、サリー。大ヒットまちがいなしよ」

ウェイトレスがパイのお代わりを運んできて、全員もうひと切れずつ食べた。バスボーイが新しいコーヒーサーバーを持ってきたあと、ブースを出てカーテンを閉めた。するとサリーはまえに身を乗り出した。

「ＰＫの事件についてわたしが仕入れた情報を聞く準備はいい？」彼女は小声でハンナにきいた。

「三人とも聞く気まんまんよ」とハンナは言って、この情報をミシェルとノーマンとも共有するつもりだということをサリーに知らせた。

「ＰＫとピンキーはよくここに来ていたの」サリーは言った。「ふたりのお気に入りの食事場所だった。しょっちゅう来ていたから、ドットは彼らのことをとてもよく知るようになったそうよ」

ハンナは手をあげてサリーを止めた。「ちょっと待って、サリー。これは重要なことよ。あなたかドットはピンキーの本名を知ってる？」

「いいえ。気になったからドットにきいてみたの。ドットはきいてまわってくれたけど、彼女がピンキー以外の名前で呼ばれるのを聞いたことがある人は、ここにはひとりもいないということだった。ディックも知らなかったわ」

「ピンキーのラストネームは？」ミシェルがきいた。「彼女が使ったクレジットカードに書いてなかった？」

サリーは首を振った。「いつもＰＫが払ったから、それも知らないの。でも、ふたりの関係について、ちょっとした情報を提供させて」

ハンナはバッグから殺人事件手帳を取り出して、ペンを見つけた。「どうぞ」とサリーに言った。

「ピンキーは赤身の肉を食べないけど、チキンと魚の料理は好きだった。ＰＫはいつも赤身の肉を食べたけど、いつもピンキーにかまわないかと尋ねていた。彼女は、彼が肉を食べるのを見るのは別にかまわない、なんでも好きなものを注文してほしい、と言ってたそうよ」

「ピンキーはディナーのときワインを飲んだ？」

「いいえ。どちらもアルコールは飲まなかった。少なくともここではね。ディックにきいてみたけど、バーに来たときはどちらもバージン・キューバ・リブレを注文していたそうよ。ふたりはＰＫの仕事が終わったあとインに来て、しばらくバーで飲み物を飲んでから、ディナーをしにきた」

「ピンキーはディックのピザディップを食べた？」

サリーは微笑《ほほえ》んだ。「ディックによると、ピンキーはあれが大好きだったけど、ＰＫにペパロニを全部食べてもらってから食べていたそうよ。そうやって誘惑から遠ざけてやっているんだと言ってPKが彼女をからかったあと、ふたりで笑っていたって。ディックはふたりをとてもかわいいカップルだと思って、婚約したときは祝福した。店のおごりでシャンパンのボトルを出そうかと思ったけど、ふたりともお酒を飲まないことを思い出して、冷えたスパークリング・アップルジュースにしたの」

「ふたりが別れたあと、ピンキーを見かけたわ。ピンキーかPKを見た？」ハンナはきいた。

「ええ、ピンキーを見かけたわ。すごく悲しそうだった。別れてすぐだったと思う。もし必要なら正確な日付をドットに調べてもらうことはできるけど」

「いいえ、大丈夫よ」ハンナは言った。「でも、いつでも調べられるようにはしておいて。何かの理由で必要になったら知らせるから」

「月ごとの予約帳があるから大丈夫よ。念のため、すべてファイルボックスにしまってあるし」

「事件があったときのため？」ミシェルがきいた。

「それも理由のひとつかもしれないけど、それだけじゃないわ」

「ほかに何があるのかな」ノーマンは興味を惹《ひ》かれているようだ。

「予約帳をつけるようになったのは、ここの納税申告書に監査がはいったときのためよ。その日にだれが働いていたかをきかれるから。ドットが予約の下にそのお客に関わった従業員全員の名前を書いてるの。食事客が裁判沙汰に巻きこまれたときにも役に立つかと思って」

「どの客が何時に来たかを証明できるから？」ハンナが推測した。

「ええ。とにかく、さっき言ったように、ピンキーはひとりでやってきて、ドットに言ったそうなの。ＰＫが恋しい、どうして彼に婚約破棄されたのか理解できないと」

ミシェルは驚いてぽかんと口を開けた。「うそ……わたしは逆だと思ってた。ピンキーがＰＫを振ったんだと思ってたわ！」

「どちらも正しいということにしておきましょう。両方に問題があったのよ。仲直りをしてやり直すのは無理ということになったんだと思うわ」

ハンナはできればつぎの質問はしたくなかったが、これは殺人事件の調査で、彼女には真実を追求する義務があった。「ふたりが別れた理由はわかる？」

「ええ。あの夜ダイニングルームにいた人ならみんな知ってるわ。かなり派手な別れ方だったから」

「別の女性が関係していたの？」

「いいえ。全然そういうことじゃなかった」

息を止めていたハンナは、安堵《あんど》のため息として静かに息を吐いた。会話のなかにほかの女性ということばやミシェルの名前が出てきませんようにと念じていたのだ。

「ふたりが別れた理由は、ここにいた人ならみんな知ってると言ったわね」ハンナはふたたび追求した。「くわしく話して」

「いいわよ。状況はわかったわよね。ここにいた人たちはみんな、ふたりは申し分のないカップルで、まさかあんなことになるわけがないと思っていた。だからよけいにショッキングだったのよ」

ハンナはさらにまえのめりになった。気づけばミシェルもノーマンもサリーのほうに身を寄せていた。まるでサリーをせきたて、その先を促すように。だが、彼女は話をつづける代わりにコーヒーサーバーに手を伸ばしてみんなのカップにお代わりを注《つ》いだ。

サリーはリサと張り合えるわ、とハンナは思った。三人をこれだけ惹《ひ》きつけて、これから話すことを心待ちにさせてしまうんだから。

「ピンキーはその夜、メイン州でとれたロブスターのとかしバター添えに決め、ＰＫはテンダーロインのサイコロステーキ、ワイルドマッシュルーム添えを注文した。料理が来ると、ピンキーはロブスターをひと口食べただけでフォークを置き、ＰＫと口論をはじめたの」

「激しい言い合いだったの?」ミシェルがきいた。

「そうなのよ！　少なくとも十分はつづいたわ。けんかにしては長かった。とくにみんながいる公共の場所であることを考えるとね。それに、わたしのおいしいロブスターはほったらかしにされて、つららみたいに冷たくなりつつあった。とかしバターは口論中に固まりはじめていた」

「どっちが口論をはじめたの？」ハンナはサリーの話を引き戻そうとしてきいた。

「ピンキーよ。ＰＫがテンダーロインの最初のひと口を食べようとしたとき、彼を非難しはじめたの」

「どんなことで？」ノーマンがきいた。

「ありとあらゆることでよ」サリーは言った。「まずはピンキーをほんとうに愛していないと言って責め、彼がしたひどいことをすべてあげた」

「たとえば？」ミシェルがきいた。

「意地悪だとか、仕事場から電話するのをいつも忘れるとか、忙しすぎて愛していると伝える暇もないなんてうそだとか、そんなようなことよ。明らかに精神的におかしくなって、最後にはひどいことになったの。ほんとうにひどいことに」

サリーはそこまで話すと、深呼吸をしてから先をつづけた。「ここでお客さんがけんかになることはときどきあるけど、あれは伝説になるでしょうね。あのときのピンキーみたいな人は初めて見た。ＰＫは彼女を落ち着かせようとしたけど、口論はどんどん白熱していった」

「ＰＫが声を張りあげたの？」ミシェルは驚いているようで、ハンナにはその理由がわかった。ＰＫの口調はいつもおだやかだったし、だれかに対してきついことを言うのも聞いたことがなかったからだ。

「彼じゃないわ、彼女がよ。ＰＫは一度も声を荒らげなかった。彼女が完全に常軌を逸したときでもね。ピンキーが金切り声で彼に向かって叫びだしたの。それについてわたしの意見を聞きたい？」

「ええ、聞きたいわ」ハンナは急いで言った。

「いいわよ。ピンキーは人前で派手にけんかをしようとしてただけなのに、彼が冷静なままでけんかすることを拒否したから、逆上したんだと思う」

「ＰＫは彼女の非難に答えようとしたの？」

「ええ、したわ。やさしい、落ち着いた声でね。でも、それがピンキーをよけいに怒らせたみたい。彼女は彼をとがめつづけ、彼は彼女を落ち着かせ、安心させようとしつづけた。それが永遠につづきそうだったけど、とうとうＰＫの忍耐力が限界に達した」

「彼はどうしたの？」ノーマンがきいた。

「いつまでもこんなことをつづけ、ほかのお客さんたちのまえでかんしゃくを起こすなら、きみとは結婚したくないと言ったの」

「ＰＫはすごく怒ってた？」ミシェルがきいた。

「怒っている声ではなかったわ。論理的結論に達したみたいにきっぱりした口調だった。

するとピンキーは、自分もそれでいい、たとえあなたが地上最後の男でも結婚しないと言ったの。そして、あれほど自慢していた婚約指輪を引き抜いた」

「彼に返したの？」ミシェルがきいた。

「それもひどいのよ！　力一杯ＰＫに投げつけたの。指輪は水のグラスに跳ね返って、ふたつ先のテーブルまで飛んでいったわ。そして彼女は足音高くダイニングルームを出て、車で去っていった」

「それは……ひどいわね」ミシェルはショックを受け、動揺しているようだった。「ＰＫはどうしたの？」

「テーブル席から立ちあがって、ここにいたみんなに彼女のふるまいを詫《わ》び、婚約指輪を拾ってくれた女性から回収して、会計をすませて出ていったの」

「でも……どうやってＫＣＯＷに車を取りにいったの？」ミシェルがきいた。

サリーは肩をすくめた。「わからない。タクシーを呼んだんじゃないかしら」

「つらいことをきくわよ、サリー」ハンナは単刀直入に言った。「ピンキーはＰＫを殺すほどおかしくなっていたと思う？」

サリーは長いこと考えたあと、ため息をついた。「まったくわからないわ、ハンナ。それはわたしも考えた。あのけんかはＰＫの死よりだいぶまえのことだけど、ピンキーがずっとうらみを抱いていたということはありうると思う。そういう人っているものよ。その気持ちが彼女のなかでどんどん大きくなって、ついに行動を起こさせたということも考えられるわ」

作り方

① 砕いたクラッカー、とかしたバター、ブラウンシュガーをよく混ぜる。

② これをパイ皿の底に押しつける。

③ 175度のオーブンで10分、または軽く色づくまで焼く。
オーブンから取り出し、ワイヤーラックの上などで冷ます。
オーブンの電源は切らないこと。

④ 中くらいの大きさのソースパンに
牛乳と生クリームを入れ、沸騰させる。
アーモンドバターを加え、1分おいてから泡立て器で
なめらかになるまでかき混ぜる。

⑤ 電動ミキサーのボウルに白砂糖、ブラウンシュガー、卵を入れ、
ふんわりして薄い黄色になるまでかくはんする。

⑥ ミキサーを低速にし、④の温めた牛乳混合液を加えながら
かくはんする。

ハンナのメモその1:
温かい牛乳混合液をあまり早く加えると、
卵が固まってしまうかもしれないので注意!

⑦ 油受け皿(パイクラストより大きくて
縁のある型ならなんでもよい)の上に
③のパイクラストを置く。

⑧ パイクラストのなかに⑥のカスタード液を半量注ぐ。
残りはオーブンに入れてから注ぐ。

アーモンド・カスタードパイ
ラズベリージャム・グレーズ添え

●オーブンを175℃に温めておく

材料

クラスト

　砕いたリッツクラッカー……1 1/2カップ（砕いてから量る）

　とかした有塩バター……大さじ6（90cc）

　ブラウンシュガー……1/3カップ（きっちり詰めて量る）

アーモンド・カスタード

　牛乳……3/4カップ

　生クリーム……1カップ

　なめらかなアーモンドバター……2/3カップ
　（わたしは〈ジフ〉を使用）

　白砂糖（グラニュー糖）……1/4カップ

　ブラウンシュガー……1/4カップ（きっちり詰めて量る）

　卵……大4個

パイに添える甘いホイップクリーム……適量

パイに添える刻んだ皮なしアーモンドまたは
　生のラズベリー……適量

直径23センチのパイ皿を使用

ラズベリージャム・グレーズ

材料

種をのぞいたラズベリージャム……1カップ

粉ゼラチン……小さじ1/2（わたしは〈ノックス〉を使用）

冷水……1/4カップ

ハンナのメモその1：
オリジナルのグレーズはジャムではなくジェリーで作られていた。
ジェリーには果物の粒がはいっていない。
わたしはジャムでもジェリーでも作れるようにレシピを改良した。
そのほうがいろいろな果物で試せるから。

作り方

① ラズベリージャムをフードプロセッサーにかけて、
完全なピューレ状にする。

② 小さめのボウルに冷水を入れ、粉ゼラチンを振り入れてふやかす。

ハンナのメモその2：
ゼラチンをふやかすとやわらかくなってとけやすくなる。
板ゼラチンも粉ゼラチンもどんな液体に入れてもふやかすことができる。

③ ソースパンに①と②を入れて中火にかけ、
木のスプーンか耐熱のゴム製スパチュラでかき混ぜながら
沸騰させる。

④ 冷やしたアーモンド・カスタードパイにグレーズをかけ、
グレーズが固まるまで冷蔵庫で冷やす。

⑨ 175度のオーブンで30分焼く。
テーブルナイフの刃を2.5センチほど刺してみて、
刃に液体がつくようなら、
少なくとも5分はオーブンに入れておく。
5分後ナイフを刺して何もついてこなければ焼きあがり。
液体がつかなくなるまでこれを繰り返す。

⑩ パイが固まったら、オーブンから取り出して
ワイヤーラックなどの上に15分おく。

⑪ 冷蔵庫に入れて完全に冷ます
（パイ皿の下面に触れてまだ温かければ
充分に冷えていない）。

⑫ 完全に冷えたら、ラズベリージャム・グレーズを作って
パイにかける。そのあとさらに冷やす。
パイとグレーズが完全に冷えたらパイを切り分ける。
甘いホイップクリームを添えて、
お好みで刻んだアーモンドを散らすか
生のラズベリーを飾る。

とてもリッチでおいしいパイ。
わたしはいつも8等分に切り分けて、
濃いホットコーヒーとともに出す。

21

サリーは三人に思う存分見てもらおうと、コンベンション会場のドアを開けた。そして、三人を振り返った。「気に入った？」

「見事だわ」フードコートの中央にある巨大なクリスマスツリーを眺めて、ハンナは言った。赤と緑のテーブルクロスをかけた丸テーブルが中央のスペースに沿って並び、色つきのクリスマスライトで飾られた白い杭垣《くいがき》が、フードコートの専用スペースである長方形を囲んでいた。トナカイと妖精の像が杭垣に沿って置かれ、一方の端に設置された金色の玉座には、サンタクロースがやってくる時刻が表示された看板があった。

「感動的だよ」ノーマンが像のひとつをよく見ようと歩み寄って言った。「これをどこで手に入れたんだい、サリー？　ぼくもクリスマスに向けて前庭の芝生用に装飾品を買いたいと思っているんだ」

「〈クリスマス・ジョイ〉という店よ。エイボンにあって、配達と設置もしてくれたの。ホームページを見てみるといいわ。帰るまえにアドレスを教えてあげる。像は頑丈だし、屋内外両用で、零下三十度まで大丈夫なのよ。コンベンションが終わったら外に置こうと思ってるの」

「すてきな玉座ね」ミシェルが言った。「今年はだれがサンタを演じるの？」

「ジョーダン高校のジーン・ヒックマンよ。この二年ここでサンタを演じてくれていて、子供たちはみんな彼が大好きなの」サリーは前方を指し示した。「あなたたちのブースを見せるから来て」

ブースを見てハンナは目をみはった。キャンディケーンを組み合わせた文字で〈クッキー・ジャー〉と綴《つづ》られ、外観は花綱とライトで飾られていた。なかにはカウンターと棚があり、大きなコーヒーサーバーがふたつ、窓口に近いけれど、だれかが触れてやけどをするほどではないところに置かれている。明るい色の厚紙を切り抜いて作ったクリスマスツリーやヒイラギ、雪の結晶、トナカイ、ベツレヘムの星（東方の三博士にキリストの誕生を知らせ、ベツレヘムに導いた星）などが壁に飾られ、中央の窓口の上には赤と緑のベルがついた大きなリースがかかっていた。

「美しいわ、サリー！」ハンナはうれしそうに微笑《ほほえ》んだ。「ここに住み着いて、〈クッキー・ジャー〉に戻るのを忘れそう」

「ブルックとロレンが飾りつけたのよ。昨日会場全体のセッティングを手伝ってくれたの」

ひとりの男性がドア口で手を振り、サリーは彼を手招きした。「はいってきてちょうだい、お隣さんを紹介するわ、ゲイリー」

男性は人懐っこい笑みを浮かべて小走りでサリーのもとにやってきた。「こちらのレディたちはスウェンセン姉妹、ハンナとミシェルよ。そしてこちらはノーマン・ローズ。〈クッキー・ジャー〉のブースを担当することになっているの」サリーは男性に目を戻した。「そしてこちらはゲイリー・ファウラー。彼の妹のブースはあなたたちのお隣なのよ」

「こんにちは、ゲイリー」ハンナは彼にあいさつした。ノーマンとミシェルがそれに倣《なら》うあいだ、ハンナはゲイリーのブースに目を向けた。ありとあらゆるクリスマス用装飾品があった。「すばらしい品ぞろえね」彼女は言った。

「集めたのは妹だけどね」彼は訂正した。「今は入院中でここに来られないから、ぼくが代わりを務めているんだ」

「やさしいんですね」小さなおもちゃの揺り木馬を見ようと近づきながら、ミシェルが言った。「これ、すごくかわいい」

「たしか、スウェーデンの馬のレプリカだと言ってたかな。それかノルウェーの。手作りなんだ」

「妹さんが作ったの?」ミシェルは驚いた。「すごくきれいだわ」

「作ったわけじゃないよ」ゲイリーは言った。「妹はこれを作った人のために売っているんだ。ほかの人の商品を委託販売しているんだよ」

「この装飾品はすべて手作り？」ノーマンが彼にきいた。

「ああ。大量生産品は扱っていないから」

「ぼくはここでハンナとミシェルを手伝う予定なんだ。休憩時間にここの装飾品を見にいくよ。今年はクリスマスの飾りつけをするつもりなんだけど、何も持っていないから」

「いつでも寄ってくれ。五つ以上買ってくれるなら割引きするよ」彼はサリーを見た。

「まだ話していたいけど、荷ほどきをつづけたほうがよさそうだ。今日のぶんがまだ終わってないんでね」彼は一同に微笑みかけた。「金曜日に会おう」

「ゲイリーは早起きでね」先に立ってドアに向かいながらサリーが言った。「とても働き者なのよ。ツインシティとここを七往復もして商品を運びこんだの。妹さんのために何もかも完璧にしたいんですって。早めに来てる業者もいると話したのを覚えてる、ハンナ？」

「覚えてるわ」

「ゲイリーもそのひとりなの。金曜日の朝あなたたちがここに来たら、もう片方のお隣さんも紹介するわね。ちょっと変わってるけど、とってもいい人たちよ。プリンストンで小さな書店とカードショップを経営していて、ここではいろんな種類のクリスマスの本やカードを売ることになってるの」

「クリスマスギフトの作り方の本はあるかしら」ミシェルが言った。

「わからないけど、あの人たちの店ならありそうね」サリーは答えた。「ここにいるあいだに見てみるといいわ」

「金曜日の朝は何時にここに来ればいいのかな?」ノーマンがきいた。

「八時よ。それなら九時のオープンまえにコーヒーを淹《い》れてクッキーをディスプレーできる」サリーは少し心配そうな顔をした。「早すぎないわよね?」

ハンナとミシェルは笑いだし、ノーマンも加わった。

「わたし、何か変なこと言った?」サリーがきいた。

「わたしはいつも四時半に起きるのよ」ハンナはサリーに言った。「ミシェルはもっと早く起きる」

「そうだったわね」サリーは少し気まずそうだ。「知ってたはずなのに。まえに聞いたことがあるのに忘れてた。わたしはすごくあなたたちのためになることをしたのね」

「どうしてそうなるの?」ミシェルがきいた。

「八時にここに来るなんて、あなたたちにとっては休暇みたいなものでしょ!」

ハンナを先頭にして、三人はアパートメントの外階段をのぼった。サリーからもらったレシピがバッグのなかにしまってあるので、それを落とさないように気をつけながら玄関の鍵を取り出した。「だれがモシェを受け止める?」彼女はきいた。

「ぼくがやるよ」ノーマンが申し出た。「ミシェルはサリーがロニーのためにくれたパイを持ってるし」

「ロニーとマイクのよ」ミシェルが訂正した。「食べ物がからむとマイクがどこからともなく現れることを忘れないで」

ノーマンはくすっと笑った。「そうだったね。マイクの食べ物レーダー《フード・レーダー》のことをすっかり忘れてたよ。きっとふたりはいっしょに来るね」

ハンナは鍵を手にしてドアに近づき、ノーマンを振り返った。「準備はいい？」

「いいよ」ノーマンは体重十キロの猫の直撃に備えて腕を広げ、身がまえながら言った。

ハンナが解錠してドアを押し開けたが、ふわふわのミサイルが飛んでくることはなく、ベッドルームから廊下を一心不乱に走ってくる音も聞こえなかった。それどころか、長いこと立ち尽くして待っても、モシェは姿を見せなかった。

「変だわ！」ハンナは心配になってきて言った。「なんでもないといいけど」

「きっと眠ってるのよ」ミシェルが言った。「エルサひいおばあちゃんが言ってたでしょ、取り越し苦労をすると現実になるって」

「そうね」ハンナは同意し、先になかにはいった。リビングルームは見たところまったく異常はなかった。ロボット掃除機はいつものように隅に鎮座しているし、ダイニングルームの窓は閉じられて鍵もかかっているし、洗濯室の薄暗い照明は出かけたときと同様に灯《とも》されている。

「ベッドルームを調べるわ」ミシェルがカーペット敷きの廊下を歩いていった。

「ぼくたちからの結婚プレゼントは気に入ってる？」ノーマンがロボット掃除機を指してきいた。

「ええ、とても。あなたとマイクがこれをくれたおかげで、掃除機をかける必要がないし、モシェの毛が抜ける時期でもカーペットは猫の毛知らずよ」

ほどなくして、ミシェルがモシェを引き連れて戻ってきた。モシェはソファに飛び乗ってのどを鳴らした。その目は眠そうにまだ半分閉じたままで、うたた寝をしていたところを起こされてちょっと迷惑そうだった。

「おやつをあげましょうね」ハンナは彼がとくに好きなやり方で耳の下をかいてやった。

「モシェはぐっすり眠ってたわ」ハンナがモシェの好きなサーモン味の魚形猫用おやつを持ってリビングルームに戻ってくると、ミシェルは言った。

「だと思った」ハンナはソファの背におやつを四粒置いた。「モシェは最近寝てばかりなの。明日動物病院のスーに電話してみるわ。危険な兆候かどうかドクター・ボブにきいてもらって、折り返し電話をくれるように」

「それがいいよ」ノーマンが言った。「いや、それより、ぼくが明日の朝モシェを迎えにきて、動物病院に連れていこうか。そのあとはうちに連れていってしばらくカドルズと遊ばせてから、ここに送り届けるよ。ドクター・ボブに電話ですべて異常なしと言ってもらえるほうがきみも安心だろう」

ハンナは少し考えてみた。モシェに何も悪いところはないとわかれば、たしかにほっとするだろう。「ほんとにあなたがそれでかまわないなら、そうしてもらえるとうれしいわ」

ちょうどそのとき、ドアをノックする音がした。ドアを開けろと高圧的に要求するように、スタッカートで三回。

「マイクだわ」ハンナが言った。

「やっぱり！」ミシェルがノーマンに言った。「彼のノックの特徴を姉さんに教えてもらったの」

「ぼくもだよ」ノーマンはにやりとしたあと、ハンナを見た。「ロニーといっしょにドアをぶち破る方法を練習しはじめるまえに、彼をなかに入れたほうがいいよ」

ハンナは笑ってドアを開けた。マイクがロニーを引き連れてはいってくると、ノーマンを見て怖い顔をしようとした。「聞こえたぞ！」彼は言った。「それと、練習は必要ない。ドアをぶち破る方法なら知っているから」

「ごめん」ノーマンは謝った。「ただの冗談だよ」

「こっちもだよ」マイクはにやりとして怒っていないことを示した。「実を言えば、ドアをぶち破ったことはまだないし、ハンナのドアはすごく頑丈なんだ。初めてここに来たとき確認した」彼はハンナを見た。「えらいぞ、ハンナ。ちゃんとのぞき穴を見たね」

ミシェルはロニーとあいさつを交わしたあと、マイクを見た。「ふたりとも、サリーのアーモンド・カスタードパイのラズベリー・グレーズがけを食べる時間はある？」

「いいね」マイクが答えた。「もちろん時間はあるよ。もう勤務は終えているからね。呼び出しがあれば別だけど」

ミシェルとロニーが話しはじめると、ハンナはマイクを見た。「例のお金のことで友だちに電話する機会はなかったわよね？」

「いや、電話したよ。通し番号を調べてもらった結果、今も流通しているものだとわかった。盗まれたと通報された紙幣ではないということだ。それに、偽札でもないだろうと」

「コーヒーとパイの用意をするわね」ミシェルがハンナに言った。そして、ロニーを見た。「キッチンで手伝ってくれる、ロニー？」

ずるがしこいんだから、とハンナは思った。妹はロニーをマイクから引き離し、捜査について質問する申し分のない方法を見つけたようだ。

ノーマンがハンナと目を合わせた。ミシェルのやろうとしていることがわかったらしい。

「警察の捜査状況をロニーからきき出すつもりだな」マイクがダイニングテーブルのまえに座って言った。「そのことはあいつに注意しておいたよ」

あら、残念！　ハンナは内心くすっと笑った。マイクのほうがミシェルより一枚上手《うわて》だったわね。

マイクが状況を正確に把握しているので、ハンナは真っ向勝負で行くことにした。ノーマンに座るよう合図して、マイクに言った。「捜査といえば、どんな具合なの？」

「通常どおりに進んでいるよ」マイクは目を細めて彼女を見ながら言った。「きみのほうはどうなんだい？」

「動機に注目して容疑者リストを作成したわ」

「やるじゃないか。だれを入れた？」

「ひとりはスコッティ・マクドナルド」

マイクは少しも驚いていない。「オーケー。動機は？」

「嫉妬。彼はヘッドカメラマンの職を望んでいた」

「それだけ？」

「いいえ。ＰＫが望んでその職を得たわけではないと知って、それは乗り越えた。でも、スコッティはロスのオフィスルームをずっとほしがっていた。ロスが使うのは納得していたけど、彼がいないあいだＰＫが使っているのを見ると腹が立った」

マイクは微笑んだ。「お見事！〈レイク・エデン・イン〉に行って、バーでディックと話したんだろう？」

「ええ、今夜ね。ノーマンがわたしたちをディナーに連れていってくれたから、バーでスコッティのことをきいたの」

マイクはノーマンを見た。「ハンナがスコッティのことをききにいくのを知ってたのか？」ノーマンがうなずくと、マイクはハンナに向き直った。「つまり、ノーマンはぼくにとってのロニーのような役割なのかな？」

ハンナは笑った。「そう言ってもいいわね。ミシェルも手伝ってくれてるけど」

「そしてきみは、捜査を先導する司法当局であるぼくということ？」

ハンナはちょっとひるんだ。殺人事件の捜査をしているときのマイクは、いつも以上に考えが読みにくい。だからこそ尋問の達人になったのだろうが。曽祖母のことばが頭に浮かんだ。酢よりも蜜のほうが多くのハエをつかまえられる。彼女はマイクに微笑みかけた。

「ごめんなさい、マイク。あなたを怒らせるつもりはなかったの」

「怒ってないよ。あっさり情報を流すのはしゃくだから、ちょっとからかっただけさ。もっとありがたいと思ってもらえるようにね」

ハンナはむっとした。「そんな……」曽祖母のことばをもう一度思い出し、言いたいことをぐっとこらえた。「なるほどね。わたしはこの事件に感情的になっているんだわ。PKはわたしの友だちというだけじゃない。ロスがKCOWの人に連絡をとるとしたら、それはPKだったはずよ。ロスから連絡があれば、PKはきっとわたしに話してくれたでしょう。なのに……PKはいなくなってしまった」ハンナは涙がこみあげるのを感じ、まばたきをしてこらえた。「なんだかロスとの最後のつながりを失ってしまったような気がするの」

「ごめんよ、ハンナ」マイクは手を伸ばしてハンナの手を軽くたたいた。「そんなふうには考えていなかった。ぼくは共感性に欠けるとよく責められるけど、そうなのかもしれない」

「いいのよ」ハンナはちょっとやりすぎただろうかと思いながら言った。今マイクに話したことは真実だが、ハンナは人の同情を利用するようなことはしたくなかった。

「とにかく」マイクはつづけた。「ロニーとぼくは一日かけて、半径五十マイル以内にある件《くだん》のチョコレート会社の販売店をすべてまわった。顧客の名前は記録されていなかったが、ＰＫが食べたものと同じ箱入りチョコバーの品番はわかった。いくつか該当する販売記録はあったが、現金払いだと購入者の名前を控える必要はないんだ」

ノーマンは同情しているようだった。「つまり、役に立つ情報は何もなかったということ？」

「ああ、何ひとつね。一日無駄足を踏んで、だれがあのチョコバーを買ったかも、いつ送ったかもわからずじまいだよ」

「この事件はものすごくもどかしいわね」ハンナはあらためて言った。「殺害方法と死亡時刻はわかったけど、いつものように被害者の死亡時刻に容疑者がどこにいたかを知っても、アリバイが成立しないんだもの」

マイクは少し驚いた様子だ。「そのとおりだよ、ハンナ！　だれの容疑を晴らすにもたしかな方法がないんだ」

「じゃあぼくたちはどうすればいい？」ノーマンがきいた。

「幸運をつかむまでがんばるしかないだろう。だれかが自分の不利になるようなことを言うか、だれかほかの人を指し示してくれるまで。遅かれ早かれ、何かがぼくらを犯人に導いてくれるはずだ」

「わたしたちならできるわよ」ハンナは言った。「ビールでも飲んでリラックスする時間はある、マイク？　冷蔵庫に少しはいってるわよ」

マイクはうなずいた。「でも一本だけにしておくよ。そのあとはコーヒーにする。ロニーもぼくも呼び出しに対応できるようにしておかないと」

「ミシェルにたのんで持ってきてもらうわね」ハンナはそう言うと、ソファから立ちあがってキッチンのドア口に向かった。マイクとノーマンは彼女に背中を向けていて、彼女はまだキッチンに足を踏み入れていなかった。

「ハンナは持ちこたえているかい？」マイクがノーマンに尋ねるのが聞こえた。

「ああ」ノーマンは答えた。「実を言うと、どうして彼女が持ちこたえられるのかわからないよ。シアトルでベヴに去られたとき、ぼくはぼろぼろになった」

「ぼくはきびしすぎたかな？」マイクが尋ねた。ちょっと後悔しているような口ぶりだ。

「そんなことないよ。ハンナのほうでもきみをからかっていたわけだし」

「そしてぼくは挑発にのった」マイクはあっさり認めた。「でも、まじめに言ってるんだ、ノーマン。ハンナはほんとうに大丈夫かな？」

「だと思うよ。最近のハンナには以前よりも気を張っているような雰囲気があって、それは彼女が感情を表に出さないようにしているからだと思う。ロスのことで精神的に打ちのめされているんだよ」

「うん、そうだろうな。だから力になってほしいんだ。もしあいつを見つけて、こんなふうにハンナを置き去りにした理由が納得のいくものじゃなかったら、ぼくはあいつをこてんぱんに殴るつもりだ」

「ぼくなしではやらないでくれよ」ノーマンが言った。「ロスがハンナにしたことを知ってから、彼をサンドバッグにするのを夢見ているんだから」

ハンナはキッチンに足を踏み入れた。これ以上立ち聞きしたくなかった。ふたりの男性が守ろうとしてくれているなんて、自分が特別で愛されていると感じた。だがその一方で、ロスを愛していたので、だれかが彼にダメージを与えたいと話すのは聞きたくなかった。

コーヒーサーバーのそばに立って話をしているミシェルとロニーに小さく手を振ってから、冷蔵庫を開けた。下の棚にあるビールのボトルをつかむ。冷蔵庫の側面にくっついていたマグネットつきの栓抜きを取って瓶の栓を抜き、クラスの男子たちはこの道具をどうして教会の鍵と呼んでいたのだろうとほんの一瞬考えてから、もとあったところに戻し、リビングルームに戻った。

「ありがとう」マイクは差し出されたビールを受け取って言った。「なあ、ハンナ……今夜ぼくは少し非情だったと思う。事件の捜査が行き詰まっているからだ。何か手がかりがつかめたら教えてもらえるかな?」

「もちろん」とハンナは約束した。「それぞれが別の方向から調査を進めて、あらゆる手がかりを提供し合えばいいんじゃないかしら。双方の発見を照らし合わせることで、新たな手がかりになるかもしれないし」

マイクはうなずいた。「助かるよ。きみの意見を聞かせてくれ、ハンナ。だれがあのチョコバーに薬物を混入させたかについて、ぼくはまだ何も思いつかない」

「わたしたちもよ。でも、容疑者ならふたりいる。リストを見せるから、彼らをもう調べたかどうか教えてもらえるかしら」

数分後、ミシェルとロニーがキッチンからパイとコーヒーを運んできた。マイクがハンナの容疑者リストを読んでいるのを見て、ミシェルは驚いた顔をした。「どうなってるの?」ときいた。

「わたしたちの調査は行き詰まっているし、マイクとロニーも同じような状況だから、情報交換することにしたのよ。わたしたちの情報とマイクとロニーの情報を重ね合わせれば、犯人の正体につながる手がかりになるかもしれないでしょ」

「警察と情報交換？」ミシェルは明らかにぎょっとしている。

「そうよ」

「そんなの初めてだ！」ロニーが叫んだ。ミシェルと同じくらいびっくりしているようだ。

「マイクとぼくはこれまで絶対にきみたちと協力しなかったのに」

「結果を得るには抜本的改革が必要なときもある」マイクが言った。「この事件はとても複雑だから、解決するには五人全員の力が必要になるかもしれないんだ」

22

葬儀が終わり、ハンナとミシェルは目をぬぐった。

ふたりは葬儀のあと気を静めるため、ハンナの車のそばに来ていた。墓地への埋葬は、PKの両親とおじおばの近親者だけでおこなわれることになっていた。

「準備はいい？」ハンナはミシェルにきいた。

「ええ」ミシェルは答えた。「なかに戻って母さんとドクを見つけましょう」

ハンナは葬儀後の食事会のために焼いたクッキーの大皿を手にした。教会での礼拝のあとに軽食が用意されるのは、レイク・エデンの伝統だった。それはたいてい、キッチンと広い集会室がある教会の地下でおこなわれた。

姉妹は聖ユダ教会の地下につづく脇のドアに向かった。ミシェルがドアを開け、ふたりは階段をおりはじめた。

地下に着いていちばん広い地下集会室のドアを開けると、押し殺した話し声に迎えられた。教会の夕食会や、資金集めのための持ち寄り食事会が開かれる会場だ。コーヒーの香りがキャセロールやサラダやパンやデザートの芳香と混ざり合ったにおいは圧倒的で、ハンナは自分が空腹だったことに気づいた。それでも、軽食をとりわけて、ほかの参列者たちと礼儀正しく意味のない会話をしなければならない長テーブルで食べる気分にはどうしてもなれなかった。

「どうかした？」ハンナが眉をひそめているのに気づいてミシェルがきいた。

「ここで何か食べるほど長居はしたくないと思って」ハンナは言った。「母さんとドクを見つけて、必要な情報を得るのに手伝いがいるかどうか確認しましょう。そうしたら帰りたいわ」

「わたしも帰る」ミシェルが言った。「おなかはすいてるけど、あんまり長いこと世間話をしたくはないし」

ハンナはテーブル席についている人びとを見わたした。「みんな礼拝のあとまっすぐここに来た人たちみたいね」

「母さんとドクがいる」ミシェルが長テーブルのひとつを示した。「わたしたちの席を取っておいてくれたみたいよ」

「よかった。ほとんどのテーブルが埋まっているもの。このクッキーを置いたら、ふたりのところに行きましょう」

ドクとドロレスに手を振ると、姉妹は持ってきたクッキーを届けるために奥のキッチンに向かった。

「こんにちは、お嬢さんがた！」長年コルタス神父の家政婦をしているイメルダ・グリーゼが声をかけてきた。「何を持ってきてくれたんですか？」

「レーズン・アーモンド・クランチ・クッキーよ」ハンナが答えた。

「おいしそうですね。あとでひとつかふたついただきましょう」イメルダは姉妹に微笑《ほほえ》みかけながら言った。「ありがとうございます、お嬢さんがた。みなさんクッキーをよろこぶと思いますよ」

ハンナとミシェルはできるだけ急いでキッチンをあとにした。婦人たちが足早に歩きまわって軽食の準備をしていたので、じゃまをしたくなかったのだ。集会室に戻り、大皿やボウルやふたつきのキャセロール容器を部屋の前方に移動したテーブルに運ぶ婦人たちをよけながら進んだ。

「こんにちは、母さん」ハンナは母の隣に座って言った。「こんにちは、ドク」ドロレスの向かいに座っているドクター・ナイトに声をかける。

「やあ、娘たち」ドクはふたりに言った。「ふたりとも大丈夫かい？」

「ええ」ミシェルが代表して答えた。「心配してくれてありがとう、ドク」

「エディスたちがここに来たら、あなたたちを彼女に紹介するから、みんなでお悔やみを言いましょう」

「必要な情報を引き出す計画はあるの？」ハンナがきいた。

「ええ、絶対にうまくいくと思うわ」

「何かわたしたちに手伝えることはある？」ミシェルがきいた。

「ええ。ミシェルはまじめな顔をして立っていればいいわ」

「でも、ＰＫのご両親に何かきかれたら？」

「もちろん、礼儀正しく答えなさい。そして、ハンナ」ドロレスは長女に言った。「わたしが先導するから、調子を合わせてほしいの。あなたなら年齢的にちょうどいいから」

「母さんの計画って？」ハンナがきいた。

「今は説明している時間がないわ。ＰＫのご両親が戻ってくるから。あなたならやれるわよ、絶対に」

　ＰＫの両親が親族を従えて集会室にはいってくると、みんなが静かになった。コルタス神父が彼らを親族席に案内し、ふたりの教会員が急いでコーヒーを運んだ。ハンナはＰＫの母親がかすかに震えているのに気づいたが、悲しみのためなのか、墓のそばで寒さにさらされていたせいなのかはわからなかった。地元の葬儀には何度も出席したことがあるので、地元の葬儀屋ディガー・ギブソンが、墓のできるだけ近くまで参列者を車で送ることは知っていた。冬や悪天候のときは、雪かきをした歩道に、墓のそばまで細長い全天候用カーペットが敷かれる。墓とその周囲は張り出し屋根で守られているが、今日は風が強く、重く湿った雪が降っていた。張り出し屋根の下に立っていたとしても、自然から完全に守られていたわけではない。

「行くわよ」ＰＫの両親と親族がコーヒーで温まると、ドロレスが言った。「お悔やみの列のいちばんまえに並びたいの。ついてきなさい、娘たち」

ハンナとミシェルはおとなしく立ちあがり、軽食を食べる人びとのテーブルを通りすぎながら母親についていった。ハンナが通りすぎざまに料理が並べられたテーブルを見ると、持ってきたクッキーがあった。手を伸ばしてひとつ取りたい衝動をこらえた。こういう時にお菓子を持ってくるといつも感じる衝動だ。実のところ、もう空腹でさえなかった。たぶん、母がＰＫの高校の話題を振ったとき、まちがった受け答えをして、うまく情報を聞き出せないのではないかと不安だったからかもしれない。

「エディス？　アーノルド？」ドロレスはとても重々しい声で言った。「まえにもお伝えしましたけど、心からお悔やみ申しあげます」

「ありがとうございます」ＰＫの母が答えた。「わたしたちが知らせを聞いた翌日に、わざわざ会いに来てくださって。とても大きな慰めになりました」

母さんが慰めになった？　ハンナは内心信じられない思いだった。どうしてそんなことができたの？

ハンナは批判的な心の声を無視して、礼儀正しく微笑んだ。だが、葬式で微笑むのは礼儀正しいことではないかもしれない。そこで、顔から笑みをぬぐい去り、厳粛と思われる顔つきに戻って、ドロレスが言うことに精一杯集中した。

「これはいちばん上の娘のハンナです」ドロレスがハンナを身振りで示した。「そしてこれがいちばん下の娘のミシェル」彼女は娘たちを見た。「こちらはPKのお母さまのエディス・アルズワースさんと、お父さまのアーノルド・アルズワースさんよ」

「心からお悔やみ申しあげます」ハンナは急いで言った。

「わたしも残念です」ミシェルも言った。「PKはわたしが演出するお芝居のCMを作ってくれたんです。とても才能のある方でした」

「ありがとう」PKの母が言った。

「ハンナはPKと高校でいっしょだったんじゃないかと思うんですけど」ドロレスが彼の母親に言って、〝たのんだわよ！　慎重にね！〟というようにハンナを見た。

この母からの合図で、ハンナは了解した。「彼はわたしの一年後輩だったんじゃないかしら」彼女は言った。「ジョーダン高校の同級生は全員知ってると思ってたけど、PKのことは覚えていないから」

「覚えていなくて当然よ」PKの母親は言った。「PKはクラリッサ高校に行っていたんです。レイク・エデンに引っ越してきたのは、あの子が卒業した翌年なんですよ」

ビンゴ！　ハンナは心のなかで叫んだ。やった！

ドロレスは咳払《せきばら》いをした。「もう失礼しないといけないわね。ほかの人たちがうしろに並びはじめているし、みなさんお悔やみを言いたいでしょう。今度時間ができたら、ぜひわが家に遊びにきてくださいね。旧アルビオンホテルのペントハウスで、ドーム屋根つきのすてきな庭園があるんですよ。天候に左右されないから、快適に座って降る雪を眺められるんです」彼女はハンナとミシェルを見た。「行きますよ、娘たち。今日はエディスとアーノルドにとってとてもたいへんな日だし、あまりお時間を取らせてもよくないわ」

もといたテーブルに戻ると、ハンナは立ったままミシェルにも座らないよう合図した。

「わたしたちは仕事に戻るわ。オーブン仕事が大量に残ってるの」

「そうでしょうね。でも、何も食べていないじゃないの」

「戻る途中で何かつまむわ」ハンナは言った。「わたしたちのことなら心配しないで、母さん。それと、ＰＫのご両親の話を聞くきっかけを作ってくれてありがとう」

「うまくいったでしょ！」ドロレスは誇らしげに言った。

「たしかに！」ハンナは同意した。「母さんは天才だわ。わたしなら絶対に思いつかなかった」

「母さんはああいう状況ならお手のものね」ミシェルが褒めた。

「あら、ありがとう」ドロレスは優雅にそう言うと、ドクを見た。「料理を取りにいく？　それともどこか別のところに食べにいく？」

母はドクと話すのに忙しそうなので、ハンナはミシェルを肘でついて、ドロレスとドクに小さく手を振ると、その場から退散した。

「さっきのは、どこかで食事をしようってこと?」ハンナが教会の駐車場から車を出すと、ミシェルがきいた。

「そうよ。〈コーナー・タヴァーン〉にハンバーガーを食べにいこうかと思って」

「それとフライドポテト」

「オニオンリングもいいかも」

「あと、野菜を無視してる気分にならないように、サイドサラダも」ミシェルが付け加えた。

「追加でブルーチーズ・ドレッシングもたのむならね」

「フライドポテトとオニオンリングにつけられるように?」

ハンナは微笑んだ。「そういうこと」

姉妹はしばらく無言だったが、やがてミシェルが口を開いた。「〈コーナー・タヴァーン〉でたしかめたいことがあるんでしょ?」

ハンナは笑った。「あんたには何も隠しておけないわね。もちろんあるわよ。サリーがピンキーについて言ったことが、頭のなかをぐるぐるしてるの」

「ピンキー自身が原因だったにもかかわらず、破局のあと彼女がひどく打ちのめされていたってこと?」

「そう」

「それと、ピンキーがPKにうらみを持っていたのかどうか、まったく見当はずれならうらみのせいでPKが殺されることになったのかどうかも気になってるのよね?」

「そのとおり」

「でも、どうして〈コーナー・タヴァーン〉でそれがわかるの?」

「今朝電話してきいたら、午後はジョージーナがシフトにはいっているとわかったのよ」

「〈レッド・ベルベット・ラウンジ〉でも働いてる人よね?」

「そうよ。ジョージーナはお客さんのことならなんでも知ってるの」

「KCOWのキャロルのこともそう言ってたわね」

「そうだけど、ピンキーがあそこにPKを迎えにいったときは、おそらくすごくお行儀よくしていたんだと思う。ジョージーナはそうじゃないときの彼女を見ているかもしれない。PKがいない週末の夜とか。KCOWの人たちはみんな、ピンキーをとてもかわいい人だと思っているみたいなの。彼女がPKに婚約指輪を投げつけて飛び出していった夜までは、サリーやドットもそうだった」

ミシェルはしばらく考えこんだ。「たしかにそうね。調べてみる価値はあるわ。〈コーナー・タヴァーン〉はイベントのあとで行くところよ。みんな映画を見たあとや、ジョーダン高校のスポーツイベントのあとなんかに、夜遅くなってから行く。夜にハンバーガーを食べるには最高の場所よね」

「フィッシュバーガーもあるわ。バーベキュー・チキンバーガーもね。それに、あの夜ピンキーはロブスターをひと口しか食べなかったのよ。PKとのけんかにエネルギーを使い果たして、きっとおなかがすいていたはずだから、食べるものを求めてあそこに寄ったかもしれない。あの悲惨な破局のあとのピンキーの行動について知りたいの」

道路はすいていたので、ハンナとミシェルは数分で〈コーナー・タヴァーン〉に到着した。ディナーには早く、ランチには遅い時間帯で、駐車場もすいていた。ハンナは入り口ドアのすぐ近くに駐車スペースを見つけ、寒さから逃れようと急いで店内にはいった。

「いらっしゃいませ、おふたりさん」オーナーの妻のノーナ・プレンティスが出迎えた。

「こんにちは、ノーナ」とハンナは返した。「この時間にあなたに会うとは思わなかったわ」

「いつもの案内係は病院の予約があって、わたしはその代わり。もうすぐ戻るはずよ。ここには食事をしに来たの、それともPKの事件のことで何かききに来たの？」

「両方よ」ハンナは認めて言った。「さっき電話したら、いつもの案内係の人が今日はジョージーナがシフトにはいっていると教えてくれたの。ミシェルとわたしを彼女の担当席に座らせてもらえるかしら？」

「もちろん」ノーナは言った。「事情はわかってるわ。ジョージーナはここに来る人たちの情報をなんでも知っているものね。ついてきて、彼女の担当テーブルのひとつに案内するわ」

ハンナは剥製《はくせい》のハイイログマ、アルバートをなでようと足を止めた。アルバートは店にやってくる常連客を守るかのように、後ろ足で立っていた。子供のころアルバートに魅せられていたミシェルも、通りすぎながら彼をなでた。アルバートは〈コーナー・タヴァーン〉には欠かせない存在だ。現オーナーのニックはレストランとアルバートを祖父のニコラスから相続したのだという。ニコラスはレストランの創業者で、森でハイイログマを仕留め、剥製師のもとに行って、アルバートと名付けたクマを保存するため剥製にしてもらった。アルバートは三世代にわたってダイニングルームのドアのそばに立っている。ニックとノーナにはニッキーという名の息子がいるので、アルバートが四代目のためにも警備に立つことになるのはまずまちがいないだろう。

ミネソタの歴史を学んだ人は、アルバートの出自に疑問を持った。ハイイログマはミネソタの森ではあまり見られないからだ。それにもかかわらず、アルバートがどうやって〈コーナー・タヴァーン〉に来たかを疑う人はだれもいなかった。その話は地元の伝説になっていた。

「ジョージーナの担当席に四人掛けのテーブルがあるか見てみるわね」ノーナは言った。「四人掛けならそれぞれ空いている椅子にバッグを置けるでしょ」

ハンナは微笑んだ。「四人掛けのテーブルだとありがたいわ。ミシェルもわたしもおなかがぺこぺこだから、テーブルの上を食べ物でいっぱいにするつもりなの」

笑うノーナのあとについて、姉妹はバーを通りすぎ、仕切りになっているアーチをくぐり抜けて、テーブル席とブース席のエリアにはいった。部屋のまんなかにあるテーブルを示してノーナがきいた。「ここはどう？」

「申し分ないわ」と言って、ハンナは席についた。「ニックにわたしたちからよろしくと伝えてね」

「彼があなたたちに気づいて自分であいさつに来なかったらね。遅めのランチを楽しんで、お嬢さんたち」

ジョージーナはほとんどすぐに姉妹を見つけ、急いでやってきた。「いつわたしのところに来るのかと思ってたのよ」彼女はハンナに言った。

「役に立ちそうな情報を持っているということね？」

ジョージーナは肩をすくめた。「どうかしらね。そうかもしれないし、そうじゃないかもしれない。聞いたあとで決めてちょうだい」

「いつ聞かせてくれるの？」ハンナは重要な質問をした。

「料理を運んで少ししたらね。二十分の休憩にはいるから、ここに来ていっしょに座れるわ」

レーズン・アーモンド・クランチ・クッキー

●オーブンを175℃に温めておく

材料

やわらかくした有塩バター……1/2カップ（112グラム）

アーモンドバター……1/2カップ（わたしは〈ジフ〉を使用）

白砂糖（グラニュー糖）……1カップ

ブラウンシュガー……1カップ（きっちり詰めて量る）

バニラエキストラクト……小さじ2

ベーキングソーダ（重曹）……小さじ1

とき卵……大2個分（グラスに入れてフォークで混ぜる）

砕いた塩味のポテトチップス……2カップ（砕いてから量ること。わたしは〈レイズ〉のクラシックを使用）

中力粉……2 1/2カップ（きっちり詰めて量る）

普通のレーズンまたはゴールデンレーズン……1カップ

ハンナのメモその1：
ポテトチップス5〜6カップを砕くと2カップになる。

⑪ クッキー生地をスプーンで丸くすくって
用意した天板に落とす。

ハンナのメモその2:
〈クッキー・ジャー〉で焼くときは
容量小さじ2のクッキースクープを使う。
スプーンを使うより早い。

⑫ 175度のオーブンで10〜12分、
またはこんがりときつね色になるまで焼く（わたしは11分）。

⑬ オーブンから取り出し、天板のまま2分おく。
そのあと金属製のスパチュラでワイヤーラックに移して
完全に冷ます（オーブンペーパーを使う場合は
ペーパーごとワイヤーラックへ）。

食べる人みんながよろこぶこと請け合いの、
ソフトで甘じょっぱいクッキー、約5ダース分。

ハンナのメモその3:
このレシピはお好みで2倍量でも作れるが、
ベーキングソーダは2倍にしないこと。
もとのレシピどおり小さじ1でよい。

ハンナのメモその4:
このクッキーはノーマンのお気に入り。
もちろん彼は新作クッキーを試食するたびにそう言ってくれる。
レーズンは大嫌いだと言っているのに、
アンドリアもこれが好き。

作り方

① やわらかくした有塩バターとアーモンドバターを
電動ミキサーのボウルに入れ、なめらかになるまでかくはんする。

② 白砂糖とブラウンシュガーを加え、
ふんわりと白っぽくなるまでかくはんする。

③ バニラエキストラクトとベーキングソーダを加えてかくはんする。

④ とき卵を加えて完全に混ざるまでかくはんする。

⑤ 口を閉じられるビニール袋にポテトチップスを入れて
しっかりと閉じ(飛び散らないように)、平らなところに置く。
袋の上で麺棒を転がしてポテトチップスを砕く。
粗めの砂利状になるまでつづける
(細かくしすぎると歯ごたえがなくなる)。

⑥ 砕いたポテトチップスを2カップ分量って④のボウルに入れ、
かくはんする。

⑦ 中力粉を半カップずつ(目分量でよい)加え、
その都度かくはんする。

⑧ ミキサーからボウルをはずし、ゴム製のスパチュラで
ボウルの内側をこそげる。

⑨ レーズンを加え、木のスプーンで混ぜる。

⑩ 天板に〈パム〉などのノンスティックオイルをスプレーするか、
オーブンペーパーを敷く。
オーブンペーパーは上下に“耳”を残しておくと、
クッキーが焼けたときオーブンペーパーごと
ワイヤーラックに移すことができる。

23

ハンバーガーはいつものようにジューシーでおいしく、フライドポテトとオニオンリングはカリッとしていて、追加で注文したサイドサラダはひんやりシャキシャキだった。ブルーチーズ・ドレッシングはふたつ注文して、ひとつはスプーンでサラダにかけ、もうひとつはフライドポテトとオニオンリング用のディップにした。

ハンナは満足げなため息をついて、最後のフライドポテトを飲みこむと、椅子に寄りかかった。「おなかいっぱい」

「わたしも。でも、オニオンリングがひとつ残ってる。無駄にするわけにはいかないわよね」ミシェルは最後のオニオンリングをつまんでブルーチーズ・ドレッシングにつけると、もぐもぐと完食した。

「今の最後のオニオンリングで遅めのランチがランチ兼ディナーになったわ」ミシェルが言った。

「今夜の六時半ごろには気分が変わってるといいけど」

「どうして？」

「今朝アパートを出るまえに、スロークッカーにディナーを仕込んできたから。昨夜はノーマンにごちそうしてもらったから、今夜は彼をディナーに招こうと思って」

「ああ、それで今朝はちょっと遅かったのね！　車が壊れでもしたんじゃないかと心配してたのよ。どうして遅くなったのかきくつもりだったのに、コーヒーショップのほうがすごく忙しくてきくのを忘れてた。何を作ったの？」

「リック・ユア・チョップス・ポークよ。料理のおともにサリーのピカデリー・ミニマフィンを試してみようと思ってるの」

「おいしそう！　わたしはデザートを作るわ。バタースコッチ・マシュマロ・バークッキーならほんの二、三分で生地を作れるから。急いで〈レッド・アウル〉に行って、必要なものを買ってくる。わたしの大好きなバークッキーなの」

ミシェルがバークッキーのことを口にしたあと、驚いた顔をしたのにハンナは気づいた。

「どうかした？」彼女はきいた。

「ディナーは食べられないと思っていたのに、もう食べる気になってる！」

ハンナは笑った。ちょうどそこにジョージーナがコーヒーサーバーとカップ三つを運んできた。「今から休憩なの。いっしょにコーヒーを飲んでもいい？」

「もちろん！」とハンナは言い、ミシェルは手を伸ばして、そばにあった椅子からバッグを取った。

「ここに座って、ジョージーナ」ミシェルが言った。

「ありがとう」ジョージーナは全員のカップにコーヒーを注《つ》ぐと、腰をおろした。「ＰＫのフィアンセのピンキーのことがききたいんでしょ？」彼女はきいた。「元フィアンセと言うべきかもしれないけど」

「たしかに興味があるわ」ハンナは言った。「調査の一環で、ふたりの関係について調べているの」

ジョージーナの顔に満足げな笑みが浮かんだが、すぐに消えた。「外から見るのとはだいぶちがってたと言うことはできるわね。ふたりが破局した夜、ピンキーはここにいた。あのときの彼女には驚かされたわ！」

「どういうこと？」ミシェルがきいた。

「ＰＫといっしょに来ていたときは、すごく感じのいい子だったの。いつもフィッシュスティックかチキンバーガーを食べて、彼が赤身の肉を食べるのはかまわない、ほんとうに気にならないけど、自分は食べたくないんだと彼に話していた。とてもいい子だなと思ったわ。ＰＫはうちのダブルダブル・チーズバーガーが大好きだったから。あれがどんなものだか知ってるでしょ？」

「ええ、もちろん」ハンナは言った。「二枚のパティに二枚のチーズよね」

「そのとおり。とにかく、ふたりが破局した夜、ピンキーはここに来て、ダブルダブルを注文したの。びっくりしたなんてものじゃなかったわ。おまけにブラディメアリーをダブルで注文したんだから」

「あなたはなんて声をかけたの?」ハンナはきいた。ジョージーナが遠慮なくものを言うことを知っていたからだ。

「わたしがまじまじと見てたから、彼女は笑って、薬指を示したの。彼にふられたわ、と彼女は言った。『もうぶりっ子でいるのはおしまい。これからはありのままの自分でいられるからお祝いをするの。急いで飲み物を持ってきてくれる、ジョージーナ?　今夜はどうしても飲みたいのよ』」

「びっくり!」ミシェルが言った。「あなたがショックを受けたのもわかるわ」

「小言を言っても仕方がないと思ったわ、あんな状態の彼女には。それでおとなしくバーでブラディメアリーを作ってもらい、テーブルに持っていった。彼女はわたしの目のまえでごくごくと半分近く飲むと、にっこりして、これでましになった、と言ったのよ」

ミシェルは首を振った。「それが生まれて初めて飲んだお酒なら、テーブルの下に倒れていたかもしれないわ!」

ジョージーナは首を振った。「それはちがうと思うわ。慣れた感じだったから。ブラディメアリーを飲み干すと、彼女はわたしに言ったの。ＰＫはあまりにも堅物だから、ときどき息抜きをして本来の姿に戻る必要があるんだって」

ハンナはこの暴露にミシェルほどショックを受けなかった。こんなことではないかと思っていたのだ。「彼女はダブルダブルを食べたの?」

「ええ、残さずにね。そして、会計をして出ていった。でも、それだけじゃなかった」

「どういうこと?」ハンナはきいた。

「バーに行って、帰るまえにもう何杯か飲んだと思う。バーテンダーのボビーにきいてみて。彼はあの夜も働いていたから」

「なんにしましょうか、お嬢さんがた」ハンナとミシェルが空いていたふたつのスツールに座ると、バーテンダーが声をかけた。この時間のバーはほとんどがらがらだった。仕事終わりの一杯には早すぎ、ランチの一杯には遅すぎるからだ。

「バージン・キューバ・リブレにするわ」ミシェルが彼に微笑《ほほえ》みかけながら言った。

「あなたは何にします、マーム?」バーテンダーはハンナを見た。

「バージン・ブラディメアリーを」

バーテンダーはちょっと困惑しているようだった。「バーにいるのに、ふたりとも飲まないんですか?」

ミシェルは笑った。「お酒が飲めないわけじゃないけど、仕事に戻らなくちゃならないし、まずはあなたと話がしたいの」

「そういうこと」ハンナはあとを引き取った。「あなたはボビーね？」

「そうですけど。どんな話なんです？」

「あの夜のバーテンダーはあなただったとジョージーナから聞いたわ」ハンナは説明した。

「わたしたちはピンキーという女性の行方を知りたいんだけど、彼女はジョージーナの担当するテーブルで食事をしたあとここに来て、お酒を何杯か飲んだらしいの」

「ジョージーナの言うとおりですよ。ピンキーにどんな用が？」

「彼女の元ボーイフレンドについて」

ボビーはうなずいた。「PKか。殺されたことは聞いたよ。あんたたち何者？　刑事？」

「いいえ」ハンナは言った。「でも、警察に協力してるの。とても複雑な事件なのよ。それでピンキーと話がしたくて」

ボビーは眉をひそめた。「警察は彼女がやったと考えてるのか？」

ここは慎重に行かなければ。ボビーはなんらかの理由でピンキーをかばおうとするかもしれない。「そういうわけじゃないわ。彼女が何か事件に関係のあることを知っているかどうかたしかめたいだけよ」

「たとえばどんなことを？」ボビーがきいた。

「たとえば、PKに敵はいたか、命をねらわれていなかったか」ミシェルが答えた。「犯人に心当たりがないか、警察は知りたがってるの」

「なるほど。そういうことか」ボビーはすばやくうなずいた。「彼女は何か知っているかもしれない。ある晩話してくれたよ、ふたりは長いつきあいで、ロマンスがはじまったのは高校のときだって。たぶんだれよりも彼のことをよく知っているだろう」

「ピンキーを捜すのを手伝ってもらえる？」ハンナはもっとも重要な質問をした。

ボビーは首を振った。「できることならそうするけど、力にはなれないよ。もうひと月以上もピンキーを見ていない。いや、もっとかな。このあたりにいるのかもしれないけど、おれが働いているあいだはバーに来ていないんだ」

「彼女がどこに住んでるか知ってる？」ハンナはきいた。

ボビーはまた首を振った。「いいや。はっきりとは言ってなかった。ただ……」

「何？」ハンナとミシェルはほぼ同時にきいた。

「家賃を払うとか言っていたのを聞いたことがある。家を持っていたなら、家賃じゃなくてローンと言うはずだろう。たぶんどこかのアパートメントじゃないかな、下の住人がかける音楽がうるさくて、日曜日の朝に寝坊できないと文句を言ってたから。でも、わかっているのはそれだけだ」

「ありがとう、ボビー」ハンナは言った。

「あまり役に立たなくて悪いね」ボビーは言った。「ピンキーに何かあったんじゃないかと心配なんだ。よくここに来ていたのに、突然姿を消すなんて」

「知りたいんだけど」ミシェルは言った。「ピンキーはここに来ると、かなり飲んでた?」

「ああ、もちろん！　いつもダブルでたのんでたし、一杯ですまなかったのはたしかだ。彼女の機嫌をとって踊ってもらおうと、男性客たちがよく一杯おごっていた。ピンキーは踊るのが好きだった」

「彼女が……その……そのなかのだれかと帰ったことは?」ハンナがきいた。

「それはない。いっしょに踊って、ちょっといちゃついたりしたけど、それだけだ。いつもピンクのジープに乗ってひとりで帰っていったよ」

24

店を出てハンナの車に乗り、〈クッキー・ジャー〉に向かいはじめても、姉妹は黙っていた。ボビーが話してくれたことについて、あれこれ考えるのに忙しかったからだ。メインストリートとファースト・アベニューの角を曲がったとき、ミシェルが口を開いた。

「姉さんはどうかわからないけど、わたしはピンキーがずっとお酒を飲んでいて、ＰＫといっしょのときだけ飲まないふりをしていたんだと思う」

「同感。そのうちに演技をするのが苦痛になってきて、これ以上は無理だと思ったんでしょう。あまりいい関係ではなかったのね。それだけはたしかだわ」

「ある晩ピンキーが飲みすぎて、ＰＫを殺そうとたくらんだとか？」

「可能性はあると思う」ハンナは言った。「でも、それをたしかめるすべはない。ピンキーは偽の手がかり《レッド・ヘリング》かもしれないし」

「ピンク・ヘリングよ」ミシェルが訂正した。

「それか、ジョージーナとボビーが話していたように、ピンキーが大酒飲みなら、酢漬け《ピクルド・》のニシン《ヘリング》かも（pickledには〝酔っ払った〟という意味もある）」

ミシェルは笑った。「ひどいわ、姉さん！」

「わかってるけど、ちょっと気分を軽くしたくて」

長い沈黙のあと、ミシェルがまた口を開いた。「ピンキーを見つけなくちゃ。犯人かもしれないんだから」

「わかってる」ハンナは〈クッキー・ジャー〉の裏の駐車スペースに車を停《と》めた。おもては寒かったので、駐車スペースのまえに設置されたコンセントに車をつなごうかと一瞬考えたが、まだそれほど寒くないと判断した。

「車をコンセントにつながないの？」ミシェルがきいた。

「ええ、今はね。すぐにまた出かけるし」

「どこに行くの？」

「今日の午後、図書室は開いてないけど、マージはいつも鍵を持ってるでしょ。彼女にこの地域にある高校の年鑑がそろってるのかきくつもりなの。もしあるなら、図書室の鍵を貸してもらって、クラリッサ高校の年鑑を調べにいこうと思って。ピンキーの身元がわかるかもしれない」

「それはいい考えね」ミシェルは言った。「でも、わたしたちのどちらもピンキーを見たことがないし、本名も知らないのよ。どうやって身元を調べるの？」

「わからないけど、ピンキーはPKの同級生だったのよね。学校の年鑑にはたいてい生徒のスナップ写真も載ってるわ」

ミシェルは興奮しているようだ。「そうね。思いつきもしなかったわ。PKとピンキーがいっしょに写っている写真があるかも！」

「そして、もしそれが生徒の撮った写真なら、その下に〝ニックネームはピンキー〟といったキャプションがあるかもしれない」

「そうすれば、あとは正式な顔写真を見て彼女を捜すだけで本名がわかる！」ミシェルはハンナに満面の笑みを向けた。「すごいわ、姉さん！　マージに会いにいきましょう」

姉妹は荷物をまとめて車から降りた。店の建物に向かい、ハンナが裏口のドアを開けた。なかにはいって、ドアのすぐ内側に敷いてあるマットで足を拭き、壁のフックに防寒コートをかける。だが、コーヒーショップとの仕切りのスイングドアに向かうまえに、ナンシーおばさんがそのドアを押し開けて厨房《ちゅうぼう》にはいってきた。

「ああ、よかった！」彼女は言った。「あなたたちがはいってくる音がしたと思って。少し時間ある、ハンナ？　どうしても話したいことがあるの！」

「マージを捜しにいくわ」ミシェルはハンナにそう言うと、ナンシーおばさんがはいってきたばかりのスイングドアの向こうに消えた。

「コーヒーでもいかがです？」ナンシーおばさんが何やら不安そうなのに気づいて、ハン

「あなたはわたしがやるわ」ナンシーおばさんが申し出た。「あなたは座って。すぐに行くから」

ハンナは作業台のいつものスツールに座って、厨房のコーヒーサーバーに急ぐナンシーおばさんを観察した。ふたつのカップにコーヒーを注《つ》ぐ手は震えていた。何かあったのだ。深刻なことでなければいいが、とハンナは思った。

自分のコーヒーにクリームと砂糖を入れると、ナンシーおばさんはふたつのカップを作業台に運んできた。「はいどうぞ」と言って、カップのひとつを作業台のハンナのまえに置く。そして、向かいの席に行って自分のコーヒーを置き、腰をおろした。

「どうしたの？」ナンシーおばさんが悩みを口に出すのを待たずにハンナはきいた。「動揺してるみたいだけど」

「そうなのよ！　こんな状況は生まれて初めてで、どういうことなのかわからないの」

ハンナは微笑《ほほえ》みかけて彼女を落ち着かせ、自分のコーヒーをひと口飲んだ。「話してみて」とうながす。

「ヘイティのことなの。何分かまえに寄ってくれたのよ。ビルからウィネトカ郡保安官事務所の仕事のオファーがあったんですって。どうしても彼が必要で、すぐにでも仕事をはじめてほしいって」

「それっていいことじゃないの？」ハンナはきいた。

「わからないわ！　ヘイティは事務所の設備の一部を最新のものにして、メンテナンスをする仕事だと話してくれたあと、この仕事を受けてレイク・エデンに住んでほしいかとわたしにきいたの」ナンシーおばさんは震えるため息をついた。「ハンナ、どうして彼はわたしにそんなことをきいたのかしら？」

答えるまえに、ハンナは知りたいことがあった。「あなたはヘイティにここに住んでほしい？」

「もちろんよ！」ためらいのない、きっぱりした答えだった。「ヘイティのことが大好きだし、彼が町を出たらすごく淋《さび》しいと思うわ。でも、どうして彼はわたしにきいたのかしら、ハンナ？」

「あなたが今言ったとおりのことを聞きたかったんだと思う。ヘイティはこれからもずっとあなたに求められるという安心がほしかったのよ」

ナンシーおばさんは少し考えたあと、ぱっと顔を輝かせた。「ほんとうに？」小さな声できく。

「ほんとうよ。彼がそうきいた理由はほかに思いつかないわ」

「ということは……」ナンシーおばさんはそこで深いため息をついた。「ヘイティはほんとうにわたしのことが好きなんだと思う？」

「まちがいないわ。イエスと言ってほしいのでないかぎり、そばにいてほしいかなんて、男性は女性に尋ねないもの」

「それって……なんだか……うれしいわ！」

ナンシーおばさんは〈ツイン・パイン・カジノ〉のロビーにある巨大なスロットマシーンで百万ドルをあてたみたいな顔をしている、とハンナは思った。

「ありがとう、ハンナ！」ナンシーおばさんはそう言うと、飛ぶようにスツールから立ちあがった。「仕事に戻ったほうがよさそうね」

　だれかが向こう側から来ようとしていないかダイヤ型のガラス窓からたしかめもせずにスイングドアを走り抜けるナンシーおばさんを、ハンナは笑顔で見送った。おそらく聞きたかったとおりのことを聞けたのだろう。もう彼女の顔は見えなかったが、ナンシーおばさんが満面の笑みを浮かべているのがわかった。

　コーヒーはまだ淹《い》れたてて熱かったので、ハンナは飲み干すことにした。今日の残りを切り抜けるには、もう少しエネルギーが必要になるだろう。

「戻ったわ！」ミシェルがドアを抜けて作業台に急ぎながら言った。「マージから鍵をもらったわよ。明かりのスイッチははいってすぐ右の壁で、帰るときはかならず鍵をかけるようにって」ミシェルはさっきまでナンシーおばさんが座っていたスツールに座り、ほとんど手をつけていないコーヒーのカップに気づいて不思議そうな顔をした。

「ナンシーおばさんに何があったの?」彼女はきいた。「ものすごい笑顔でコーヒーショップに戻ってきたけど」

「彼女が聞きたがっていることを言ってあげたのよ」ハンナは言った。

「どんなこと?」ミシェルは聞きたそうだ。

「今その話をする時間はないけど、図書館に向かう途中で話してあげる」


「はいこれ」ミシェルは表紙に金色の文字で〝クラリッサ高校〟と書かれた薄い冊子をハンナにわたした。「PKが三年生の年の年鑑よ。三年生のときいっしょに芝居をやってからピンキーとつきあいはじめたって言ってたから」

「彼は芝居で役をもらってたの?」

「いいえ、彼は技術班の班長で、照明制御盤担当だったの。すごく古い機材で、つねに修理が必要だったみたい」

「ピンキーも裏方だったの?」

「わからない。PKからは聞いてないわ」ミシェルはいっしょに年鑑を見られるように、長テーブルのハンナの隣に座った。

年鑑のはじめのほうはクラス写真のページだった。一年生、二年生、三年生とつづく。名前は書かれていたが、ピンキーの顔を知らないので見つけることはできなかった。

「芝居チームの集合写真があるわ」ハンナが言い、ミシェルが身を寄せた。

「キャプションはあるけど、あんまり意味はないわね」ミシェルはひどくがっかりした声で言った。「『アダム氏とマダム』のキャストとスタッフとしか書いてない。ふたりが参加してたのはこの芝居のはずよ」

ハンナは鋭く息を吸いこんだ。「『アダム氏とマダム』！　ピンキーはここからもらったのね！」

「もらったって、何を？」

「ニックネームよ。彼女はきっと女性の主役を演じたんだわ。映画でキャサリン・ヘップバーンが演じた役。ともに法律家の夫婦の話なんだけど、どちらも赤毛で、スペンサー・トレイシーが演じた夫役も、キャサリン・ヘップバーンの役もピンキーと呼ばれているの、スペルはちがうけど。実話に基づいた芝居で、最終的には離婚するんだけど、実際のカップルは再婚するの。それぞれ自分の弁護士とね」

「おもしろいわね。でもやっぱりピンキーの本名はわからない」ミシェルは指摘した。

「つぎの年のを見てみましょう、ふたりが四年生の年のを」ハンナが提案した。「四年生の写真はたいてい正面顔写真で、名前がついてる。もしかしたらピンキーはピンクの服を着てるかも」

ミシェルはうなずいた。「そうね、運がよければ。ピンキーの四年生の写真はカラーかも。ジョーダン高校はそうだったけど、わたしは年鑑作成スタッフだったから、かなりお金がかかると知ってるの。クラリッサ高校がカラー印刷を採用してなかったら、ピンキーがピンクを着ててもわからないかも」

「たしかに」ハンナはそのことに気づかなかった自分が少し情けなくなった。ハンナがジョーダン高校を卒業したとき、四年生の写真は白黒だった。「たとえカラーじゃなかったとしても、四年生の写真にはニックネームが添えられているかもしれないわよ」

「そうね」ミシェルは言った。「これを返却してつぎの年の年鑑を持ってくる」

「これは残しておいて、ミシェル」妹が年鑑に手を伸ばすと、ハンナは言った。「『アダム氏とマダム』のキャストとスタッフの写真を、翌年の四年生の写真と比べてみましょう。少なくとも芝居のキャストとスタッフだった女子の顔と一致すれば名前がわかるわ」

「でも、そのなかのだれがピンキーかはわからないわよ」ミシェルが指摘した。

「そうだけど、少しは絞りこめるわ。芝居チームの写真に写っていない女子を消せるから」

「たしかに。つぎの年の年鑑を持ってくる」

ミシェルは図書室の年鑑コーナーに行って、そこにある年鑑を調べた。翌年のものが正しい場所になかったので、見つけるのに少し時間がかかった。ようやく見つけて引き出し、戻ってきてハンナにわたすと、また椅子に座った。

「ありがとう」ハンナはうしろのほうにある四年生の個人写真までページをめくった。「ついてるわ。カラーだった」

ハンナが四年生の写真のページをめくっていくと、ミシェルはうめき声をあげた。「ピンクの服を着ている女子は少なくとも十人はいるわ。この年はきっとピンクが人気の色だったのね」

「そのようね」ハンナはそう言ったあとで笑顔になった。「見つけた気がするわ、ミシェル！」

ミシェルは顔を近づけて、ハンナが選んだ写真をじっと見た。「わたしも同感。芝居チームの写真と眼鏡がちがうけど、ヘアスタイルが同じだわ。それに、淡いピンクの服を着てる。最後列のいちばん端の子よね？」

「そうだと思う。名前はミスティ・フランクリンよ」

姉妹は両方に写っている女子生徒をさらに四人見つけ、ハンナが殺人事件手帳に名前を書き留めた。書き終えると、ミシェルが興奮気味に声をあげた。「ピンキーがいたわ、姉さん！」と叫んだ。

ハンナはその写真をじっと見たあと、キャストとスタッフの写真を見た。「最前列のまんなかにいる子ね。同一人物だわ。でも、ほかにも一致した子はいるでしょ。どうしてこの子がピンキーだと思うの？」

「彼女は小柄だし、ＰＫがまえに伸ばした腕の下を歩いて通りぬけられるって言ってたから」

「でも、さっきの写真の彼女が小柄だってどうしてわかるの？」

「個人写真ではわからないけど、集合写真では最前列にいるし、ほかの人たちはだいたい彼女より背が高いわ。それに、集合写真を撮るとき、カメラマンは小柄な人たちを最前列にするでしょう」

「いいところに気がついたわね」ハンナはもう一度四年生の写真を見た。「彼女の名前はメアリー・ジョー・ハート。聞き覚えはある？」

「ないけど、ＰＫは一度も彼女の名前を言わなかったから」

ハンナはもう一度四年生の写真を見た。「メアリー・ジョー・ハートでまちがいないと思うわ、ミシェル」

「どうしてそう言えるの？」

「彼女の名前の下に、三年生のときと四年生のときに芝居に出ていたとある。それに、両方の芝居の写真でピンクを着ている女子は彼女だけよ」

「オーケー。ピンキーはメアリー・ジョー・ハートだとする。それをどうやってたしかめる？」

ハンナは手首に目を落として、〈クッキー・ジャー〉に時計を忘れてきたことに気づいた。「今何時、ミシェル？」

ミシェルは携帯電話のディスプレーを見た。「そろそろ四時十五分よ」

「今日は木曜日よね」ハンナは笑顔になった。「クラリッサ高校に電話して、オフィスにまだ職員がいたら、もっと何かわかるかもしれないわ」

「了解」ミシェルは高校のホームページでオフィスの番号を調べた。番号を入力して、スピーカー通話に切り替えたので、ハンナにも呼び出し音が聞こえた。

五回呼び出し音が鳴ったところで、ハンナは眉をひそめた。「オフィスはもう終了してるみたいね」

「まだわからないわよ。あきらめるのは十回鳴るまで待ってからにしましょう」

さらに三回鳴ったところで、女性が電話に出た。「クラリッサ高校、ライラです」

「こんにちは、ライラ。わたしはミシェル・スウェンセンといいます。校長先生をお願いしたいのですが、まだいらっしゃいますか？」

「いいえ。申し訳ありませんが、今日は早めに帰宅いたしました。わたしで何かお手伝いできることはありますか？」

ミシェルはハンナに電話をわたした。「こんにちは、ライラ。〈スウェンセン・エンタープライズ〉のハンナ・スウェンセンです。お電話したのは、出身校ならわが社に就職を希望しているメアリー・ジョー・ハートの現在の電話番号と現住所をご存じかと思ったからです。履歴書に書かれていた住所と電話番号は以前のものだったようで。わが社の求人に空きが出たことについて彼女と話したいのです」

「まあ、そうですか！」ライラの声はとても悲しそうだった。「こんなことを申しあげたくはないのですが……あの……ミス・ハートはもう……そのお話をお受けできないんです」

ハンナの顔に驚きの表情が浮かび、ミシェルの顔も同様だった。「はあ、そうですか。さしつかえなければ教えていただきたいんですが、ミス・ハートは別のポストを見つけられたのでしょうか？」

長い沈黙のあと、ライラはふたたび口を開いた。「いえ、そういうわけじゃありません。ミス・ハートはもう……いないんです」

ハンナは希望がしぼむのを感じた。ライラの言おうとしていることが、ハンナの恐れているとおりなら、メアリー・ジョー・ハートは死んだということだ。

「わたしたちが話しているのは同じ人物のことですよね？」ハンナはつづけた。「わが社に応募してきたメアリー・ジョー・ハートは、ピンキーというニックネームだと言っていましたが」

「ええ、ピンキーのことです」ライラは答えた。「三年生のときに芝居の主役を演じてから、みんな彼女のことをピンキーと呼ぶようになったんです。ボーイフレンドのポーター《P》・カービー《K》とはお似合いのカップルでしたが、今はふたりとも亡くなってしまいました。ふたりともとても期待されていた生徒でした。ほんとうに悲しいことです。ＰＫに何があったかは新聞で読みました」

「まあ、なんてこと」ハンナは言った。「ピンキーも殺されたんですか？」

ライラはためらったあと、深々とため息をついた。「ピンキーは自殺したんです。正確には知りませんが、薬が使われたと聞いています」

「彼女のご家族はショックだったでしょうね」もっと情報が得られることを期待してハンナは言った。「どのくらいまえのことだったんですか？」

「一カ月と少しまえです。ほんとうに残念です。愛らしいお嬢さんでした。かわいそうにピンキーは、ＰＫに婚約を破棄されてひどく落ちこんでいたのだと思います。ＰＫは彼女の人生最愛の人、高校時代の彼女にほんとうの安定をもたらした人でした」

「安定？」もっとはっきりした答えを得ようと、ハンナはきいた。

「ええ。ピンキーはとてもよくやっていましたが、両親が亡くなったことは、彼女の人生に計り知れない影響を及ぼしました。ツインシティの空港から帰る途中、高速道路でひどい事故にあったんです。彼女のお兄さんはできるかぎりのことをして妹を助けていましたが、生活するためには働かなければならなかった。ツインシティでとてもいい仕事についていたんですが、毎週妹のもとに帰ってきていたそうです」

「では、ピンキーは両親の家にひとりで住んでいたんですか？」

「両親の農場です」ライラは訂正した。「でも、ひとりきりで人里離れた農家に暮らすのはたいへんなことでした。結局ピンキーのお兄さんは農場を売って、ふたりで暮らすために寝室ふたつのアパートメントを町に借りたんです」

「町に引っ越してピンキーはよろこびましたか？」

「ええ。長時間バスに乗って登校しなくてよくなりましたから。わたしはお兄さんに会ったことはないんですが、彼女はいつも彼のことを話していました」

「お兄さんの名前を覚えていますか？」ハンナはきいた。

長い沈黙のあと、ライラはため息をついた。「思い出せないわ。ボブとかトムみたいなシンプルな名前だったと思うけど、思い出せない。とてもいい人みたいでしたよ。懸命にピンキーの面倒をみていましたから。でも、平日はずっと離れて暮らしているわけですから、ピンキーは淋しかったんでしょうね。ＰＫはいたけれど、彼は放課後アルバイトをしていて、ずっといっしょにいることはできなかったし」

「ピンキーに友だちはいなかったんですか？」

「女子生徒たちには好かれていましたが、親友とかそういう存在はいませんでしたね。ＰＫは例外として、ピンキーはちょっと人を寄せつけないところがありました。そういうタイプの子っているでしょう。人懐っこいのに控えめな感じ。だから彼女は学校の事務所に入り浸って、放課後わたしの手伝いをするのが好きだったんだと思います。実を言うと、そのおかげで卒業後いい仕事につけたんです。窓口業務の経験があったから」そこで間をおいたあと、ライラはつづけた。「ああ、またぺらぺらとしゃべってしまいました。何もかもあまりにも悲しくて。ピンキーとＰＫがふたりとも亡くなってしまったなんて信じられません」

「いろいろ話してくださってありがとうございます」ハンナは言った。「わたしもとても残念に思っています。上級秘書として、ぜひともピンキーをわが社に迎えたかったわ」

「まあ、それは彼女がついていた仕事よりずっといい仕事です」ライラは言った。「ピンキーはドクター・ベンソンのところで働いていたんですが、彼女のスキルは充分に生かされていなかったと思います。彼女はクラリッサ高校で簿記とタイプとファイリングとコンピューター科学を履修したんです。ビジネスのすべてのクラスでA評価を取っていました。でも、ドクター・ベンソンが彼女に求めたのは、電話に出ることと、スケジュール帳の管理だけでした。ピンキーはもっと高度な仕事だってできたのに！」

作り方

① 型の底に〈ローナ・ドーン〉のショートブレッドを並べる（少し重なっても大丈夫）。
または丸いクッキーを砕いて型の底に敷き詰める。
金属製のスパチュラを押しつけて、
砕かれたクッキーで底面が覆われるようにする。

ハンナのメモその1：
ショートブレッド・クッキーがなければ、
丸いクッキーをジッパーつきのビニール袋に入れて麺棒で砕くか、
フードプロセッサーの断続モードで、
かけらが粗い砂利状になるまで砕くこと。

② マシュマロを散らす。

③ バタースコッチチップを散らす。

④ 刻んだピーカンナッツを散らす。

⑤ コーシャーソルトかシーソルトを振る。

⑥ 小さめのソースパンに無塩バターとブラウンシュガーを入れて弱火にかけ、砂糖がとけるまでかき混ぜる。

ハンナのメモその2：
バターとブラウンシュガーを耐熱容器に入れて、
電子レンジの強で1分加熱してとかしてもよい。
1分加熱したあと、さらに1分待ってから取り出し、
かき混ぜてブラウンシュガーがとけているか確認すること。
とけていないときは、さらに20秒加熱して1分待ってから取り出し、
もう一度確認する。必要なだけこれを繰り返す。

バタースコッチ・マシュマロ・バークッキー

●オーブンを175℃に温めておく

材料

〈ローナ・ドーン〉のショートブレッド・クッキー……283グラム入り1箱
（なければ〈ピーカン・サンデー〉か〈ニラ・ウェハース〉でもよい）

ミニマシュマロ（白いもの）……2カップ

バタースコッチチップ……168グラム入り1袋
（約1カップ、わたしは〈ネスレ〉のものを使用）

刻んだピーカンナッツ……1カップ

コーシャーソルトまたはシーソルト……小さじ2

無塩バター……1/2カップ（112グラム）

ブラウンシュガー……1/2カップ（きっちり詰めて量る）

バニラエキストラクト……小さじ1

準備

23センチ×33センチの型に〈パム〉などのノンスティックオイルをスプレーする（使い捨てのアルミの型を買って、底を保護するため天板の上に置けば、洗う手間がはぶける。普通のケーキ型に厚手のアルミホイルを敷いてもよい）。

⑦ バターとブラウンシュガーがとけてなめらかになったら、
バニラエキストラクトを加えてよくかき混ぜる。

⑧ ⑤の上に⑦をできるだけ均等にかける。

⑨ 175度のオーブンで10〜12分、
または表面が黄金色になるまで焼く。

⑩ オーブンから取り出し、
型のままワイヤーラックに置いて冷ます。

⑪ 完全に冷めたら、ブラウニーの大きさに切り分ける。

残ったら（3人以下でもないかぎり、それはないだろうが）
ふたつきの容器に入れて冷蔵庫で保存する。
ラップで包んでジッパーつきのフリーザーバッグに入れ、
冷凍すれば2カ月はもつ。

大人も子供も大好きなおいしいバークッキー、
2.5〜3ダース分。

ハンナのメモその3：
トレイシーはわたしといっしょにこのクッキーを作って、
おやつとして学校に持っていくのが好き。
彼女の妹のベシーも手伝いたがるけど、
彼女の仕事はマシュマロをひと粒ずつ袋から出して、
計量カップに入れること。
ベシーはこれがとても上手で、
トレイシーとわたしは彼女がその作業中にいくつかマシュマロを食べても
気づかないふりをしている。

ピカデリー・チーズ・ミニマフィン
(ピックル・ディリー)

●オーブンを175℃に温めておく

材料

ビスケットミックス……1 1/2カップ
(わたしは〈ビスクイック〉を使用、きっちり詰めて量る)

おろしたチェダーチーズ……3/4カップ
(わたしは〈クラフト〉の熟成チェダーを使用)

ガーリックパウダー……小さじ1/4

オニオンパウダー……小さじ1/4

塩……小さじ1/4

白砂糖(グラニュー糖)……大さじ1

ドライマスタード……小さじ1/4

牛乳……大さじ2

とき卵……大1個分(グラスに入れてフォークで混ぜる)

ディル・ピクルスのレリッシュ……1/4カップ
(わたしは〈ブラシック・ディル・レリッシュ〉を使用)

ハンナのメモその1:
このミニマフィンの生地は手で混ぜるほうがおいしくできる。

ハンナのメモその2:
このレシピは2倍量でも作れるが、その場合でも卵は2個ではなく1個。

準備
天板に6個焼けるミニマフィン型を2個置き、
ミニマフィン用の紙カップを敷く。

作り方

① ボウルにビスケットミックスを入れ、おろしたチーズ、
ガーリックパウダー、オニオンパウダー、塩、砂糖、
ドライマスタードを順に加えて、木のスプーンで混ぜる。

② 別のボウルに牛乳ととき卵を入れ、フォークでよくかき混ぜる。

③ ペーパータオルで水気を軽く拭いた
ディル・ピクルス・レリッシュを②のボウルに加え、
フォークで混ぜる。

④ ③を①の粉類のボウルに入れ、木のスプーンで混ぜる。
混ぜすぎないこと。多少だまが残ることになる。

⑤ 小さめのメロンボウラーかティースプーンで、
ミニマフィンカップの9分目くらいまで生地を入れる。

ハンナのメモその3:
このミニマフィンはあまりふくらまない。てっぺんが丸くなる程度。

⑥ 175度のオーブンで12〜15分、
またはてっぺんが黄金色になるまで焼く。
まんなかに爪楊枝を刺してみて、
生地がくっついてこなければ焼けている。

ハンナのメモその4:
普通サイズのマフィン型で作ってもよい。
その場合、焼き時間は20〜25分。

ミニマフィン、約3ダース分。

25

「おいしい食事だったよ、ハンナ！」ノーマンが椅子に背中を預けて言った。「もうひと口も食べられないと思う」

「わたしのバタースコッチ・マシュマロ・バークッキーも？」ミシェルが彼にきいた。

「やった！」ノーマンが答えるまえに、ロニーが言った。「バタースコッチもマシュマロもぼくの好物だ。おいしそうだね、シェリー！」

「ひとつなら食べられるかもしれない」ノーマンがにっこりして言った。「それ以上は無理そうだ。ポークチョップ二枚とピカデリー・ミニマフィンを三つ食べたから」

マイクが食べながら微笑《ほほえ》んで、指をオーケーの形にして見せた。ハンナはマイクがなぜ今話せなくなっているかわかっていた。四枚目のポークチョップと五個目のミニマフィンを食べるので忙しいのだ。

ハンナはテーブルを片づけようと立ちあがったが、ミシェルが手を振ってまた座らせた。

「ロニーとわたしがテーブルを片づけて、コーヒーとバークッキーの準備をするわ」彼女は言った。「姉さんはゆっくりしてて。何か用事があって廊下を歩くときはモシェにつまずかないように気をつけてね。また〝ばったりモシェ〟になってるから。廊下のまんなかで広がって寝てる」

「ばったりモシェって?」マイクがポークチョップの最後のひと口を口に入れ、ようやくフォークを置いて尋ねた。

「ミシェルの造語よ。廊下を歩いていたと思ったら、カーペットのまんなかでばったり倒れてそのまま寝ちゃうの」彼女はノーマンを見た。「カドルズもそんなことある?」

「ときどき似たようなことをやるよ、ぼくがベッドに行こうと階段をのぼっているときにね」

「階段でばったり倒れるのか?」マイクがきいた。

「そうだよ。そしてあっという間に眠りこむんだ」

「そんなことをして階段から転がり落ちない?」

ノーマンは首を振った。「いいや。カドルズは小さいから、体を伸ばすとちょうど階段の幅になるんだ。ベッドルームは階段をのぼったところにあって、いつも明かりをつけたままにしているから、以前は階段が暗くても平気だった。でも今は、カドルズにつまずかないように、階段の上のハンギングライトをつけるようにしてる」

「それはドクター・ボブの検査のまえ、それともあと?」ハンナがきいた。

「まえもあともだよ。ドクターに相談したら、やっぱり心配していたけど、検査の結果すべての数値が標準の範囲だとわかったんだ」

「それでドクターはなんて言ってた？」マイクがきいた。

「カドルズにつまずかないように気をつけてくださいって」

「カドルズにけがをさせるかもしれないから？」

「そういうわけじゃないよ。ドクターは動物用のギプスしかはめる資格がないから、ぼくに用心するようにと言ったんだ」

「ドクター・ボブらしいわ」ハンナは笑って言った。やがて、真顔になってマイクを見た。「ところで、あなたとロニーの捜査の進み具合は？」

「なかなか進んでいない。スコッティ・マクドナルドは動機がないからリストから消したよ。ＰＫの仕事をそれほどほしがっていたわけではないし、ロスのオフィスをいっしょに使おうと言われたこともあったらしいから、スコッティがＰＫを殺す理由はない」

「そうね」ハンナは言った。「ほかにだれかと話した？」

「ＫＣＯＷの全員に事情聴取して、ＰＫの両親とおじさんおばさんとも話した。まったく手がかりなしだ」マイクはひどく不機嫌そうだった。「そっちはどうだい、ハンナ？」

「ＰＫの元フィアンセのピンキーと話したいと思ってたの。わたしたちの第一容疑者だから。苦労していくつか情報を入手したけど、亡くなっていることが今日の午後わかったわ」

「ああ、自殺だった」マイクは言った。「PKのおばさんに聞いて知ったよ。ピンキーは容疑者リストから消したのか？」

ハンナは首を振った。「いいえ。彼女の上司のドクター・ベンソンのことを調べなかったら、そうしていたかもしれないけど。ドクター・ベンソンは獣医で、ピンキーは彼のオフィスから動物用のトランキライザーを持ち出して、チョコバーに使ったのかもしれない」

「ピンキーがどうやって自殺したかは知ってる？」マイクがきいた。

「いいえ。でも薬物が使われたと聞いたわ。トランキライザーの過剰摂取？」

「そうだ。ドクが検死をした医師に電話したところ、強力なものだったから動物用のトランキライザーだったかもしれないと言われたそうだ」

「それなら容疑者リストから消さなかったのは正解ね。ピンキーはチョコバーにトランキライザーを混入させてから自殺したのかもしれない」

「でも、チョコバーが届いたのは、彼女が死んでから二週間後だよ。それはどう説明する？」

マイクの顔におもしろがっているような表情が浮かび、ハンナは隠さずに話すことにした。「ピンキーが死んだあと、だれかが彼女の持ち物のなかから、宛名の書かれた送料払い済みの封筒を見つけて送ったのかもしれない」

「そうだな。ぼくたちの結論もそうだった。きみたちのリストにはほかにも容疑者がいるのか?」

ハンナはお手あげという身振りをした。「いるけど、ほとんどはかなりこじつけよ。この人こそと思うたびにはずれてる。つぎはどこを調べたらいいのか見当がつかないわ」

「ぼくたちも同じだよ」マイクは認めた。「今はチームのふたりにPKの友人関係を当たってもらっている。敗北を認めたくはないが、役に立つ結果が出るとは期待していない」

「ねらわれたのはPKではなくてロスかもしれないという説はもう消えたのか?」ノーマンがきいた。

「いいや。今まではPKに集中していたんだ。チョコバーがロス宛てだったかもしれないという説を捨ててはいないけど、可能性は低いと思ったから、まだほとんど調べていない。でも、調べたいことがひとつあるんだ。例の貸し倉庫の鍵をぼくに預けてくれないか、ハンナ? 何人かにそっちを当たらせようと思う。この謎を解く助けになるものがロスのユニットにはいっている可能性は低いと思うけど」

ハンナはかすかに眉をひそめた。貸し倉庫のユニットの鍵を手放したくはなかった。ユニットのなかにあるのは個人の過去に関するものかもしれないし、あの鍵はロスとの最後のつながりなのだ。彼女より先にほかの人がユニットのなかを見るのはまちがっているような気がした。

「ハンナ?」彼女の渋面に気づいて、ノーマンが声をかけた。「何か理由があって、マイクに鍵をわたしたくないの?」

答えるまでに少し時間がかかった。「わたしが最初になかを見たかったんだと思う」

「わかるよ」マイクが言った。「個人的なものがはいっていると思っているんだろう。でも、こう考えてみたらどうかな、ハンナ。ロスの居場所といなくなった理由を知る手がかりになるものがはいっているかもしれないと」

ハンナはため息をついた。マイクは痛いところをついてきた。「たしかにそうね。鍵を取ってくるわ。でも、役に立ちそうなものが何も見つからなかったら、わたしに返して」

「かならずそうするよ」マイクは約束した。

ハンナは立ちあがって廊下を進み、ベッドルームに鍵を取りにいった。鍵は置いたままの場所、いちばん上の引き出しのなかにあった。それを持って戻り、マイクにわたした。

「マカリスター大のキャンパスの隣にある貸し倉庫の店舗はもう調べたから行く必要ないわ。あそこの三一二番はロスが契約したユニットじゃなかった」

「ほかは調べた?」

「いいえ。サリーのギフト・コンベンションの準備で忙しくて」ハンナは重々しいため息をついて首を振った。「今思えば、貸し倉庫がどこの店舗のものか探すのに集中するべきだったかもしれない」

「それでも骨折り損だったかもしれないよ」マイクが言った。「とりあえず時間を割ける人員がふたりいるから、すべての石をひっくり返して調べてみるのもいいと思ったんだ。それが複雑な殺人事件を解決する唯一の方法という場合もあるからね」

ハンナはなるほどとうなずいたが、実はこう考えていた。すべてをひっくり返すにしても、あまりにも石が多すぎる。願いごとをかなえる井戸を作れるほどに。だれがなぜPKを殺したのか知るためには、井戸に投げ入れるコインが必要かもしれない。

ハンナはこれほどたくさんのオレンジを見たことがなかった。オレンジはピラミッドのように積みあげられ、てっぺんは空に届きそうだ。〈レッド・アウル食料雑貨店〉のフローレンスが、白いキャップとブッチャーズ・エプロン姿でそのまえに立っていた。腰にはガンベルトが巻かれ、銀色のリボルバーらしきものの真珠のグリップが両側のホルスターから見えた。

「あなたにあげるオレンジはないわ」彼女はハンナに言った。

「どうして？　オレンジが大好きなのに」

「それだけじゃだめよ。あなたは自分のオレンジの面倒を見なさい。あのハンサムで、あなたが絶対に手放すまいとしがみついているオレンジのね。あなたのオレンジに伝えるべきよ、大好きだ、すばらしい、世界一のオレンジだと思っているって。ほかのオレンジたちをアパートに招いて、友だちのように扱うべきじゃないわ。あなたのオレンジが、自分はあなたの最愛のオレンジではないと思ったら、どうなるかわかっているでしょう」

「いいえ。ほんとうにわからないの」ハンナは困惑した。「どうなるのか教えて、フローレンス」

「簡単なことよ、まえにも経験しているでしょう。あなたの選んだオレンジはあなたを捨てる。ある日あなたが家を空けているときに、転がりながら去っていく。そしてもう会うことはないのよ！」

「どうして？」

「あなたが選べるオレンジはひとつだけだから。簡単なことよ」

「わたしのオレンジが転がっていってしまうなら、別のを選ぶまでよ」ハンナは別のオレンジに手を伸ばしたが、フローレンスがその手を押しのけた。「いいえ、それはだめよ、ハンナ・スウェンセン！」

「わたしにはオレンジが必要なのよ！」

「必要ですって、ふん」フローレンスはあざけるように鼻を鳴らした。「最初のオレンジをあんなふうに扱ったあとで、別のオレンジを手にする資格はないわ！」

「でも……最初のオレンジが転がっていったのは、わたしのせいじゃない！」ハンナは目がうるんでくるのを感じた。「ほんとうにちがうのよ！」

「信じてくれないと思ったわ。あなたみたいな人はいつもそうなのよ。オレンジにひどい扱いをしたあと、そのオレンジが自分といっしょにいたくないと知って驚くの」

「お願い、フローレンス。わたしはオレンジを愛してるのよ！　別のをもらってもいいでしょう？　今度のオレンジは大切にすると約束するから」

フローレンスは首を振った。「別のオレンジはあげられないわ。ルールは知ってるでしょ。あなたのオレンジは心の鍵をくれたのに、あなたはもらったものをよろこばなかった」

「もう二度としないと約束するわ！」

「ほんとうかしら。あなたには、永遠にあなたといたがっているオレンジを、ひとつどころかふたつもあげた。どちらもよろこんであなたに心の鍵をわたそうとしたのに、あなたはどちらも拒絶した。今度こそあなたは態度をあらためたのだと、そのありがたみを受け入れる準備ができたのだと確信したのに、まったく変わっていなかった！　愛していると言いながら、明らかにオレンジの扱い方がわかっていないのよ！」

「わかってるわ！　だからひとつほしいのよ！　お願い！　オレンジを愛しているし、どうしてもひとつ必要なの！」

「姉さん？」呼びかける声がしたが、フローレンスらしくない。風邪をこじらせたのだろうか。

「オレンジがほしい！　オレンジが必要なの！　オレンジなしでは生きていけない！」

「姉さん！　起きて。夢を見てるのよ」新しい声が言った。「目を開けて、わたしを見て」

ハンナは目を開けた。最初はすべてがぼんやりしていたが、すぐにミシェルがベッドの端に座っていることに気づいた。フローレンスは消え、美しいオレンジのピラミッドも消え、悪夢が消えていった。「夢を見ていたの？」

「そうよ！　朝にフルーツを使った何かを焼くのはほんとにもうやめないといけないわね。またフルーツの夢を見たのよ」

「ああ」ハンナは起きあがって目をこすったが、まだなんとなく現実感がなかった。「思い出したわ。今日は何を焼いたの？　すごくおいしそうなにおいがするけど」

「オレンジ・マーマレード・マフィンよ。まだパントリーに例のマーマレードの大瓶があったの。コンベンションのブースに持っていけるように三回ぶん焼いたわ」

「においをかいだだけでおなかがすいてきた」ハンナは言った。「急いでシャワーを浴びて、できるだけ早く服を着たら、キッチンに行って試食するわ」

「目覚めのコーヒーを持ってきてほしい？」

「いいえ、大丈夫。あとでいいわ。シャワーで目が覚めるから」

「用心のために言っておくけど、バスルームでは天井に顔を向けないでね」

「シャワー中に眠りこんだら、溺れちゃうかもしれないでしょ！」

「どうして？」

ハンナは言われたとおりにした。できるだけ早くシャワーを浴びて着替え、十分と少しでキッチンに着いた。コーヒーサーバーのほうに向かおうとすると、座っているようにとミシェルが手を振った。

「わたしがやるわ」ミシェルは言った。「歩けるのは見ればわかるけど、熱いコーヒーカップを運ぶのはまだ無理だと思うから」

ハンナはキッチンテーブルのまえに腰をおろした。天板がフォーマイカのキッチンテーブルは、そろいの椅子や壁にかかっているリンゴの形の時計同様、アンティーク一歩手前の古さだ。ミシェルがハンナのまえにコーヒーのマグを置いた。「ありがとう。マフィンは？」

「すぐに持ってくる」ミシェルはそう言うと、型を傾けてマフィンをふたつ取り出し、皿にのせてテーブルに運んだ。「わたしもまだ食べてないの」と言って、コーヒーのカップをもうひとつ持ってくると、ハンナの向かい側に座った。

ハンナは紙カップをはがしてマフィンを半分に割った。まんなかに温かいオレンジ・マーマレードがはいっている。深くにおいを吸いこんだ。「オレンジって大好き」バターをつけずにマフィンにかぶりついて言った。

「感想は？」ミシェルがきいた。

「これは受けると思う」もうひと口食べて考えこむ。「この味はオートミール？」

「ええ。オレンジ・マーマレード入りオートミール・マフィンよ。オレンジとオートミールはよく合うと思って」

「たしかに合うわ」ハンナはテーブルの上の有塩バターの皿を取って、マフィンの残り半分に塗った。そして、またかぶりついてにっこりした。「バターをつけてもいける」

「冷めるとどんな味になるかもたしかめないとね」ミシェルが意見した。

ハンナは首を振った。「おいしいに決まってるわよ！　温かいのがこんなにおいしいんだから。二個目は冷ましてみるわ……それまで待てたらだけど」

そのとき家の電話が鳴り、近くにいたミシェルが壁の電話に手を伸ばして受話器を取った。「もしもし？」

ミシェルが耳を傾けるあいだ沈黙が流れ、やがて彼女はコードを引っ張って受話器をハンナにわたした。「ドクター・ボブのところのスーから」

「おはよう、スー」ハンナはあいさつした。「モシェの検査の結果のことかしら？」

「ええ、そうよ」

「でも、病院が開くのは一時間以上先よ。もうオフィスにいるの？」

「いいえ、コーヒーの最初の一杯を飲んでるところだけど、あなたが起きてるのはわかってるから、ボブに電話しろって言われて。モシェはとても健康だそうよ。どの数値も申し分ないし、どんな感染や病気の兆候もないわ。体重まで少し減っていて、きっとあなたがモシェの食事に気を配っているからだろうってボブは言ってる」

「それなら、モシェはどうしていつもあんなに疲れているの？」ハンナはきいた。

「ボブからあなたに念を押すように言われたのは、モシェは年をとってきたから、今後はもっと眠るようになるってこと。それに、猫は退屈すると眠る傾向があるの。可能性はもうひとつあるわ」

「それは何？」

「あなたが留守にしている日中、何かが彼の興味を引いているせいで、ずっと起きているから、モシェは疲れて眠りたがるのよ」

「たとえば？」

「アパートのどこかにネズミがいるとか、虫をつかまえようとしているとか、窓の外にある何かを見ているのかも。仕事に出ているあいだ、モシェのためにテレビかラジオをつけておいたらどうかとボブは提案してる」

「それはもうやってるわ」

「それなら、心配しないことね。人間と同じで、猫にもいろいろな時期があるの。睡眠習慣もいつも同じというわけじゃない。モシェは壁のなかで何かが動きまわる音を聞いたり、屋根裏で物音がしたり、アパートの別の部屋で何かあったりしたせいで、夜中に歩きまわっているのかもしれない。ボブはあらゆる検査をしたわ。どこか悪いなら、絶対に見つけていたはずよ」

「ありがとう、スー。すごくほっとしたわ。じゃあまたね」ハンナはミシェルに受話器をわたして電話を切ってもらった。「モシェは大丈夫だった」と報告した。「どこにも悪いところはないそうよ」

ハンナがもう一度マフィンを手にするやいなや、今度は玄関でノックの音がした。姉妹は顔を見合わせ、ふたりとも笑った。

「マイク？」ミシェルが推測した。

「たぶんね。彼のノックみたいだった。今朝も食べ物レーダー《フーダー》が作動してるんだわ」

ミシェルが立ちあがって玄関に急いだ。ドアを開けながら、「おはよう、マイク」と言う。

「のぞき穴を確認しなかったな」マイクがかすかに顔をしかめて言った。「つねにのぞき穴を見て、ノックしているのがだれか確認しないと」

「わかってるわ」ミシェルは言った。「姉さんもわたしもね。はいって、マフィンを食べて、マイク。姉さんはキッチンにいるわ」

マイクは玄関ドアを開けるまえの用心について短いレクチャーをしたそうだったが、マフィンの誘惑はあまりにも強烈だった。彼はこう言うにとどめた。「まあ、これからはもっと気をつけるように」そして、テーブルのハンナのもとに向かった。

「それは何？」ハンナがマフィンの最後のかけらを口に入れるのを見て、マイクは尋ねた。

「オレンジ・マーマレード入りオートミール・マフィンよ」

「オレンジ・マーマレードは正直微妙だな」

「このマフィンにはいっているのはきっと好きだと思うわよ」ハンナは請け合い、彼のコーヒーを用意するために立ちあがった。型からもう二個マフィンを取り出し、ナプキンで包んで、コーヒーとマフィンをマイクのもとに運んだ。「食べてみて。きっと気に入るから」

「すごくいいにおいだけど、〈コーナー・タヴァーン〉で朝食を食べたときに、トーストに塗った小袋入りのオレンジ・マーマレードはあまり好きじゃなかった」

「これはちがうわ」

「どうちがうんだい？」

「あなたが好きになるからちがうのよ。ひと口食べさえすればわかるわ」

「わかったよ、きみがそう言うなら」マイクはマフィンをかじった。すると、その顔に驚きの表情が浮かんだ。「うまい！」

ちょうどそのときミシェルがキッチンにはいってきて、マイクの感想を聞いた。「おいしいに決まってるでしょ。わたしが作ったんだもの。ロニーはどこ？　今日はふたりで仕事をするのかと思ってたのに」

「そうだよ。彼はこれから……」マイクがそこまで言ったとき、ドアをノックする音がした。「……ここに来ることになっている」彼は先をつづけた。「たぶん今のがロニーだ」ミシェルが玄関に向かおうとすると、マイクは声をかけた。「のぞき穴を見るんだぞ、さもないとロニーからぼくがハンナにしたものより長いレクチャーをされるから」

オレンジ・マーマレード入り
オートミール・マフィン

●オーブンを205℃に温めておく

材料

中力粉……1 1/3カップ（きっちり詰めて量る）

オートミール……3/4カップ
（わたしは〈クエーカー・クイック・1ミニット〉を使用）

白砂糖（グラニュー糖）……1/3カップ

塩……小さじ1/4

ベーキングパウダー……小さじ2

とき卵……大1個（グラスに入れてフォークで混ぜる）

牛乳……3/4カップ

植物油……1/4カップ（わたしは〈ウェッソン〉のものを使用）

オレンジ・マーマレード……大さじ6

準備
12個焼けるマフィン型に〈パム〉などのノンスティックオイルをスプレーするか、紙カップを敷く。

作り方

① 大きめのボウルに中力粉とオートミールを入れ、フォークで混ぜる。

② 白砂糖を加えてよく混ぜる。

③ 塩とベーキングパウダーを加えて混ぜる。

④ 別のボウルにとき卵、牛乳、植物油を入れ、
泡立て器でよくかき混ぜる。

⑤ ③の粉類のボウルに④の混合液を加え、
粉っぽさがなくなるまで混ぜる
（混ぜすぎないこと！ マフィンが硬くなります！）。

⑥ マフィン型のカップに生地を大さじ1ずつ入れ、
ゴム製のスパチュラで底面に広げる。

⑦ その上にカップ1個につき大さじ1/2の
オレンジ・マーマレードを落とす。
なるべくまんなかに落として、
底面に広げた生地に囲まれるようにする。

⑧ マフィン型のカップに残りの生地をできるだけ均等に入れる
（〈クッキー・ジャー〉ではスクーパーを使用）。

⑨ 205度のオーブンで約20分、
またはてっぺんがきれいな黄金色に色づくまで焼く。

このマフィンは温かいうちに出すのがベスト。
焼いて保存しておき、食べるときに電子レンジで温め直してもよい。

お好みでやわらかくした有塩バターと、
コーヒーか冷たいミルクをたっぷり用意すること。

おいしいマフィン約12個分。
マイクを朝食に招く場合は、生地を2倍量用意すること！

26

二十分後、四人で合計二十個のマフィンを消費したあと、ハンナとミシェルはサリーのホリデー・ギフト・コンベンションのために焼いたクッキーとバークッキーを積みこむため、それぞれの車で〈クッキー・ジャー〉に向かった。

「リサはもう来ているみたいね」リサが夫のハーブから去年のクリスマスにサプライズプレゼントとして贈られたスポーティな赤い車を見て、ハンナは言った。

「マージとナンシーおばさんも早めに来てる」ミシェルが言った。「ブロックをまわってくるとき、ふたりの車が店のまえに停《と》めてあるのに気づいたの。みんな何時にここに来たのかしら」

ハンナが裏口のドアを解錠し、姉妹は暖かい建物のなかに足を踏み入れた。裏口のそばのフックに防寒コートをかけ、厨房《ちゅうぼう》のメインエリアに向かうと、ふたりは足を止め、信じられない思いであたりを見まわした。

「驚いた！」ハンナはため息混じりの声をあげ、クッキーとバークッキーでいっぱいの二台ぶんの業務用ラックの棚を見つめた。そこに置ききれないクッキーは、厨房のあらゆる平面を占領し、マージとリサが冷めたクッキーのラックをコーヒーショップに運んでいた。

「おはよう、お嬢さんたち！」ナンシーおばさんがふたりに声をかけた。

「おはよう、ナンシーおばさん」ハンナはなんとか返したあと、クッキーでいっぱいのラックを指さした。「こんなにどうしたの？」

「あなたたちがコンベンション会場に持っていくクッキーとバークッキーよ」

「でも……みんな何時にここに来たの？」ミシェルがきいた。

「三時半に厨房に集合したの。昨夜電話で話して、あなたたちふたりを心置きなく送り出そうということになったのよ。あなたたちは一日忙しく働くことになるんだし、生地は作ってあったから、わたしたちで焼くことにしたの」

ハンナはもう一度業務用ラックを見た。「昨夜帰るまえに作っておいた生地よりたくさん焼いてくれたみたいだけど」

ナンシーおばさんは笑った。「もちろんよ！　作りたかったレシピがいくつかと、試作したい新しいレシピがあったから」

「どれが新しいレシピ？」ミシェルがきいた。

「チョコレート・キャラメル・バークッキーと呼んでるのがそう。友だちのリン・ジャクソンの塩キャラメル・バークッキーを参考にしたの。前回リンのレシピを使ったとき、リサがキャラメルの包みを開けていたことからひらめいたのよ。昔は普通のキャラメルに、お母さんがとっておいてくれたチョコレート・キャラメルをふた粒加えた、と彼女から聞いて」

「それで、チョコレート・キャラメル・バークッキーのレシピを作ろうと思ったの？」ハンナはわかりきったことを質問した。

「ええ。三人で力を合わせてね。だから今朝ここで試したかったの。試食して感想を聞かせてもらえる？」

「もちろん！」ミシェルがすぐに言った。

ハンナもうなずいた。「朝食はもう食べてきたから、バークッキーはデザートとしていただくわ」

ナンシーおばさんは笑った。「朝食のデザートね。その考え方、好きよ。さあ、自分でコーヒーを注《つ》いで、わたしにも一杯持ってきて。新しいバークッキーがもう冷めて切り分けられるかどうか見てくるから」

ミシェルとハンナは、自分たちの淹《い》れたてコーヒーのカップふたつと、ナンシーおばさんのためのクリームと砂糖入りのコーヒーを作業台に運んで座った。ほどなくして、ナンシーおばさんがバークッキーの皿を運んできた。

「さあどうぞ」彼女は言った。「ひとつ取って食べてみて。店のメニューに加えるべきだと思うか、考えを聞かせてちょうだい」

ハンナはひと口食べてうなずいた。「ぜひ加えて」そして、くわしい説明はあとまわしにして、もうひと口食べることにした。

「同感」ミシェルも言った。

ナンシーおばさんは自分が盛った皿からクッキーをひとつ取り、自分でも食べた。「わたしも同感！」にっこりして言う。「きっとお客さんに気に入ってもらえるわ」

「作るのはむずかしい？」ハンナはきいた。

「全然。それどころか、たくさんのキャラメルの包み紙をむかなくていいから、時間の節約になるわ。最初の一回ぶんは、キャラメル・アイスクリーム・トッピングとチョコチップの百六十八グラム入りをひと袋混ぜたの。二回目はもとのレシピがキャラメル三十五個ぶんのところ、同量のチョコチップと生クリーム四分の一カップで代用した。どちらもとてもうまくいったわ」

「じゃあ、本物のチョコレート・キャラメルを探す必要はなかったのね？」ハンナはきいた。

「ええ。どちらでもうまくいくし、時間の節約になる。それ以上にいいことなんてないでしょ」

チョコレート・キャラメル・バークッキーをそれぞれひとつずつ食べたあと、ナンシーおばさんはハンナとミシェルを手伝って車に荷物を積んだ。ナンシーおばさんの新作バークッキーの半分はお客さんに試食してもらえるように、〈クッキー・ジャー〉に置いていくことにした。ハンナとミシェルは残りを持って、〈レイク・エデン・イン〉に向かった。

「美しい朝ね」エデン湖をめぐる道に出ると、ミシェルが言った。「見て。雪が太陽にきらめいてる」

「ミシェル、あれは投光照明よ。冬なんだから、太陽はまだ昇ってないわ」

「あら。睡眠が足りてないのかも。でも、投光照明できらめくマツの木の枝を見て。キラキラのモールはあれから発想を得たんじゃないかしら」

「父さんが話してくれたんだけど、エルサひいおばあちゃんの時代は、飾り用のモールはぴかぴかの鉛でできていたんですって。それはつららと呼ばれていたの」

「どうして鉛から作るのをやめてしまったの？」ミシェルがきいた。

「よくは知らないけど、きっと鉛中毒のせいじゃないかしら。あるいは、戦争中に金属くずを供出しなければならなかったからかも」

「エルサひいおばあちゃんが話してくれたのを覚えてる。錆《さ》びの浮いた古いトラクターが納屋の裏から牽引《けんいん》されて、金属くずの供出場に運ばれたって」

「そうよ、農場の備品は重量があるし、当時は戦車や戦艦などのあらゆるものを作るための金属が不足していたの。車から重要でない部品をはずして寄付する人もいたみたい」

「たとえば？」

「バンパーや、場合によってはフェンダーも。みんな寄付するために金属でできているものはないか家じゅう探したそうよ。錬鉄製のフェンスを取り壊して寄付した家庭もあったらしいわ。ほとんどの家庭では、息子や甥《おい》やいとこなどの近しい人たちが戦争に行っていた。だれもが兵士たちを助けたかったから、金属くずの供出はとても重要なことだったのよ」

「金属以外にも供出品はあったの？」

「ええ、あったわ。ゴムの供出がね。大きなトラックがタイヤを集めにきたんですって。リサイクルして軍のトラックやジープに使うためにね。家庭では新しいタイヤがとても不足していたから、あらゆるもので継ぎを当てて、できるだけ長く使ったそうよ。紙もなかなか手に入らなくて、学校は古雑誌や古新聞や、なんであれ紙でできているものを供出したらしいわ。あらゆるものが不足していて供出が求められ、再利用できるものはなんでも再利用されたのね」

ミシェルは考えこむように言った。「それなら今もやってるわ。リサイクルできるように、ガラスと金属と紙ゴミを分別してるもの。セントポールの家にはリサイクル用の特別なゴミ缶がある」

「うちのアパートのガレージにも分別ゴミ用のダンプスターがあるのよ」ハンナが言った。

「二カ月まえに設置されたの。青いダンプスターがそう」

「それなら見たわ。姉さんにきこうと思ってたの。普通のゴミ用じゃなさそうだったから」

「到着！」ハンナはコンベンション会場につづく裏口のそばに車を停めて言った。「ここに停めて荷おろしをしていいってサリーが言ってくれたの」

「よかった！　バックしてもっと裏口に近づけて、姉さん。でも、後部ドアを開けてそこに立てる余地は残してね。姉さんがそこに立って、わたしに荷物をわたしてくれればずっと早いから」

「これで二倍の速さになるよ」男性の大声がして、ハンナとミシェルが振り向くと、ロレンが荷おろし場に立っていた。

「おはよう、ロレン」ハンナは車をバックさせてから降りて言った。「ほんとに手伝ってもらっていいの？」

「時間ならあるよ。荷物をよこしてくれ。カートを持ってきたからブースまで押していけばいい」

荷おろし場はそれほど高さがなかったので、ロレンに荷物をわたしてカートに積んでもらうのは楽な作業だった。カートに積み終えると、ミシェルがロレンを手伝ってブースに荷物をおろし、ハンナは車に戻って指定の駐車スペースに駐車した。

三人がかりでも、ブースに運んだ荷物をディスプレー用に並べるにはしばらく時間がかかった。サリーはすでに三十杯用のコーヒーサーバーに水を満たし、バスケットにコーヒーの粉もセットしてくれていた。持ってきておいた卵も、粉のなかに一個割り入れてかき混ぜてあり、ハンナはサーバーのひとつでコーヒーを淹れる準備をはじめた。そのあいだにミシェルはサリーが提供してくれた大きなホワイトボードにクッキーの名前と値段を書いた。

「できた！」とミシェルが言うのと同時に、ハンナもコーヒーメーカーのスイッチを入れた。

ハンナは腕時計を見た。「完璧」彼女は言った。「まだ九時二十分まえだけど、準備はすべて完了したわ。ご近所さんにあいさつしに行きましょう」

まずはサリーにブースを見せてもらったとき紹介されたゲイリーからだ。ゲイリーは新たな箱から手作りのクリスマスオーナメントを出す作業で忙しそうだったが、ふたりにあいさつしようと箱を置いた。

「また会えてうれしいよ、ハンナ」彼は言った。そして、ミシェルを見た。「ふたりとも早いんだね」

「荷ほどきを手伝ってもらったからよ」ミシェルが言った。「でなければ、まだクッキーを並べてたわ」

「コーヒーを一杯いかが？」ハンナが彼にきいた。「あと五分もすればできるから」

「ありがたいけど、コーヒーは飲まないんだ」

「オレンジジュースとアップルジュースもあるわよ」ミシェルが代わりのものを勧めた。

「アップルジュースは大好きだ。今代金を払うよ」

「いいえ、お隣さんからお代はもらえないわ」ゲイリーがポケットに手を入れたので、ハンナは急いで言った。「いつでも好きなときに飲みにきて」

「でなければ、大声で叫んでくれれば、どちらかが持っていくわ」ミシェルが言い添えた。

「こっちはふたりいるけど、あなたはひとりでブースをまわさなきゃならないんだから」

「クッキーもつけるわね」ハンナは言った。「レーズンとアーモンドは好き？」

「ああ。アーモンドは大好きだよ」

「それならアップルジュースといっしょにレーズン・アーモンド・クランチ・クッキーをふたつ持っていくわね」

クッキーと紙コップに入れたアップルジュースをゲイリーに届けると、ハンナとミシェルは逆隣のブースに行った。

「おはようございます」ハンナはホリデーらしい柄の色とりどりのマフラーを棚に並べている女性ふたりに声をかけた。本はすでに棚に並んでおり、ブースの脇には箱入りのクリスマスカードと感謝祭カードの見本の棚があった。

「隣のブースの〈クッキー・ジャー〉です」ミシェルが言った。

「おはよう！」女性のひとりが顔を向けてにこやかにあいさつしてきた。「あなたがハンナ・スウェンセンね。サリーからいろいろ聞いてるわ」彼女はミシェルに笑顔を向けた。

「そしてあなたがハンナの妹さんのミシェルね」

「そうです」

「わたしはドロシー。こっちはフェイ。わたしたちも姉妹なの」

フェイが振り向いて、感じよく手を振った。「よろしくね。もう開店準備はできたの？」

「ええ、コーヒーもうできてます。一杯お持ちしましょうか？」

「ええ、ぜひ！」ドロシーはすぐに答えた。「今朝はコーヒーが全然足りてなかったの、そうよねフェイ？」

「ええ」

「クリームとお砂糖は？」ミシェルがきいた。

「両方お願い」またもや答えたのはドロシーだ。

「チョコチップ・クランチ・クッキーを二枚つけましょうか？」ハンナがきいた。

「ええ、でもわたしはひとつでいいわ」ドロシーが言った。「カロリーが気になるから」

ミシェルはフェイを見た。「あなたはひとつ、それともふたつ？」

「ふたつお願い。わたしもカロリーを気にしてるから」彼女はそう言うと、小さく笑った。

「カロリーがまっすぐお尻に行くのを注意深く観察してるって意味よ」

ハンナもミシェルも笑い、ドロシーは首を振った。「フェイはひょうきん者なの」

「すぐにコーヒーとクッキーを持ってきますね」ミシェルが声をかけ、姉妹は自分たちのブースに戻った。

ドロシーとフェイにコーヒーとクッキーを届けると、ハンナとミシェルはブースに戻ってふたつめの大きなサーバーでコーヒーを作りはじめた。外は寒いので、会場にやってくる人たちは温かいものがほしくなるだろう。〈レイク・エデン・イン〉に向かうまえにのんびり朝食をとる時間がなかったりしたならとくに。

結局のところ、まえもって準備しておいて正解だった。サリーがコンベンション会場の大きな扉を解錠すると、入場を待つ客たちが列を作っていたのだ。客たちはぞろぞろと入場し、広大なスペースの片側からはじめて、興味を惹《ひ》かれたブースで足を止めながら〈クッキー・ジャー〉のブースまでやってきた。

淹れたてのコーヒーの香りはそそるものだったらしく、ほとんどの買い物客たちが足を止めてコーヒーとクッキーを買い求め、サリーが飾りつけをしたフードコートに移動して、買い物をするエネルギーを取り戻すまで食べたり飲んだりした。そして、〈クッキー・ジャー〉の先のブースを通り越して反対側にわたり、休みなく残りの半分を見てまわる。そこでまた二杯目のコーヒーとクッキーを求めて、ハンナとミシェルのブースに戻ってくるのだった。

〈クッキー・ジャー〉に並ぶ列は延々とつづくかに思われ、それはお客が興味を惹かれたブースで品物を選んだり会計をしたりするスピードに左右された。もちろん、選んだ飲み物にはいっしょに食べるものが必要で、何ダースものクッキーやバークッキーが売れた。

ようやく行列が短くなると、ハンナは腕時計をちらりと見た。

「まだ十二時五分まえよ！」彼女は驚いて言った。「もっと遅い時間かと思ってた」

「わたしも」ミシェルがエプロンを直しながら言った。「ほら、姉さん。向こうのほうにアンドリア姉さんがいる。トレイシーを連れてるわ。今日は学校が半日だったのね。ベシーを連れたグランマ・マッキャンもいる」

「ここに来て声をかけてくれないかしら。アンドリアに新しいバークッキーの味見をしてもらいたいの」

「どのバークッキー？」ミシェルがきいた。「いくつかあるわよ」

「全員にちがう種類のを食べてもらって、比べてもらいましょう。お昼のラッシュに備えてもっとコーヒーを淹れたほうがいいかしら？」

「わたしが淹れておいたわ。もう大きいサーバー八つぶんもコーヒーを淹れたし、クッキーとバークッキーはいくつ売れたかわからないって気づいてた？　オレンジ・マーマレード入りオートミール・マフィンも完売よ」

ハンナは振り向いて、残しておいたクッキーとバークッキーのパッケージを見た。「もうクッキーの半分が売れちゃったわ！　リサに電話して、こっちにまわせるものがあるかきいてみないと」

準備
23センチ×33センチの天板に〈パム〉などのノンスティックオイルをスプレーする。
または厚手のアルミホイルを敷いてから同様にスプレーする
（こうすると焼けたクッキーを冷ますとき、
天板からアルミホイルごと持ちあげられる）。

ハンナのメモその1：
瓶入りのキャラメル・アイスクリーム・トッピングが手にはいらないときは、
308グラム入りの〈クラフト〉の四角いキャラメル1袋から35個取り出し、
包み紙をむいて、セミスィート・チョコチップ1袋（168グラム）、
生クリーム1/4カップといっしょに電子レンジで1分加熱し、
そのままさらに1分おく。電子レンジから取り出してかき混ぜ、
なめらかになっていなければ、さらに30秒加熱して30秒おく。
なめらかになるまでこれを繰り返す。

作り方

① 大きめのボウルまたは電動ミキサーのボウルに、
やわらかくしたバター、白砂糖、粉砂糖、ココアパウダー、
塩を入れる（ミキサーを使うとより簡単）。

② 白っぽくクリーミーになるまで中速でかくはんする。

③ バニラエキストラクトを加えてしっかりかくはんする。

④ 中力粉を1/2カップずつ加え（最後は3/4カップになる）、
その都度低速でかくはんする。

ハンナのメモその2：
中力粉を混ぜこむと生地はやわらかくなる。

⑤ 山盛り1カップぶんの生地を取り分け、
ラップで包んで冷蔵庫で冷やす。

チョコレート・キャラメル・バークッキー

●オーブンを160℃に温めておく

材料

クラストとトッピング

室温でやわらかくした有塩バター……2カップ（450グラム）

白砂糖（グラニュー糖）……1カップ

粉砂糖……1 1/2カップ

ココアパウダー……1/4カップ（わたしは〈ハーシー〉のものを使用）

塩……小さじ1/2

バニラエキストラクト……大さじ1

中力粉……3 3/4カップ（きっちり詰めて量る）

キャラメル・フィリング

キャラメル・アイスクリーム・トッピング……347グラム入り1瓶（わたしは〈スマッカー〉のものを使用）

生クリーム……大さじ1 1/2

セミスィート・チョコチップ……1カップ（168グラム入り1袋。わたしは〈ネスレ〉のものを使用）

バニラエキストラクト……小さじ1/2

シーソルトまたはコーシャーソルト……小さじ2（粗挽きのもの）

⑬ チョコレート・キャラメル・フィリングに
バニラエキストラクトを加えてかき混ぜる。
塩はまだ加えないこと。

ハンナのメモその4:
この時点でいつもわたしはこのリッチな液体にスプーンを入れて味見したくなる。
でもがまんすること。フィリングを型に入れたあとで
ボウルをこそげることができるから。

⑭ 焼いたクラストの上にチョコレート・キャラメル・フィリングを
できるだけ均等に流しこみ、
耐熱のスパチュラで型の縁まで広げる。

⑮ ここで塩を振る!

⑯ 35分以上冷やしておいた生地を冷蔵庫から取り出し、
生地をクランブル状にくずしながらチョコレート・キャラメル・
フィリングの上にできるだけ均等に散らす。
おいしいチョコレート・キャラメルの層がわずかにのぞくようにする。

⑰ 160度のオーブンに戻し、25～30分、
またはチョコレート・キャラメルの層がぐつぐつし、
クランブルが黄金色に色づくまで焼く。

⑱ オーブンから取り出し、型のままワイヤーラックなどに
置いて冷ます。切り分けて試食するのはもう少しがまん。
とけたフィリングがまだ熱いので、
少なくともさらに25分冷ましてから。

⑲ 完全に冷めたらブラウニーの大きさに切り分けて、
きれいな皿に並べ、お客さまに出す。
だれもが絶賛することまちがいなし!

⑥ 残りの生地を用意したケーキ型の底に入れ、
押しつけながら縁までしっかり均等に広げる。
これが底のクラストになる。

⑦ 160度のオーブンで20分、
または縁が茶色く色づきはじめるまで焼く。

⑧ クラストを焼いているあいだに、
キャラメル・アイスクリーム・トッピングの瓶のふたを開け、
電子レンジに入れて強で20秒加熱する。

⑨ 鍋つかみを使って瓶を電子レンジから取り出し、
温めたキャラメルトッピングを耐熱ボウルにあける。

ハンナのメモその3:
家でこれを焼くときは、
約1リットルはいる〈パイレックス〉の計量カップを使う。

⑩ ⑨のボウルにセミスィート・チョコチップと
生クリームを加え、
耐熱のゴム製スパチュラでかき混ぜる。

⑪ オーブンからクラストを取り出して、
型のままワイヤーラックなどに置いて約15分冷ます。

⑫ ⑩のボウルを電子レンジに入れ、
強で1分加熱してそのままさらに1分おき、
取り出して耐熱のゴム製スパチュラか
木のスプーンでかき混ぜる。
なめらかになっていないときは、もう20秒電子レンジにかけ、
同じ時間だけおいてからかき混ぜる。
なめらかになるまでこの工程を繰り返す。

27

「来たよ!」正午、ハンナとミシェルがたのんだ時間ぴったりに、ノーマンが〈クッキー・ジャー〉のブースにやってきた。

「よかった!」ハンナは彼に微笑《ほほえ》みかけて言った。「車はどこに停《と》めたの?」

「裏口のそばの配達車用スペースだよ。今日はもう配達はないから、そこに停めていいってサリーに言われたんだ。コツをおしえてくれればひとりでブースをまわせるから、きみたちはランチに行ってくれ。サリーはダイニングルームにすばらしいビュッフェを用意しているよ」

ハンナとミシェルは視線を合わせた。「大丈夫よ。まだランチに行く必要はないから」ミシェルが言った、
ミシェルの返答にハンナは微笑んだ。姉妹レーダーは同じ波長で作動していたらしい。

「わたしもよ」ハンナは言った。「ミシェルとわたしは、あなたさえやる気なら、店番よりもっと大事なことをたのみたいの」

「もちろんやる気だよ」それは何かと尋ねもせずにノーマンは言った。

「〈クッキー・ジャー〉に戻って、焼いておいてもらった追加のクッキーを持ってきてくれない？　持ってきたぶんの半分以上が売れちゃったのに、コンベンションは五時までつづくのよ」

「いいよ。でも、きみたちの昼休みはどうするんだい？」

「あなたが戻ってクッキーをブースに出したら取らせてもらうわ。ここにも食べ物がないわけじゃないし」

「そうだね」ノーマンは部分的に残っているクッキージャーのディスプレーを見わたして言った。「じゃあ店に向かうよ」

「ちょっと待って！」ハンナは去りかけたノーマンを呼びとめた。「道中のおともにコーヒーはいかが？」

「いいね！」ハンナがカップにコーヒーを注《つ》いでふたをするあいだ、ノーマンはカウンターのそばに立って待った。「ありがとう、ハンナ。できるだけ早く戻るよ」

お昼のラッシュはまだ来ていなかったので、姉妹はサリーが用意しておいてくれたスツールで数分のあいだくつろいだ。ミシェルはホワイトボードのメニューから完売したものをいくつか消し、ハンナはカウンターを拭いて、砂糖とクリームと低カロリー甘味料を補充した。今は行列ができていないので、午前中の作業でいかに疲れたかに気づきはじめていた。サリーとブルックとロレンの手による美しい装飾に目をやった。

コンベンション会場の入り口をはいるとすぐ両側に一本ずつ、光輝く巨大なクリスマスツリーが鎮座していた。枝からはキラキラのモールがたれ、色とりどりのオーナメントが最大の効果をねらって戦略的に配置され、鮮やかな色のミニライトの美しい輝きが、これから迎えるわくわくする季節を表現していた。サリーとスタッフたちはどうやってこんな巨大な木をここに運びこんだのだろう、とハンナが考えていると、小さなくすくす笑いが聞こえた。

「こんにちは、ハンナおばさん！　目を開けて寝てたの？」

トレイシーだった。ハンナは笑った。「そうみたい。ドアのそばのあのきれいなクリスマスツリーをじっと見ていたせいね」

「あたしは本を読むときいつもそうしてるよ」トレイシーは告白した。「先生は〝頭がお留守〟って呼んでる」

「おもしろい表現ね」

「こんにちは、姉さん」アンドリアがカウンターに到着した。「トレイシーが先に走っていっちゃって」

「あたしの足が速いからだよ、ママ。ママがついてこられるわけないでしょ。一マイル四分切るだろうってグランマ・マッキャンが言ってたもん」トレイシーはハンナを見た。

「それってすごく速いんでしょ、ハンナおばさん？」

「すごく速いわ。長いことだれもその記録を破れなかったんだもの。ロジャー・バニスターが最初にその記録を出した一九五四年からね」

「彼が何歳のとき？」

「ええと……彼は一九二九年生まれだから……」

「二十五歳」トレイシーはほとんどすぐに答えを出した。「彼が二十五歳のときだよ」

ハンナは感心した。トレイシーはまだ二年生なのだ。「どうしてそんなに早く引き算ができたの？」

「簡単だよ。頭のなかでこう考えるの。二十九はだいたい三十で、五十四から三十を引くと二十四。実際より一歳若くしたわけだから、一を足せば答えになる。簡単でしょ。多めに考えるか、少なめに考えるかは、どちらか簡単なほうを選べばいいんだから。あとは、出た答えに足し算をするのか引き算をするのか覚えておくだけでいいの」

アンドリアは誇らしそうだ。「トレイシーは算数が得意なのよ」と言わずもがなのことを言う。「ハンナおばさんにあなたのアイディアを話したら、トレイシー。オーケーが出るかもしれないわよ」

「ハンナおばさんとミシェルおばさんがランチビュッフェに行ってるあいだ、ママとあたしにクッキーのブースを一時間やらせてほしいの」トレイシーが言った。「あたしたちはもう食べてきたし、どうしてもそうしたいの。練習しなくちゃならないから」

ハンナはあえてミシェルを見ないようにした。末の妹が笑うまいとして唇を噛《か》んでいるのはまちがいなかったからだ。「どうして練習しなくちゃならないの、トレイシー?」

「大人になったら何をしたいかはまだわからないけど、お菓子作りが大好きだから、いつかクッキーショップを開くかもしれないでしょ。もしそうなら、今日はいい練習になるもの」

「なるほど」ハンナはなんとか真顔を保った。トレイシーはユニークだ。将来のために店番の練習をしたがる小学二年生になど会ったことがない。「でも……」

「おばさんたちは食べなくちゃならないってママが言ってるから、あたしにとってはちょうどいいチャンスなの。それに、失敗してもママがそばにいるから心配しなくていいよ」

「どう思う、ミシェル?」ミシェルが少しでも落ち着きを取り戻していることを願って、ハンナは尋ねた。

「トレイシーの力になるべきだと思う」ミシェルは言った。「それに、わたしはおなかがすいてるし」

「わたしもよ」まじめな顔つきをくずさなかったミシェルを心のなかで褒めながら、ハンナは言った。「あなたのママさえよければ、わたしたちはかまわないわよ、トレイシー」

「わーい、やったー!」トレイシーはアンドリアを見た。「きっとやらせてくれるって言ったでしょ、ママ」そして、またハンナを見た。「あたし、グランマ・マッキャンへの早めのクリスマスプレゼントを買ったの。ガムドロップ（粗砂糖をまぶしたカラフルな小粒のゼリー菓子）で作るクリスマスツリーのコンテストをやるとき、残念賞としてあげるつもりなんだ。今年はわたしとベシーで力を合わせて作るから、わたしたちが勝つことになるでしょ」

「ガムドロップで作るクリスマスツリーのコンテスト？」ミシェルがきいた。

「うん。すごく楽しいよ。ママがガムドロップ用のプラスティックのツリーを買ってくれてね、ツリーには小さなプロ……プロトル……」トレイシーが苦労していたので、ハンナは手を貸すことにした。

「突起《プロトルージョン》？」

「そう！　それ。そんなむずかしいことばを知ってるなんて、すごいね、ハンナおばさん。とにかく、ベシーがあたしにガムドロップをわたして、それをあたしが枝の先のとっきに刺すの。グランマ・マッキャンもプラスティックのツリーを持ってるから、あたしたちと競争するんだ」

「それはおもしろそうね」ミシェルが感想を述べた。

「うん、ベシーが袋から取り出すときにガムドロップを全部食べちゃわなければね。紫色のは食べないの。好きじゃないから。でも、全部紫色のツリーじゃ勝てないと思う。グランマ・マッキャンの残念賞を見て、ハンナおばさん。ミシェルおばさんも。気に入ってもらえるかどうか知りたいの」

ハンナはトレイシーが差し出した袋を受け取って、なかをのぞいた。そして、袋のなかからティッシュペーパーに包まれた中身を取り出した。

「うちにある本物のクリスマスツリー用のクッキー・オーナメントだよ」トレイシーが教えた。「最初はレーズンクッキーだと思ったんだけど、ブースにいた男の人がチョコチップ・クッキーだって教えてくれたの。グランマ・マッキャンはチョコチップ・クッキーを焼いてくれるし、すごくおいしいから……」トレイシーはそこでちょっと困った顔をした。

「ハンナおばさんのほどはおいしくないけど、それは当然でしょ、だっておばさんはプロなんだから」

ハンナは笑わないように気をつけた。「グランマ・マッキャンのクッキーもきっとおいしいんでしょうね」包みを開き、ミシェルにも見えるようにオーナメントを掲げた。「きれいね、トレイシー」

「うん、ミネソタの手作り品なんだって。これを売ってた男の人が、手作り品はすごく価値があるんだって言ってた」

ハンナは手のなかでオーナメントをためつすがめつした。向きを変えるとたまたま裏が見え、あることに気づいて不思議に思った。クッキーのオーナメントの裏に小さなラベルが貼られていた。値札だと思ってはがしたところ、そうではなかった。小さな赤い文字で

〝メイド・イン・チャイナ〟と書かれていたのだ。「どこでこれを買ったの、トレイシー？」彼女はきいた。

「おばさんのお隣のブースだよ。ほら、あそこ」トレイシーはゲイリーのブースを指さした。「すごくやさしい人で、グランマ・マッキャンにあげるんだって言ったら半額にしてくれたの」

「それはよかったわね」ハンナはエプロンのポケットの奥深くにラベルをつっこんで言った。トレイシーは明らかにこれを買ってよろこんでいるので、がっかりさせるつもりはなかった。ラベルをどうするかはあとで考えることにした。

「あそこで売ってるオーナメントは全部手作りなんだよ」トレイシーはハンナに教えた。「妹さんが自分のお店でいただく販売してるんだって。オーナメントを作った人が妹さんのお店にそれを置いてもらって、手数料を払うってことだよね？」

「そのとおりよ」ハンナはオーナメントをティッシュペーパーで包み直し、袋に入れてトレイシーにわたした。「店番をしているあいだ、カウンターのうしろの棚にしまっておくといいわ」

「ありがとう」トレイシーはまたアンドリアを見た。「エプロンを受け取って、ランチに行かせてあげようよ、ママ。値段は全部ホワイトボードに書いてあるし、あたしたちはどれがどのクッキーか知ってるもん」

数分後、いくつか簡単な指示を与え、エプロンは大きすぎたのでトレイシーの腰にタオルを巻きつけると、ハンナとミシェルはブースを離れてランチに向かった。

「あのオーナメントから何かはがしたのを見たわよ」トレイシーとアンドリアに話を聞かれないところまで来ると、ミシェルが言った。「なんだったの？」

「〝メイド・イン・チャイナ〟と書かれたラベルがついてたの。妹さんのオーナメントはすべてミネソタの手作り品だとゲイリーは言ってたのよね？」

「うん」ミシェルは眉をひそめた。「どうしてそんなうそをついたのかしら？」

「わからない。わたしも変だと思った。でも、気になるのはそれだけじゃないの」

「ほかに何が気になるの？」ミシェルはダイニングルームにはいると、先に空いているテーブルに向かった。

「ほかにどんなうそをついているか気になるのよ。うそをつく人はたいてい何か隠しごとをしている。それより重要なのは、ゲイリーは何を隠さなければならないのか、ということよ」

ダイニングルームで働いているドットがすぐに姉妹を見つけ、急いでやってきた。「コンベンション会場の様子はどうですか？」

「盛況よ」ミシェルが言った。「クッキーが完売しそうなの。ノーマンに〈クッキー・ジヤー〉まで追加を取りにいってもらってる」

「ブースはだれが見てるの？」

ハンナは微笑んだ。「トレイシーとアンドリアよ。トレイシーが言うには、将来のことを考えるといい機会なんですって」

ドットは笑った。「トレイシーらしいわ。ご家族でここにディナーを食べにこられるとき、いつも楽しませてもらってるんです。あの子はほんとにかわいいですね、ベシーも。おふたりはビュッフェを食べにここへ？」

「ええ」ミシェルが言った。

「お皿はあそこにあります。銀器とナプキンは今お持ちしますね。準備ができたらお好きに取って食べてください。飲み物は何にしますか？　飲み物もビュッフェに含まれます。ワインやビールは別料金ですけど」

「わたしはクラブソーダにくさび形に切ったライムを添えてちょうだい」ハンナが言った。

「わたしも同じものを。コーヒーは戦艦を浮かべられるほど飲んだから」

「サリーはいる？」ハンナはドットにきいた。

「どこかにいるはずです。捜して、あなたが会いたがっていると伝えましょうか？」

「ええ、お願い。ききたいことがあるの。重要なことかもしれない」

ドットは驚いて眉を吊りあげた。「それってもしかして……」そこでことばを切った。

「なんでもありません。なんのことかはわかります。あなたたちが食べ物をお皿に盛っているあいだに、サリーを捜してきますね」

そろそろランチを食べ終えるというときに、サリーがテーブルにやってきた。「わたしにききたい重要なことがあるとドットにきいたけど」

「ええ、そうなの」ハンナはあたりを見まわした。いちばん近くのテーブルにいた人たちはランチを終えて席を立っていたし、ほかに話を聞かれそうな人はだれもいない。「ＰＫの事件と関係があるかもしれないけど、まだわからない」

「なんなの？」

「ゲイリーは妹さんがツインシティの病院に入院してると言ってたわよね。どこの病院か知ってる？」

サリーは首を振った。「妹さんの代わりに電話でブースの予約をしてきたときは言ってなかった」

ハンナはその情報をあとで使うために取っておくことにした。「じゃあ、ゲイリーの妹さんとは話したことがないの？」

「ええ。名前と店名は知ってるけど。ゲイリーが電話で教えてくれたから。それで役に立つ？」

「ええ」ミシェルが言った。「ファーストネームはバイオレットで、店の名前は〈メニー・ハンズ〉。バイオレットは地元の手作り品を委託販売しているそうよ」

「バイオレットのラストネームはゲイリーと同じ？」ハンナがきいた。

「妹は結婚していたけど、離婚後もラストネームは変えなかったときいた気がする。よく覚えてないけど、申込書に書きこんでいるかもしれない。調べてみましょうか？」

「ええ、お願い」ミシェルが答えた。「〈メニー・ハンズ〉がある場所は知ってる？」

サリーは首を振りかけたが、途中でやめた。「たしかミネアポリスだと思ったけど、通りの名前はゲイリーから聞いてないわ。知りたいならきいてみるけど」

「いいえ、大丈夫よ」ハンナは急いで言った。「必要なら電話番号案内で調べるから。おもしろいお店みたいだから、今度ミネアポリスに行ったら寄ってみようかと思って」

「ゲイリーはバイオレットといっしょに〈メニー・ハンズ〉を経営してるの？」ミシェルがサリーにきいた。

「彼はちがうと言ってたわ。パートタイムのアシスタントがいて、バイオレットが退院するまでその人が店を開けてくれているらしいの」

「ありがとう、サリー」ハンナは言った。「これだけでもすごく助かったわ」

サリーは少し不快そうだった。「ゲイリーが薬物入りのチョコバーをＫＣＯＷに送ったと疑ってるわけじゃないわよね？」

「ゲイリーは容疑者リストにはいってないわ」ハンナは言った。それはほんとうのことだ。

「ミシェルもわたしも彼のことがもっと知りたくなっただけ」

「そうなの」ミシェルが言った。「妹さんの代わりに出店するなんて、いい人だなと思って」

「いい人すぎるのよね」サリーは言った。

「いい人すぎる？」ハンナはサリーの選んだことばに引っ掛かりを覚えた。「何か気になることでもあるの？」

「うーん……そういうわけじゃないんだけど。ただ……彼についてはちょっといくつか……」サリーは口ごもり、眉をひそめた。「風変わり、と言うつもりだったけど、それだと正しくないような気がする。好奇心をそそる、と言うほうが近いかしら」

「どこが好奇心をそそるの？」ハンナがきいた。

「そうねえ……彼は参加する業者にお知らせした集合日の一週間まえにここに来たの。妹のオーナメントを荷おろしして、ブースの設置準備をするまえに、ちょっと休みたいからと言ってね」

「どうして休みが必要なのかきいた？」ミシェルが尋ねた。

「いいえ、彼の私生活を詮索したくなかったから。でも、状況を考えれば休みが必要なの

った。
　ハンナはサリーの言おうとしていることがわかったと思ったが、黙って彼女の説明を待
「ゲイリーは病院の妹さんのそばにいるのにうんざりしたんだと思う。妹さんが回復して
きたこともあって、少しひとりになりたかったんじゃないかしら」
「妹さんのお見舞いに行くのはゲイリーだけだったの？」ミシェルがきいた。
「まさか。でも、ゲイリーはそうする義務があると感じていたんでしょうね。妹さんの友
人やお客さんがみんなお見舞いに来たし、見舞客が多すぎて、病室に滞在する時間を担当
看護師から制限されるほどだったそうよ」
　ハンナはうなずいた。「それは理解できるわ。見舞客が多すぎると患者が疲れてしまう
ことがあるから。ゲイリーとバイオレットの両親は？　やっぱりお見舞いに来ていた
の？」
「いいえ。ご両親はヨーロッパに彼のおばを訪ねていたけれど、バイオレットのけがは命
に関わるものではなかったから、両親に知らせて海外旅行を台無しにしたくなかったんで
すって」
「バイオレットのけがというのはどの程度のものだったの？」ミシェルがきいた。
「氷の上で転んで足を骨折したの。リハビリセンターに移るまで、ずっとそばにいたそう

よ。そのあと、何も心配はいらないし、来てくれる人はたくさんいるからと妹さんに言われたらしいわ。そして、コンベンションがはじまって忙しくなるまえに、少し自分の時間を持ってほしいと」

「それで彼は早めに来た」ハンナは結論を言った。

「そう。彼には湖が眺められるすてきなスイートルームを提供したわ。最初のころはひとりですごして、食事もルームサービスにして、窓際で安楽椅子に座っているだけだった」

「きっとバイオレットの世話で疲れていたのね」ミシェルが言った。

「ええ、そうだと思う。でも、そのうち回復したみたいで、レストランに食事をしにくるようになった。今は活力を取り戻して元気そうよ。毎日病院の妹さんに電話しているし」

「スイートルームの電話で？」通話記録から病院の番号がわかるのを期待して、ハンナはきいた。

「いいえ、彼の部屋に電話料金の請求はないから、携帯電話を使ってるはずよ」サリーはそこまで言うと腕時計を見た。「さあ、デザートを取りにいって。ドットにテーブルを片づけてコーヒーを持ってくるように言うわ。デザートビュッフェにあなたたちが試したいと思うかもしれないものがいくつかあるのよ」

ハンナは笑った。「全部試したいと思うかもしれないけど、やめておいたほうがいいかも。試食は三つまでにするわ」

「賢い選択よ。明日も同じものを出すつもりだから、明日は別の三つを試食できる。急いでオフィスに戻って、バイオレットの申込書をコピーしてくるわね。もしわたしが書きこんでいたら、彼女のラストネームがわかるはずよ」

28

「荷造りしてくれてありがとう、ノーマン」ハンナは〈クッキー・ジャー〉のブースに戻ってきたノーマンに言った。彼は閉店間際にお客が来たときのために二ダースだけ残し、それ以外のクッキーを車まで運んでくれたのだ。

「そろそろ五時よ」携帯電話で時間を確認したあと、ミシェルが言った。「車に戻りがてらゴミを捨てましょう」

「ぼくがやるよ」ノーマンが申し出て、カウンターの下の容器から袋を持ちあげた。「ふたりとも、ディナーの予定は？」

ハンナは首を振った。「とくにないわ。うちに帰る途中どこかでテイクアウトでもしようかと思ってた。あなたもいっしょにどう、ノーマン？」

「いいね。でも、テイクアウトはやめないか？　別の考えがあるんだ。実は、〈ラン・スー・パレス〉で食べたことがなくてね。いつもあそこの中華料理をテイクアウトするばかりだったから。だから今夜は店内で食べようよ」

ハンナは「いいわね」と言って、ミシェルを見た。「あんたもそれでいい？」

「うん。わたしもお店では食べたことないの。アンドリア姉さんの説明では、すてきなお店みたいだったけど」

ノーマンはうれしそうだ。「じゃあ、このあと現地集合ということにしよう。それとも、まず家に帰ってモシェにえさをあげる？」

ハンナは首を振った。「夜は六時をすぎないとえさを食べないの。それがわたしのいちばん早い帰宅時間だから」

「わかった。じゃあぼくは先に行ってテーブルを取っておくよ。前菜の注文もしておこうか？」

「ええ！」ミシェルはうれしそうだ。「エビ春巻きがいいわ。いつもあれを注文しようとすると、テイクアウト係の女性に持ち帰りはできないと言われるから」

「ハンナは？」ノーマンは彼女を見た。

「わたしもエビ春巻きにする」ハンナは彼に言った。

「飲み物は？　きみたちのぶんも注文しておこうか？」

「ありがとう。わたしはもしあればアイスティーを」ハンナは決めた。「なかったらレモネードかフルーツドリンクならなんでも」

「わたしも同じで」ミシェルが言った。「カウンターを拭いてブースを閉めたらすぐに行くわ」

十五分もしないうちに、ハンナは〈ラン・スー・パレス〉に車を停《と》めていた。道路はすいていたし、雪もやんでいたので、視界は良好だった。

「寒くなったみたい」ミシェルが車から降りて言った。

「たしかに今朝よりも寒いわ」ハンナは同意した。「車を電源につないでおいたほうがいいわね」

ミシェルが暖をとるために足を踏みならして待つあいだ、ハンナはフロントバンパーに巻きつけてあったコードを、建物の脇に沿って設置された電源につないだ。そのあと姉妹は店の入り口まで歩き、外側のドアを開けた。

「わたし、この入り口の青い鏡が大好き」外側のドアとレストランに通じる内側のドアのあいだの少し暖かい空間に足を踏み入れて、ミシェルが言った。

「わたしも」ハンナはくすっと笑いながら、クロークルームで防寒コートをかけ、ブーツをモカシンに履き替えた。「アンドリアが高校生のころここに来たことがあると話したときのこと、覚えてる？　当時は〈ウォータリング・ホール〉というバーだったのに」

「ええ、未成年だったのにどうしてそこに行ったのかとマイクにきかれて、ビルの車が故障して助けを呼びにいったという、ばかげた話をでっち上げなくちゃならなかったのよね」

ミシェルが普通の靴に履き替えると、ふたりは暖かな店内にはいった。ノーマンが窓際のブースに座っているのを見つけ、合流しようとそこに向かった。

「ちょうどよかった」馬蹄形《ばていけい》のブースに姉妹がすべりこむと、ノーマンが言った。「もうすぐエビ春巻きが来るとアダムが言いにきたところだよ」

飲み物を口にし、エビ春巻きの到着を待ちながら、ハンナはノーマンにトレイシーが見せてくれたオーナメントのことを話し、どうやってサリーからゲイリーの妹の名前を聞き出したかを話した。

「病院のバイオレットに電話して、彼女の店のオーナメントがなぜ手作りじゃないのかきくつもり？」ノーマンが尋ねた。

「いいえ」ハンナは言った。「それはたいして重要じゃない。知りたいのはどうしてゲイリーがトレイシーに、そしてそのまえにはわたしたちにも、うそをついたのかということよ」

「彼にきいた？」

ミシェルは首を振った。「きかないことにした。姉さんがうそに気づいたことを彼に知られたくないから」

ノーマンはかすかに目を細めてハンナを見た。「つまり、ゲイリーはきみの容疑者リストに加わりそうなのかな？」

ハンナは肩をすくめた。「たぶんね。そのまえにいくつか確認することがあるけど」

「たとえば？」

「彼の妹はほんとうに入院しているのか、とか。でもまずは、どこの病院か調べなきゃ。わかっているのはツインシティの病院ということだけだもの」

ノーマンは微笑《ほほえ》んだ。「それなら、うちに寄ってくれればぼくがやるよ。ネットの接続がすごく速いから、リストをプリントアウトしてあげられる。もしよければ病院に電話してきくのも手伝うよ」

「そうしてもらえるとすごく時間の節約になるわ」ミシェルが言った。「電話するのが三人になるから」

「そうね」ハンナも同感だった。「あなたがリストを持って、わたしのアパートに来てくれるなら、三人で手分けして電話できるわ。カドルズも連れてきて。ドクター・ボブの話では、検査の結果モシェはどこにも異常はなくて、すごく健康らしいから。体重が五百グラム以上落ちたんだけど、それがよかったみたい」

「ドクター・ボブはばったりモシェのことも心配してなかった？」

「ええ。どこか悪いところがあれば、ドクターが見つけているはずだって、スーに言われたわ」

「たしかにそうだね」ノーマンも同意見のようだ。「じゃあカドルズも連れていくよ。三人で電話すれば、その病院を見つけるのにそれほど時間はかからないだろう」

「もしほんとうに入院しているならね」ハンナが思い出させた。

「そうだった」ノーマンが顔をあげると、アダム・ワンが厨房《ちゅうぼう》のドアから現れた。「ぼくたちのジャンボエビ春巻きが来たよ」

「春巻きがジャンボなの、それともエビがジャンボなの?」ミシェルがきいた。

「注文するとき、ぼくもアダムに同じことをきいた」ノーマンが言った。「エビがジャンボなんだ。だから、モシェとカドルズのおみやげには、ジャンボエビだけを二尾注文するつもりだよ」

　残りの料理を注文してしまうと、ハンナは店内の装飾を見わたした。壁に沿って淡いグリーンのブースが並び、中央に黒檀《こくたん》のテーブル席があるダイニングルームは美しかった。天井の中央からシャンデリアがさがり、室内にやわらかな明かりを落としている。シャンデリアはライスペーパーを思わせる素材の筒でできていた。筒には長いものと短いものがあり、巨大な花の花弁のようなパターンで配置されている。明るさを抑えた光でハチミツ色の床がほのかに輝いていた。窓にも手が加えられていて落ち着きのある雰囲気だ。一枚ガラスを覆う黒檀の枠つきパネルには、外が透けて見えそうで見えないとても薄いシルクが張られていた。シルクには、抑えた色合いで、ピンクの桜の花と淡いグリーンの葉がプリントされている。壁には大きな花の絵が飾られていて、室内には静かな音楽が流れ、料理が盛られる皿は、窓を覆うパネルと同じ桜色だった。

「すてきだわ」ハンナは思わず声に出して言っていた。

「ええ、ほんと」ミシェルも言った。「ようやくここに食べにこられてうれしい。すごく落ち着くわね」

アダムと彼の妻がメインディッシュを運んできた。おいしそうな料理がテーブルに置かれ、ハンナはデジャヴを感じた。「うちでテイクアウトの料理をお皿に出したときみたい」

アダムとその妻がテーブルを離れると、ハンナは言った。

「たくさんたのみすぎた?」ミシェルが推測した。

「そうね。明日の夕食の心配はしないでよさそう。とても全部は食べられないから、包んでもらって明日の夜のお楽しみにしましょう」

「さて、今日のモシェは活動的になっているかしら」ハンナはアパートの玄関のまえにミシェルを立たせて言った。

モシェがドアから走り出て腕のなかに飛びこんでくるのに備え、ミシェルは身がまえた。

「きっと来るわ。少なくとも三十分は夕食を待たされてるんだから」

ハンナはバッグから鍵を取り出し、鍵穴に差しこんだ。鍵を回してドアを開け、急いでなかにはいった。

まったく何も起こらなかった。モシェが廊下を走ってくる音もしなければ、歓迎の鳴き声もなく、ミシェルの腕のなかに飛びこんでもこない。

「予想がはずれたわね」ハンナは言った。「モシェを起こしてえさをあげましょう。カドルズが来れば元気になるわよ」

ミシェルがドアを閉めて鍵をかけたあと、ベッドルームで物音がした。やがて、ベッドから飛びおりるドスンという音がして、少しするとモシェがあくびをしながらリビングルームにとことこはいってきた。

「寝てたの？」ミシェルが言わずもがなのことをきいた。

「にゃあああ！」モシェが答えた。そして、ソファの背に飛び乗ると、期待するようにハンナを見た。

「オーケー」ハンナはそう言って、手を伸ばしてやわらかな毛皮をなで、耳のうしろをかいてやった。「ミシェルがおやつを持ってきてくれるわ。そのあとでごはんをあげる。それでどう？」

モシェは盛大にのどを鳴らすことでこれに答え、ハンナはまたもやモシェが自分のことばを理解しているのではないかと思った。「今夜はあとでエビをもらえるわよ。ノーマンがカドルズを連れてくるし」

「にゃあああああああ！」

モシェが長々とした大きな鳴き声で答えたので、ハンナは笑った。「そうね。カドルズとエビは、あなたの大好きな組み合わせだものね。ノーマンとミシェルとわたしが電話を終えるまで、あなたたちは食べて遊んでいなさい」

モシェはミシェルを見た。キッチンから見覚えのある容器を持ってきたからだ。容器には彼の好きな魚の形をしたサーモン風味の猫用おやつがはいっていた。

「モシェのボウルにキャットフードを入れたら、急いでシャワーを浴びるわ」ハンナはミシェルに言った。「数分しかかからないし。あんたも浴びたければどうぞ」

「浴びる」ミシェルは言った。「一日働いてちょっと汚れた気がするの。お先にどうぞ、姉さん。そのあいだにわたしはポットにコーヒーを淹《い》れて、マイクから電話があったかどうか、留守番電話をチェックするわね。彼のチームがロスの貸し倉庫を見つけて、ロスの行き先と、そもそもどうして姿を消したかにつながる手がかりが見つかったかもしれないでしょ」

淹れたてのコーヒーの香りにせかされて、ハンナはシャワーから出た。清潔なスウェットの上下を身につけ、髪をさっととかすと、コーヒーを取りに廊下を歩いてキッチンに向かった。

「わたしの番ね」ミシェルはそう言って、キッチンのほうを示した。「姉さんのコーヒーはカップに注《つ》いでカウンターに置いておいた」

「留守番電話にメッセージははいってた？」

「電話はかかってきてなかった。もし何かしたければ、カウンターでバークッキーを切り分けて」

「十五分でバークッキーを焼いたの？」ハンナは心底びっくりしてきいた。

「まさか、ちがうわよ。今朝姉さんが起きるまえに焼いて、今夜デザートが必要になったときのために冷蔵庫に入れておいたの」

「あんなにおなかいっぱい食べたのに、デザートが必要だと思ってるの？」

「ええ、もちろん。姉さんはどうかわからないけど、おしゃれに切り分けられたオレンジ一個じゃわたしは満足できないの」

「準備はいい？」ノーマンがキャットキャリーのそばに立ち、格子に手をかけてきいた。

「いいわよ」ハンナが言った。

「わたしも」ミシェルも言った。

「にゃあああ！」モシェも請け合った。

「オーケー。ロケットみたいに飛び出してくるからね。いくぞ！」

ノーマンの言うとおりだった。カドルズは大砲から飛び出すサーカスのピエロのようにキャリーから飛び出した。まずは鋭角に右折して廊下を疾走し、モシェがそのすぐあとを追いかけていく。

「どこに行くのかしら?」ミシェルがきいた。

ハンナは笑った。「たぶんベッドルームよ。わたしのベッドに飛び乗って、わたしたちを驚かせたことにはしゃいで後輪走行《ウィリー》をやったら、ここに駆け戻ってくるわ」

「たぶんきみは正しいよ」ノーマンがすぐに言った。「また床におりる音が聞こえた気がする。ソファに行って、足を上げて! 急いで!」

ハンナとミシェルとノーマンがまっすぐソファに向かい、足を上げた直後、二匹の猫がすごい勢いでリビングルームにやってきた。

「オーケー」ミシェルが言った。「さっそく作業をはじめましょう……」そこでハンナとノーマンをまじまじと見た。「ふたりともどうして首を振ってるの?」

「ノーマンとわたしはあんたよりたくさんこのゲームを見てるから」ハンナが言った。

「パターンがわかってるの。猫たちはいつもこれを三回やるのよ」

「えーっ!」ミシェルがまた足を上げて言った。「でも、なんの音も……」と言いかけて小さくうなずく。「ほんとだ、聞こえた。今ベッドからおりたみたい」

二周目が終わると、ハンナは立ちあがり、急いでキッチンにおやつの容器を取りにいった。戻るとちょうど三周目だった。レースが終わると、猫たちはソファの背に飛び乗り、ハンナが容器のふたを開けるのを見つめた。「いいショーだったわ」と二匹に言い、それぞれの猫のまえに同じ数だけおやつを置いてやった。そして、ノーマンとミシェルを見た。「数え方をまちがえていなければ、これで終わりのはずよ。つまり、作業にはいれるというわけ」

濃いコーヒーと、ときおりつまむラブリー・レモン・バークッキーを燃料に、三人は手分けしてノーマンのリストにある病院に電話した。彼は病院附属のリハビリや理学療法をおこなう施設のリストも作ってくれていて、そこへはハンナが電話した。ノーマンは病院のリストに番号をつけていたので、彼が偶数の番号の病院に電話し、ミシェルは奇数に電話した。リストにあるすべての番号に電話してしまうと、三人は座ったまま呆然《ぼうぜん》と顔を見合わせた。

「どこにもいない」ノーマンがすでに三人ともわかっていることを口にした。

「そういうことになるわね、結婚後の姓で入院したのでないかぎり」ミシェルが言った。

「それなら調べられるよ」ノーマンが言った。「彼女の結婚姓は？」

「わからないの」ハンナは言った。「明日になればわかるかもしれないけど、今夜できることはもうないわ。手伝ってくれてありがとう、ノーマン。それと、ディナーをごちそうさま。楽しかったわ」

「ええ、とっても」ミシェルも言った。

「ぼくもだよ。たまにはテイクアウトじゃないのもいいね。また行こうよ」ノーマンは立ちあがった。「さあ、きみたちに少し睡眠をとらせないと」

ノーマンがカドルズを猫用キャリーに入れる準備をしていると、ミシェルの携帯電話が鳴った。電話に出て少し相手の話を聞いたあと、手を上げてノーマンを止めた。

「まだ帰らないで」彼女は言った。「大事なことなの」

ハンナもノーマンも、ミシェルに電話してきたのがだれなのか、その目的はなんなのか、ミシェルの受け答えを聞いているだけではわからなかった。はい、いいえ、そういうわけじゃありません、確認します、としか言わなかったからだ。ミシェルが電話を切ったとき、ハンナはもう好奇心を抑えられなかった。「だれからだったの?」

「わたしが電話した〈スーペリア・ストレージ〉の夜勤の女性。わたしの大学のそばにあるやつよ。問い合わせたとき応対したのは新人だったらしいんだけど、彼女はすべてを書き留めておいたそうなの。今夜電話をくれたのは店長のジューンで、新人の仕事をチェックしていたところ、わたしの問い合わせ電話の記録を見つけたみたい。契約者のリストを調べたら、ロス・バートンの名前はなかったけど、よく似た名前があったんですって」

「なんていう名前?」ノーマンがきいた。

「ラス・バートン」

ノーマンは期待するような顔つきになった。「かなり近いな」

「彼女もそう思ったみたい。レンタル料を三カ月滞納してるから、会社は中身をオークションにかけるそうよ。もし中身が見たければ来てもいいって」

「それはユニット三一二なの？」ハンナがきいた。

「ちがう。でも、中身はロスのものかもしれないわ。行って見てみるべきだと思う」

29

ハンナはノーマンの車の助手席に座り、コーヒーのはいった魔法瓶をにぎりしめていた。

「もっとコーヒーを飲む、ノーマン?」

「いや、大丈夫。朝食まで待つよ。食べる時間は一時間ある。ジューンは九時まで職場に来ないだろうから」

「〈クッキー・ジャー〉のみんなはどうしてるかしら」後部座席からミシェルが言った。

「リサの話ではマージとナンシーおばさんは四時にお店に来てクッキーを焼くと言ってたけど」

「そうよ。そのあとは、マージとジャックがお客さんの相手をして、リサとナンシーがコンベンションのブースに行ってくれることになってる」

「みんなうまくやってくれるといいけど」ミシェルが少し心配そうに言った。

「きっと大丈夫よ」とハンナは言ったが、仕事を一日休むことに罪悪感を覚えはじめていた。いつかこの埋め合わせをしなければ。「わたしたちも四時に店に行くべきだったかしら。オーブン作業を手伝えたのに」

「罪悪感を覚えることないわ」ミシェルが言った。「ナンシーおばさんは楽しみにしてるって言ってたわよ。それに、早く戻れば手伝えるんだし。足りないようなら追加のクッキーを焼くことだって」

「でも、あと一時間早く起きていればよかった」ハンナは反論した。

「いいや」ノーマンがきっぱりと言った。「きみには睡眠が必要だよ、ハンナ」

「ミシェルだってそうよ。投光照明を太陽だと思ったんだから」

「そのことは言わないって約束だったじゃない」

「しまった。ごめん。でも、すごくおかしかったから、どうしてもノーマンに言いたくて」

それからしばらく三人とも無言だったが、やがてノーマンが咳払《せきばら》いをした。「まじめに言わせてもらうよ、ハンナ……もっと睡眠が必要だと言ったのは本心だ。PKの事件を解明するには、頭がさえていたほうがいい。マイクもロニーも八方ふさがりだと言ってたよ」

「わたしたちもよ。唯一の手がかりはゲイリーだけど、まだ確定的じゃない」

「でも、彼はうそをついていた」ノーマンが指摘した。

「バイオレットが結婚姓を使っていたなら、うそじゃないかもしれない。それに、妹や病院のことでうそをついていたからって、自動的に容疑者にはならないわ。人はうそをつくものだし、法廷で宣誓したのでないかぎり、うそをついても起訴はされない。他にもゲイリーと殺人事件をつなぐものが必要だわ」

「明日になれば手にはいるかもしれない」ミシェルが言った。「ほら……何気ない会話のなかで話題にして、彼がなんと言うか気をつけるのよ」

「ああ。明日しかないな。ゲイリーとすごせるのはあと一日だけだ」州間高速道路を降りて出口に向かいながら、ノーマンが言った。「朝食を出すデリはこっちでいいんだよね、ミシェル？」

「ええ」ミシェルが言った。その顔には大きな笑みが広がっていた。「わたしはルーベン・オムレツを食べるつもり。すごくおいしいのよ。ライ麦パンに刻んだレバーとコーンビーフをのせたのもいいわね。帰りにライ麦パンを一斤買うつもりよ。あそこのは今まで食べたなかでいちばんおいしいの」

五十五分後、三人はノーマンの車に戻ろうとしていた。朝食をとるためにデリにはいったときより体が重くなっていたが、それは彼らが摂取した大量の朝食のせいばかりでもなかった。ノーマンは袋をふたつ抱え、ミシェルは三つ持っていた。店を出る途中、戦略的に配置されたデリコーナーを通りかかったとき、長いガラスの冷蔵ケースからただようおいしそうなにおいに誘われて、持ち帰るぶんも買ってしまったのだ。つぎに通ったのはベーカリーコーナーで、ハンナにはセイレーンの歌が聞こえた。彼女はチョコレート・ルゲラー（ユダヤの菓子パン）六個、ハマンタッシェン（ユダヤのクッキー）四種類、マンデルブレッド（ビスコッティのようなユダヤのお菓子）を少し、ハラー（ユダヤの編みこみパン）一斤を買った。さらに、チョップレバー一パック、フィッシュサラダ一パック、コンビーフのスライス半ポンド、鮭《さけ》の燻製《ロックス》半ポンド、ピクルスの大きな容器をふたつ、酸味弱めと普通をひとつずつ買った。

〈スーペリア・ストレージ〉の建物はデリからほど近く、九時五分には駐車場に車を停《と》めていた。まだ朝食を消化中だったので、少しのあいだそのまま座っていたが、やがてノーマンが車のドアを開けた。

「ユニットを見にいこう」彼は言った。

「準備はできてるわ」ハンナは言った。そして、いつも彼女のためにドアを開けてくれるノーマンが、車の後部をまわって姉妹のドアを開けてくれるまで待った。

貸倉庫のこぢんまりしたオフィスは清潔で明るかった。デスクには茶色いショートヘアの年配の女性がいて、ノーマンは彼女に歩み寄った。「ジューンさんですか？」彼は尋ねた。

「そうです」ジューンはミシェルとハンナに気づいて微笑《ほほえ》んだ。「ラス・バートンさんの倉庫ユニットを見にいらしたんですね？」

「そうです」ハンナは言った。

「ユニットはここからそう遠くありません。ご案内します」

三人はジューンのあとについていくつかの大きな建物を通りすぎた。彼女はほかと同じような建物のまえで足を止め、ドアを指さした。「この建物はすべて内部ユニットです」

「外のユニットもあるんですか?」ノーマンがきいた。

「説明させていただきますね」ジューンは言った。「すべてのユニットは建物内にありますが、外部ユニットのドアは大きなアルミ製の巻きあげ式ドアなんです。車やボートのような大きなものもはいるだけの幅があります」

ジューンは建物のドアを開けて、照明のスイッチを入れ、広い通路を進んだ。するとそこにまたドアがあった。「ここです」彼女は言った。持ってきたキーリングから鍵を選び、南京錠《なんきんじょう》を解錠してドアを開けた。「さあどうぞ。なかにはいることも、なかのものに触れることもできませんが、ご主人のものかどうか確認してください」

ハンナは開いたドアのすぐ外に立って、なかをじっと見た。「全部何かのケースにはいってるわ」彼女はノーマンを見た。「カメラケースみたいなものがいくつか見える。あれってそうよね?」

「うん。大きめのスーツケースのようなものには何がはいっているかわからないけど、ビデオ機材か何かかもしれない」

「滞納しているレンタル料を払っていただけるのでしたら、なかにはいってごらんになってもいいですよ」ジューンが言った。

「払います」ハンナは言った。「夫は大学で写真と映画制作を学んだので、ここにあるものは彼のものである可能性が高いです。滞納しているレンタル料はかならず払います」

「でも、いくらだか確認もしてないわよ」ミシェルが指摘した。

「大丈夫だよ、ミシェル」ノーマンが安心させた。「その価値はきっとあるから」

「滞納ぶんのレンタル料はそれほど高額ではありません」ジューンは言った。「このユニットは五年まえ、この施設がオープンしたばかりのころに契約されたもので、最初の一カ月の契約者には特別待遇が用意されていたんです。基本料は五年間据え置きで、それ以降は相場によってあがります。このユニットは特別に月四十五ドルでお貸ししています」

「それでかまいません」ハンナはジューンに言った。「おもてにトラックが何台か停まっていますね。あれは借りられるのかしら？」

「はい。当社は全国チェーンの運送会社と提携しているので、レンタルしたトラックはどこの支店でも返すことができます」

「ミネソタ州レイク・エデンに支店はないですよね」ノーマンが言った。

「実はあるんです。コミュニティカレッジのそばに支店をオープンしたばかりなんですよ。ここで小型トラックを借りて、お望みならそちらに返すこともできます」

「そうしよう」ノーマンが言った。「トラックを借ります」ジューンが彼に言った。

「では、オフィスに行って書類を作成しましょう」ジューンが彼に言った。

「ありがとう、ジューン」ふたたびユニットに施錠し、一同をドアに向かわせるジューンに、ハンナは言った。

「いいえ。ところで」オフィスに戻りながらジューンは言った。「レンタルトラックはどなたが運転されますか？　運転免許証を見せていただきたいのですが」

「ぼくがします」ノーマンが言った。そして、ハンナとミシェルを振り返った。「ぼくの車はどっちが運転してくれる？」

「わたしがするわ」ミシェルが申し出た。「姉さんはノーマンといっしょにトラックに乗って。心配しないで、ノーマン。わたし、運転はうまいの。以前のルームメイトがあなたのとそっくりな車を持ってて、しょっちゅう運転してたし」

レンタルトラックの手つづきはあっという間にすんだ。ジューンはハンナにユニットの鍵をわたし、ノーマンにトラックのキーをわたした。ノーマンとハンナとミシェルは、トラックでユニットのある建物に向かい、手分けしてユニット内の荷物をトラックに積みこんだ。すべてケースか箱にはいっていたので、たいして手間はかからず、三十分もしないうちに積みこみは完了して、出発できるまでになった。

「これを全部どこに置いたらいいのかしら」ハンナはトラックの荷台に積まれた荷物を見

て途方に暮れた。

「ぼくのところに置けばいいよ」ノーマンが申し出た。「家にちょっと手を入れて、ガレージを広くしたんだ。もう暖房も入れてあるし、保管場所は充分にあるよ」

ハンナは安堵《あんど》の息をついた。「ありがとう、ノーマン。うちの駐車スペースの上の保管場所には収まりそうもないから」

「たしかにそうね」ミシェルが言った。「あそこにわたしのスーツケースを入れようとしたけど、はいらなかったもの」

ノーマンはミシェルを見た。「じゃあぼくのうちに集合ということにしよう。荷物をおろしたら、ぼくの車でコミュニティカレッジのそばのレンタルオフィスに行ってくれ。トラックを返して、きみたちを〈クッキー・ジャー〉まで送るよ」

思ったより早く、ノーマンはトラックをドライブウェイに入れ、ガレージに停めた。

「この荷物は全部ぼくが建てた別棟のほうに入れよう」

ハンナは驚いてガレージを見つめた。「たしかにガレージが大きくなってる！」

「うん。まえの三倍の広さだよ。片側にゲストルームをいくつか作るつもりなんだ。今はとりあえずそのひとつを倉庫として使おう」

荷ほどきもそれほど時間はかからず、ハンナとミシェルはノーマンのあとについてレンタルトラックのオフィスに向かった。彼が返却手つづきをすませるあいだ、ミシェルは〈クッキー・ジャー〉のマージに電話して、もっとクッキーを焼く必要があるかきいた。

「充分あるから大丈夫だってマージは言ってる」彼女はハンナに報告した。

「コンベンションのブースのほうも？」

「うん。マージがリサに確認したら、充分あるって言われたみたい」

ノーマンはすぐにトラック返却の手つづきを終えた。「〈クッキー・ジャー〉に戻る？」

彼は姉妹にきいた。

「今日はいいわ」ハンナは言った。「アパートに送ってくれる？」

「今夜いっしょにディナーはどう？」彼がふたりにきいた。

「いいわよ、でも作るのはわたし」ハンナは答えた。「昨夜はあなたがごちそうしてくれたから、今度はわたしたちの番よ」

「荷物の積みおろしで疲れてない？」

ミシェルが首を振った。「とんでもない。今日はいつもより早じまいだもの」

「でも、今夜も外食でもいいんだよ」

「いいえ、ノーマン」ハンナは言った。「今日、あなたはわたしたちにすごくよくしてくれたわ。お礼にディナーを作らせてほしいの」

「ええ、そうよ」ミシェルも同意した。「わたしたちをアパートまで送ったあと、七時にディナーを食べにきて。カドルズも連れてきてね」

なんだか昔に戻ったみたい、とハンナはミシェルと屋根つきの外階段をのぼりながら思った。ノーマンとのディナー、マイクがロニーとともに現れる。わたしたちは何を作るか考えるだけでいい。冷凍庫のなかにある食材を思い浮かべて、ハンナは笑顔になった。

「パプリカチキンはどう?」

「いいわね。姉さんのパプリカチキンは大好きよ。じゃあわたしはデザートに何か簡単なものを焼くわね」

30

屋根つきの外階段をのぼりながらリビングルームの窓を通りすぎたとき、ハンナは部屋のなかをのぞいた。モシェの姿はなかった。でもきっと、彼女の腕のなかに飛びこむために、ドアのそばで待っているのだろう。

「姉さん？　それともわたし？」二階に着くと、ミシェルがきいた。

「今回はわたしが受け止めるわ」ハンナはそう言って身がまえ、ミシェルが解錠してドアを開けた。

しかし、猫ミサイルが飛んできて、ハンナの腕のなかに着地することはなかった。走ってくる足音もしなければ、空中を飛ぶオレンジ色と白のかすみも見えない。ハンナはため息をついた。モシェはきっとまた眠っているのだ。アパートにはいってドアを閉めながら、彼がどうしていつもこんなに疲れているのかわかればいいのに、と思った。

リビングルームにはいると、ブーンという音が聞こえた。「あれは何？」ハンナはミシェルにきいた。

「わからないけど、わたしの部屋から聞こえてるみたい」

一瞬、ハンナは困惑したが、すぐに今日はいつもよりずっと早く帰宅したので、ロボット掃除機がまだ敷き詰められたカーペットを掃除中なのだと気づいた。「ロボヴァックよ」彼女はミシェルに言った。

「作動中は見たことないわ」ミシェルが返した。「見にいきましょうよ」

ハンナは新しい掃除機の仕事ぶりを見るため、先にたって廊下を進んだ。開いているゲストルームのドアからなかをのぞくと、姉妹は目にしたものに驚き、おもしろがった。ロボット掃除機はゲストルームの家具をくねくねとよけながらブーンと動きまわっていた。そのすぐうしろをついていくのはモシェだ。背中の毛を逆立て、耳をぴったり頭に寝かせた状態で。

ロボット掃除機が向きを変え、モシェはぎょっとして飛びのいた。丸い機体を前足で一発たたいたが、掃除機は止まるどころか、さらに向きを変えたので、モシェはまた反応した。やがて掃除機はモシェに向かってきて、モシェが飛びのくと、そのままドアに向かった。ハンナとミシェルは脇に寄り、部屋をあとにした。

ハンナは「それでこんなに疲れてるのね！」と言って、ロボット掃除機以上に猫科のルームメイトを驚かせた。「いらっしゃい、モシェ。抱っこしてあげる。ミシェルがおやつをくれるわよ」

モシェはいつものようにおやつにつられることなく、ふたりが見えないかのように素通りすると、ロボット掃除機を追って廊下を進み、リビングルームに戻っていくまでついていった。掃除機が自分のコーナーに戻ってみずから電源を落とすと、ようやくモシェはふたりのところに急いで戻ってきた。

「ノーマンとマイクに話さなきゃ」とハンナは言い、ミシェルはモシェを抱きあげて、お気に入りの場所であるソファの背に置いた。「カドルズもきっとノーマンのロボヴァックのあとをつけてるわよ」


ディナーはおいしく出来あがり、一同が座って食べはじめようとする直前に、ハンナの予想どおりマイクとロニーが現れた。ハンナはモシェがロボット掃除機のあとをつけていたことをすでにノーマンに話していた。彼は笑って、どちらの掃除機もペットたちを疲れさせないスケジュールに設定しようと約束した。

「すごくおいしいよ！」マイクがテーブルの中央にあるスロークッカーから三杯目をよそいながら言った。「立ち寄ってよかった」

「あなたの食べ物レーダー《フーダー》が作動していれば来るだろうと予想してたわ」ハンナは言った。「ところで、ロスがセントポールにある貸し倉庫〈スーペリア・ストレージ〉にユニットを借りていたことをつきとめたの」

三杯目をまだ食べはじめてもいなかったマイクは、ガチャリとフォークを落とした。

「鍵はぼくに預けたじゃないか！　どうやってはいったんだ？」

「ロスはレンタル料を三カ月滞納していたから、滞納分の料金を払うだけで入れてもらえたんだ」ノーマンが言った。

「そんなことは許されないはずなのに……ひょっとしてそのユニットはロスの名前で契約されていたのか？」

「そういうわけじゃないの」ミシェルが説明した。「でも、店長はそれに近いと思ったみたい。申込書の名前はラス・バートンだった」

「ついてたな」マイクが言った。「店長はだれかが名前をまちがえたと思ったんだろう」

「まさにそう思ったみたい」ハンナは言った。「新しいシステムに移行したとき、アルバイトを雇って契約者の名前をコンピューターに入力させたから、そのアルバイトが申込書の名前を読みまちがえたんだろうと店長は言ってたわ」

「驚いたな！」マイクは信じられないというように首を振って言った。「そんなことするべきじゃなかったのに」

「そうだけど、ユニットにあったものは結局ロスのものだとわかったのよ。いくつかの荷物のタグに見覚えがあったの。大学時代の婚約者にロスが作ってもらったものよ」

「そのユニット番号は三一二だったのか？」マイクはハンナにきいた。

「いいえ。建物が五百番代で、ユニット番号は五二〇。なかにあったのはすべて大学時代のものだった。ロスは卒業後にアパートメントを出てからあそこを借りたみたい。五年近くまえに契約されたユニットだって店長は言ってた」

「中身はそのまま置いてきたのか？」マイクがきいた。

「いいや」ノーマンが言った。「ハンナが滞納していたレンタル料を支払って、小型トラックで全部ぼくのガレージに移した」

「何か興味深いものはあった？」マイクがハンナにきいた。

「個人的なものはなかったと思う。あなたの質問がそういう意味なら。すべてのものがケースにはいっていたし、カメラかビデオの機材に見えた」

「三一二を見せてくれとしつこく迫ったりしなかっただろうね？」マイクがきいた。

「ええ。それは店長がさせなかったと思う」ハンナは言った。

「オーケー、ぼくがするつもりなのはこうだ。今はそのカメラや機材を調べることはしない。もう一日人員をレンタル倉庫にやって調べさせる。そのあとはこっちに戻ってこさせて、別の任務を与える。リックは人から話を聞き出すのがうまいし、歩きまわってききこみをしてもらうつもりだ」

　ハンナは深くぐっすりと眠った。彼女をさいなむ問題はなく、夜じゅう悪夢にうなされることもなかった。朝になると目覚ましよりまえに目覚め、モシェとしばらく丸くなっていたあと、シャワーを浴びているあいだに鳴らないようにアラームを解除して、朝の儀式をはじめるためにベッドから出た。

十五分後、シャワーから出てくると、淹《い》れたてのコーヒーのそそるにおいがしたので、できるだけ早く服を着た。ミシェルも早くに起きたらしく、朝のコーヒーを淹れてくれていた。口につばがわくような焼き菓子のにおいはしなかった。おそらく早い時間に〈レイク・エデン・イン〉で会おうとノーマンに言ったからだろう。サリーのすばらしい朝食ビュッフェを堪能するために。

モシェを引き連れて廊下を歩きながら、久しく感じたことがないほど気分がいいことに気づいた。今日という日が、これからしなければならない仕事が楽しみでさえあった。クッキーを売ることは仕事ではない、楽しみだ。そして、オーブン仕事はいつだって楽しい。

「おはよう、ミシェル」ハンナはキッチンにはいって妹に声をかけた。「今日の気分はどう？」

ミシェルは微笑《ほほえ》んだ。「元気よ。姉さんもこのところよりずっと元気そうね。ときどき仕事から離れると前向きな気分が復活するみたい」

ハンナは自分でコーヒーを注《つ》ぎ、それについて考えてみた。たしかにロスを失ってから前向きではなくなっていた。彼の失踪が性格にも深く影響を及ぼしていたとは気づいていなかった。

車で町に向かっていると、冬の空がようやくわずかに明るくなってきた。マージとナンシーとリサはすでに〈クッキー・ジャー〉に来ていて、ミシェルは車を停《と》めているところだった。ハンナは自分の車を駐車スペースに入れた。ミシェルと落ち合い、いっしょに裏口から厨房《ちゅうぼう》にはいった。五人で作業をすれば、記録的速さでクッキーを焼き終えることができるだろう。

「ハンナ？　車にクッキーを積みはじめるまえに、ちょっと時間ある？」ナンシーおばさんがきいた。

「ええ。なあに？」

「ここじゃだめよ。マージにもリサにも聞かれたくないの。コーヒーショップのほうに行くわ。みんなに気づかれずにすぐに来られる？」

「やってみる。先に行ってて、ナンシーおばさん。一、二分で行けると思うわ」

「どうしたの？」ナンシーおばさんが出ていったあとで、ミシェルがハンナにきいた。

「ナンシーおばさんがふたりだけでコーヒーショップで話したがってるの。わたしたちが話しているあいだ、いないことに気づかれないように、マージとリサの気をそらしておける？」

「できると思う。まあ見てて」

　ハンナが見ていると、ミシェルはまだ焼いていないクッキー生地ののったトレーを持って、リサとマージがいるオーブンのところに向かった。

「わっ、たいへん！」ミシェルがつまずいたふりをして叫び、クッキー生地をカウンターの上に飛び散らせた。「ごめんなさい。ちょっとバランスをくずしちゃって」

「いいのよ、ハニー」マージが手を貸そうと急いでミシェルに駆け寄って言った。「座って息を整えるといいわ。実害は何もなかったんだから。そうよね、リサ？」

「マージの言うとおりよ」リサは同意した。「床に落ちたわけじゃないんだから、問題なく使えるわ。座って休んで。マージとわたしで生地の形をもう一度整えてから天板に戻すから」

　あとでミシェルを褒めてあげよう、とすばやく頭のなかにメモしたあと、ハンナはこっそりスイングドアを抜けてコーヒーショップに行った。一枚ガラスのウィンドウのそばのテーブル席にいたナンシーおばさんがハンナを手招きした。

「ヘイティのことなんだけど」ハンナが座るやいなやナンシーおばさんは言った。「彼はわたしに婚約指輪をわたそうとしているみたいなの！」

　ハンナは困惑した。「でも、それっていいことでしょ？」

「ええ、そうよ！　すばらしいわ！　でも、このことを打ち明けずにいたらリサが傷つくんじゃないかと思って」

ハンナは微笑んだ。「それは簡単に解決できるわ。リサに話すだけでいいんだから」

「でも、もしわたしがまちがっていたら？　何かいいものがはいった小さな荷物が届くってヘイティに言われたの。彼が〈トリ・カウンティ・モール〉の宝石店に行ったことはわかってる。でも、もしわたしにくれようとしているのが指輪じゃなくてネックレスやブレスレットだったら、すごく恥ずかしいわ」

ビーバーのダムから山を作っている（小さなことを大げさに言っているという意味）んだわ、とハンナは思った。これは父親のお気に入りの言いまわしだったが、口に出すのはやめておいた。代わりにこう言った。「とにかく驚いた演技をして、何も知らなかったとリサとハーブに思わせるのはどう？」

ナンシーおばさんは少し考えていた。「そうね！　はっきりわかるまで言うべきじゃないから、言わないことにする」

「これであなたの問題は解決ね、ナンシーおばさん」

ナンシーおばさんは少し考えてから微笑んだ。「そうみたい」

ハンナは立ちあがった。「わたしたちがいないことをだれかに気づかれるまえに仕事に戻りましょう。もし気づかれていたら、ここの準備が完璧かチェックしていたと言えばいいわ。それと、ナンシーおばさん？」

「なあに、ハンナ？」

「ヘイティはすばらしい男性よ。あなたの思ったとおりであることを心から願っているわ！」

31

ホリデー・ギフト・コンベンション最終日には大勢の人が来場した。見晴らしのきくコンベンション会場の中央にいるハンナとミシェルとノーマンには、どのブースも盛況なのが見てとれた。〈クッキー・ジャー〉も例外ではなかった。ノーマンは追加のクッキーを取りに二度店に戻っていた。午後四時になる今も、クッキーはまた足りなくなりはじめていた。

「また店まで行こうか？」ノーマンがふたりにきいた。

「いいえ」ハンナは思い切って決断した。「店までは車で二十分かかるし、戻ってくるのにまた二十分かかるわ。そのころには五時十五分まえくらいになっているだろうし、コンベンションは五時に終了よ」

「そうだね」ノーマンは同意した。「でも、品切れになるのを見るのはしのびないな」

するとミシェルが微笑《ほほえ》んだ。ドロレスが書いているリージェンシー・ロマンスでは〝クリームのつぼにはいった猫のような〟と描写されるような微笑みだ。「品切れにはならないわよ」彼女は言った。

「どうしてそんなに自信があるの？」ハンナがきいた。

「車のうしろに積んであるクーラーボックスに、天板四枚ぶんのバークッキーを入れておいたの。もしものときのために持ってきたのよ」

「賢い選択だったね」ノーマンが彼女を褒めた。

「ほんとね」ハンナはブースの奥の椅子に、防寒コートを取りにいった。「新鮮な空気が吸いたかったの。わたしが取りにいくわ」

ゲイリーのブースを通りかかったハンナは、あいさつするために足を止めた。「うちは品切れになりそうよ。おたくの今日の調子はどう？」

「こっちも同じだよ。最後のソリのオーナメントが売れたところで、ほかのものも品薄になってる。今日はいちばん売れたかな」

「ソリが売り切れたと聞いて残念だわ」ハンナは彼に言った。「母のクリスマスツリーのためにひとつ買おうと思ってたから」

「もうひと箱あるけど、ジープの助手席に置いたままなんだ」ゲイリーが言った。「もっと早く取りにいくつもりだったけど、忙しくなってきて、ずっと時間が取れないんだ」

「これから駐車場に出るつもりだから」ハンナは言った。「その箱を取ってきてあげられるけど」

「それは助かるよ！」ゲイリーはそう言って、ポケットから車のキーを取り出すと、ハンナにわたした。「運転席側のドアを使ってくれ。助手席側のロックは冬になると調子が悪いんだ。うしろに小さなトレーラーをつないだ黒のジープ・ラングラーだよ」

「どの車かはわかってるわ。わたしの車はすぐ隣に停《と》めてあるから。あなたのソリを持ってくるかわりにひとつ売ってくれる？」

「プレゼントするよ」ゲイリーは約束すると、ブースに近づいてきたお客さんに笑顔を向けた。「ありがとう、ハンナ」

「いいのよ」ハンナはそう言って、接客する彼をあとにした。顔見知りになった売り子たちに手を振りながら、いくつものブースを通りすぎて裏口に向かう。裏口のドアは施錠されていなかったので、押し開けて外に出ると、しんとした冷たい空気を深く吸いこんだ。ひとつ咳《せき》をし、すぐにマフラーを口に当てて、空気を少し暖めてから吸うようにした。おもての気温はかなり低く、深呼吸をすると肺が痛かった。

ジープの運転席のドアを解錠して開け、助手席の上に小さな箱を見つけた。側面に〝ソリ〟と書かれてあるその箱を取ろうと、ハンナは運転席に身を乗り出した。

座席のあいだのカップホルダーにコーヒーのはいった発泡スチロールのカップがあったが、ハンナはそれに気づかずに箱を持ちあげて引き寄せた。箱の角がカップにぶつかり、その衝撃でカップがホルダーから外れてひっくり返る。冷たいコーヒーがこぼれ、運転席を覆うタン色のレザーの上に跳ねかかった。

「あら、最高！」ハンナは皮肉をこめて言い、オーナメントの箱をジープの屋根に置くと、シートの上に身を乗り出して、グローブボックスを開けようとした。たいていの人はそこにティッシュペーパーやペーパーナプキンやぼろ布を入れているはずなので、拭くのに使えそうなものを探してかき回した。

箱ティッシュを見つけて助手席に置き、ティッシュペーパーを何枚か引き出した。こぼれたコーヒーを拭いてから、箱ティッシュをグローブボックスのなかに戻そうとしたとき、グローブボックスの内部があざやかなピンク色だということに気づいた。

「ピンクだわ！」ハンナはその色に意表を突かれて声をあげた。ゲイリーのジープは黒だ。どうしてグローブボックスの内部がピンクなのだろう？

ピンキーのジープはグローブボックスのなかとホイールウェルまでピンクに塗られていた、とシリルから聞いたのを思い出した。これはピンキーのジープだったのだ！　それはまちがいない。このジープをどこで買ったのか、ゲイリーにきいてみなければ。

ハンナはマイクとした約束を思い出した。重要な手がかりに気づいたら、彼に知らせるという約束を。携帯電話を取り出して、グローブボックスのなかの写真を撮ってからまた閉じた。

ホイールウェルも調べたほうがいいわ、と心の声が言った。そうすればピンキーのジープだということがさらにはっきりする。

いい考えだと思い、ジープから降りるとドアを閉めてロックした。運転席側のホイールウェルに近寄れる程度に体を低くして携帯電話をかまえ、もう一枚写真を撮った。写真を見て、ゲイリーのジープがかつてピンキーのものだったのはますますまちがいないと思えてきた。ハンナは笑顔でマイクへのメールを打ちこんだ。

〝コンベンション会場のお隣さん、ゲイリー・ファウラーはピンキーのジープを所有しています〟。そして、二枚の写真を添付した。コンベンション会場のドアに向かいながら、約束を守って発見したことをマイクに知らせたハンナは、とてもいいことをした気分だった。


ゲイリーのブースにはお客さんの行列ができており、ハンナはソリの箱を届けてお礼にひとつもらうと、ミシェルのバークッキーとともに〈クッキー・ジャー〉のブースに戻った。ゲイリーと話すのは、彼が接客を終えるまで待たなければならないだろう。

ミシェルはすぐに追加のバークッキーを切り分け、ノーマンが接客を手伝ってくれていたので、ハンナはカップのコーヒーを持ってフードコートのテーブルに行き、座ってコーヒーを飲んだ。ようやくリラックスしてきたころ、携帯電話が鳴った。ディスプレーを見ると、クラリッサ高校の番号だったので驚いた。

「はい、ハンナです」彼女は電話に出て言った。

「ああ、よかった！　つながって！　クラリッサ高校のライラです。ピンキーのお兄さんの名前を思い出しました。ありふれた名前だと言ったのを覚えてます？」

「ええ、覚えてます」ハンナは言った。

「ゲイリーでした」

「ゲイリー？」

「ええ、少なくともわたしはたしかだと思ってます。農場を売って、町にピンキーのためにアパートを借りたお兄さんです」

一瞬間があったあと、ライラは言った。「もう切らないと。別の電話がかかってきてしまって。失礼します、ハンナ」

通話が切れ、ハンナはけげんそうな表情のまましばらくそこに座っていた。ピンキーの兄の名前はゲイリーだった。ゲイリーという名前の男性は世の中に大勢いるし、そのうちのひとりがピンキーのジープを持っているからといって、かならずしもピンキーの兄ということにはならない、とハンナは自分に言い聞かせた。実際、ライラは〝たしかだと思う〟と言ったのであって、絶対まちがいないというわけではなかった。ジープは妹のバイオレットからもらったものだとゲイリーから聞いていた。バイオレットは中古車店で車を買ったのかもしれない。すべては偶然だったということもありうる。そういうことって、あるわよね？

ゲイリーとふたりで話すためにみんなが帰るのを待っていたので、ハンナがブースのカウンターを拭くのはこれで六回目だった。ノーマンはシャワーを浴びて着替えたいと帰宅し、ミシェルは友だちのトリッシュに会ってワインを一杯飲もうと、ディックのバーに行っていた。トリッシュは今日、午後のシフトで働いていて、ミシェルを車が置いてある〈クッキー・ジャー〉まで送ってくれることになっていた。そのあと三人――ノーマン、トリッシュ、ミシェル――は七時にハンナのアパートに集合し、中華料理の残りと、ノーマンが持ってくることになっている焼きたてのピザを食べる予定だった。

コンベンション会場に残っている業者はわずかで、ハンナはほっとした。それほど待たずにすむだろう。自分が手にしているのはゲイリーとピンキーをつなげる状況証拠だけで、過剰に疑う理由はないのだと、もう一度自分に言い聞かせた。ピンキーの兄の名前がたまたまゲイリーだからといって、彼がピンキーの兄のゲイリーとはかぎらない。ゲイリーはハンナに、バイオレットの商品はすべて手作りの委託品だと話し、ハンナはトレイシーが買ったクッキーのオーナメントに〝メイド・イン・チャイナ〟と書かれたラベルを見つけたが、それはゲイリーがまちがえたせいかもしれない。もしかしたらバイオレットは友だちか、自宅のクリスマスツリー用にそのオーナメントを注文しただけで、ここで売るつもりはなかったのかもしれない。電話したどの病院やリハビリ施設の患者リストにもバイオレットの名前がなかったという事実だって、説明がつくのかもしれない。電話したときにはバイオレットは退院していて、今はパートタイムで働くアシスタントに世話をされながら自宅療養中なのかもしれない。

　バイオレットの店〈メニー・ハンズ〉は、電話帳にも出ていないし商事改善協会（米国とカナダの不正営業活動を規制する自主的団体）にも登録されていないという事実もある。でも、これも簡単に説明できるのかもしれない。電話帳に出ていない業者は多いし、仕事には携帯電話を使っているのかもしれない。それに、商事改善協会に登録されていないのはめずらしいことではない。商売に問題がなければ、わざわざお金を払ってまで所属する必要はないと考える人もいる。最後の状況証拠もごく簡単に説明がつくことなのかもしれない。ピンキーの兄は、名前がなんであれ、妹の死後ジープを中古車店に売って、売り手がつきやすいように黒に塗装し直し、それをバイオレットがゲイリーのために買ったのかもしれない。ミシェルは中古車を所有しているが、まえのオーナーがだれなのかはわからない。シリルにきこうとも思わなかった。ほとんどの中古車購入者は車そのものの履歴は調べるが、歴代の所有者を調べたりはしない。ゲイリーがピンキーの兄だとする根拠はすべて、完全に状況証拠だ。

　サリーのコーヒーサーバーを洗うまえにコーヒーを注いでおいた、ラージサイズのテイクアウト用カップがカウンターに置かれていた。まだたくさんはいっていたので、ハンナはカップを取って、ぬるくなったコーヒーを飲みながら待った。

ようやくゲイリーの最後のお客が帰っていった。なんとかしてゲイリーを罠《わな》にかけ、あからさまなうそをつかせる必要がある。そして、マイクのために、ゲイリーがあからさまなうそをついている証拠を手に入れる必要がある。このあとのゲイリーとの会話を録音しようと携帯電話のアプリを開き、コーヒーを持ってゲイリーのブースに向かった。

「あなたがお隣でとても楽しかったわ、ゲイリー」彼を完全に油断させ、予定している質問がやりやすくなることを願ってハンナは言った。

「ぼくもきみと話せて楽しかったよ」ゲイリーは言った。「もう帰るなら、駐車場まで送るよ」

「ありがとう」ハンナは礼儀正しく言った。「ちょうどあなたにいくつかききたいことがあったんだけど、外は寒すぎて話ができないから」

「なんでもきいてくれ」ゲイリーは防寒コートを着て、冬用の運転用手袋をしながら言った。

ハンナは彼の手袋を見た。綿入りの黒い革手袋だ。首を絞めるのに好都合ね！　とハンナのなかの疑い深い部分が警告した。充分に用心しないと。

「ミシェルもわたしも、妹さんのバイオレットのことを気の毒に思っているの。それで、彼女にクッキーを送ってあげようと思って」ハンナは心のなかで練習した言い訳を披露した。「どこの病院に入院してるのかききそびれたから、あちこち電話してみたんだけど、妹さんを見つけられなかったの」

「いつ電話したんだい？」

「昨日の夜よ」

「それなら当然だよ」ゲイリーはにっこりして言った。「バイオレットは昨日の朝退院したんだ。今はうちにいるよ」

「ああ、それで」ハンナは信じたふりをした。「仕事場にクッキーを送ることも考えたんだけど、商事改善協会には加盟していないみたいで」

「バイオレットはそういうことは気にしてないんだ。お客さんはいつも妹の店で買ったものに満足してくれているし」

「でも、仕事用の電話もないのね」

「いいや、あるよ。携帯電話の番号を使っている。しばらく固定電話を使っていたんだが、かけてくるのはセールスマンばかりでね。ほかに知りたいことは？　もうツインシティに帰ってもいいかな？」

やりすぎよ！　ハンナのなかの理性的な部分が注意した。彼は何かおかしいと思いはじめている。もし彼が犯人だったら危険だわ。

「ひとつだけ」一《いち》か八《ばち》かやってみることにして、ハンナは言った。「どうしてあなたがピンキーのジープを運転しているの？」

「だれだって？」ゲイリーはなんのことだかわからない様子できいた。

「ピンキーよ。本名はメアリー・ジョー・ハート。あなたのジープは黒で塗装するまえはピンクだった」

なんとなく疑わしそうだったゲイリーの顔つきが、冷たく威嚇《いかく》するような表情に変わった。「謎はすべて解けたと思っているのか、ハンナ？」

「そうかもしれないし、そうじゃないかもしれない」ハンナは急いで言った。「バイオレットなんていないんでしょう、ゲイリー？」

「もちろんいないよ」ゲイリーはハンナをにらみつけながら認めた。「きみは腕のいい探偵だと聞いていたが、ほんとうだな」

「ありがとう」ハンナは急いで言った。「でも、まだわからないことがあるの。チョコバーに薬物を混入させてＰＫに送ったのはあなたなの？」

「あたりまえだろう！　あいつはメアリー・ジョーの人生を台無しにしたんだぞ！　妹はあいつのせいで自殺したんだ。それは知ってたか？」

「彼女が自殺したことは聞いたわ。ドクター・ベンソンのところで薬を手に入れたのよね？」

「そうさ。薬がまだ残っていたから、ＰＫにも同じ死に方をさせようと思ったんだ。当然だろ！　あいつのせいで妹はトランキライザーの過剰摂取で死んだんだぞ。あいつが妹の頭に銃を向けて撃ったようなものだ！」

「でも、ＰＫじゃなくてロスがあのチョコバーを食べるかもしれないとは思わなかったの？」

「彼がいなくなって長いことたつ。それに、巻き添えで被害が出たとしても、どうでもよかった。おれはピンキーのためにやったんだ。あいつはそうされてもしかたなかったんだ！」

ゲイリーが身を乗り出してにらんできたので、ハンナは突然口のなかがからからになるのを感じた。

「あんたは知りすぎた」

「心配しないで」ハンナは急いで言った。「みんなあなたがなぜそうしたかわかってくれるわ。あなたはピンキーのことで悲しみに打ちひしがれていた。理解してもらえるわよ」

ゲイリーは笑った。ヒステリックな、常軌を逸した笑い声を聞いて、ハンナは行くところまで行ってしまったことを悟った。やがて彼は真顔になり、その目は恐ろしいほどぎらつきはじめた。

「今回は薬物入りのチョコバーじゃない。おれがじきじきにあんたの命の火を消してやる！　すごく光栄だよ！」

ハンナは息をのんだ。ゲイリーが大きなハンマーを拾いあげたのだ。建築現場で家の基礎を作るのに使われるようなハンマーだ。そして、ハンナが見たこともないような邪悪な表情を浮かべて顔を上げた。

ここから出るのよ！　理性的な部分と疑い深い部分、両方がハンナに命じた。彼はあなたを殺すつもりよ！

両方の部分の意見が一致したのは初めてのことだったが、そんなことを考えて時間を無駄にはしなかった。コーヒーカップを持ちあげて、中身を勢いよくゲイリーの顔にひっかけた。そしてくるりと背を向けると、廊下につづく開いたドアに向かって必死に走った。ドア口に近づいたとき、ドスンという音が聞こえたが、振り向いて確認はしなかった。コーヒーをひっかけられたせいでゲイリーがすべって転んだのならいいのにと思いながら、とにかく走りつづけた。

ハンナはコンベンション会場からインの本館につづく長い廊下を走った。廊下の明かりは薄暗く、まったく人気《ひとけ》がなかった。コンベンション会場で働いていた人たちはみんな帰ったあとだった。廊下の両側は床から天井までの巨大なガラス窓で、片側の窓からは湖が、反対側の窓からは美しいマツの森が見えた。だが、今夜のハンナに自然の美しさを楽しむ余裕はなかった。ＰＫを殺した犯人に追われているのだから！

ハンナは全速力で安全なインの本館に向かった。カーペットの上に障害物がないか気をつけながら、前方に目を据える。遠くにゴールが見えた。レストランにつづく開いたドアが。慣れない激しい動きで息を荒くしながら、ハンナはドア口に向かって疾走し、レストランに飛びこんだ。

ディナータイムの音楽が静かに流れていたが、ハンナの耳には聞こえなかった。しゃれた制服姿のウェイターとウェイトレスがディナー客の給仕をしていたが、ハンナはろくに気づきもしなかった。ダイニングルームのまえの一枚ガラスの窓の向こうでは、厨房《ちゆうぼう》スタッフたちが業務用のこんろのまえで、さまざまな鍋の中身を忙しくかき混ぜたり、注いだり、混ぜたりしていた。ハンナはそれにも一切気づかなかった。生き延びるのに必死でそれどころではなかったのだ。

力を使い果たして今にも倒れそうになったとき、中央のテーブルが目にはいり、そこにビルとアンドリアがいるのに気づいた。ハンナはふたりのところに走り寄った。息が切れて叫ぶことができないので、テーブルの上で最初に目についたもの、ウェイターがアンドリアのメインディッシュからはずしたばかりのドーム型の銀の料理カバーをつかんだ。

振り返ると、ゲイリーが手にしたハンマーを高く掲げて迫ってきていたので、銀のドームを彼の顔に押しつけた。

あっという間の出来事で、ウェイターは脇によけ、ゲイリーは床に尻もちをつき、ハンマーを投げ出して、顔に押し当てられた銀のドームを爪で引っかいた。ハンナはハンマーを拾いあげてドームカバーを力一杯たたいた。

アンドリアが驚いて声をあげた。「姉さん！　いったい何を……？　うわ！」

「彼に手錠を！」ハンナはゲイリーが床から起きあがらないようハンマーでたたきつづけながら必死で言った。「早く！　彼がPKを殺した犯人よ！」

ビルが近くのテーブルに座っていた非番の保安官助手ふたりに合図すると、三人はすばやく行動に移り、ゲイリーをうつ伏せにして手錠をかけた。ビルはハンナの手からハンマーを取って肩を抱いた。「彼がPKを？」彼はきいた。

「そうよ！　彼が薬物入りのチョコバーを送ったの！　すべて自白したわ……わたしの携帯電話に録音されてる！」

「おい」ビルは保安官助手たちを呼んだ。「ハンナのものらしき電話はあるか？」

「はい」助手のひとりが落ちていたハンナの電話を拾って調べた。

「その録音された自白をわたしに送る方法はわかるか？」ビルが彼にきいた。

「もちろん。アプリがありますから。ご希望ならすぐにできます」

「そうしてくれ」ビルは言った。

「未送信の写真つきメールもあります。これも送りますか？」

「ハンナしだいだ」ビルは彼女を見た。「送ってもらってもいいかな？」

ハンナはうなずいた。ショックのあまりしゃべることができなかった。ゲイリーの車の写真をマイクに送ったつもりが送っていなかったのだ。どうりで返事がなかったわけだわ！

「ハンナ？」ビルが答えをせかした。

「ええ、でも今となってはどうでもいいわ」手錠をはめられた床の上のゲイリーを見て、ようやくハンナは言った。「もうすべて解決したから」

すぐにビルの携帯電話に自白が送られてきた。「よくやった」彼はディスプレーを見て言った。「保安官事務所に連れていけ。手錠はしたままだ。留置所に入れて、ハンマーとドームカバーは証拠品扱いにしろ。あとのことはわたしがやる。きみたちはここに戻って、わたしのおごりでうまいディナーを食べてくれ。なんでも好きなものを」

助手たちが犯人を連れて出ていくと、ビルは身をかがめてアンドリアにキスした。「デートの夜だったのに、ごめんよ。あの映画を見るのを楽しみにしていたんだろう」

ハンナが驚いたことに、アンドリアはむっとするでもがっかりするでもなく、笑っただけだった。「いいのよ、ハニー。ふたりとも車で来てよかったわ。今わたしがしたいのは、うちに帰ってワインを一杯飲むことだけよ。ひと晩のデートでこれだけのお楽しみが味わえればもう充分だもの」

32

おなじみの道を通ってうちに向かうころ、ようやく緊張が解けはじめた。PK殺しの犯人はつかまった。これでロスの第二の貸し倉庫ユニット捜しに取りかかることができる。ロスの不在を淋《さび》しく思い、彼に戻ってきてほしいと思っていることをのぞけば、すべて以前の状態に戻っていた。幸いPK殺しの犯人はつかまったし、サリーのコンベンションでクッキーを売った一日あたりの利益は、〈クッキー・ジャー〉の一日の利益よりも多かったし、ロスの貸し倉庫ユニットのひとつを見つけて、オークションにかけられるまえに中身を引き取ることができた。全体として、いい結果だった。おまけに、デートの夜をビルに切りあげられても、アンドリアは怒りもしなかった。ゲイリーにまたがり、彼の顔にかぶせた銀のドームカバーをハンマーでたたきつづけるハンナの姿を見て、笑うのに忙しすぎたからだ。

静かに雪が降るなか、ハンナは共同住宅の敷地に車を入れ、カードキーを使ってゲートの木製のバーをあげ、整備された小道をアパートメントへと進んだ。ロスが今ここにいたら、ふたりで防寒コートを着て、敷地内の人造湖をめぐる小道を散歩するのに。手をつないで暖をとりながら、背の高いマツの木立の下で立ち止まってキスをしたかもしれないのに。

マツの枝の下でするキスを想像していると、とあるフレーズが頭に浮かんだ。一度も愛したことがないより、愛して失うほうがいい。ロスに再会せず、彼と恋に落ちないほうがよかったのだろうか？　それとも、短いあいだだったとしても、彼との愛を経験できてよかったのだろうか？　ハンナにはわからなかった。わかっているのは、これほど孤独で見捨てられたと感じたことはないということだ。

ゲスト用の駐車場を通りすぎたとき、マイクの車に気づいた。その少し先にはノーマンの車もあった。

ハンナは微笑《ほほえ》んだ。マイクがいるのは当然だ。ノーマンが電話でテイクアウトのピザを注文した瞬間に、マイクの食べ物レーダー《フードレーダー》が作動したのだろう。マイクもノーマンも車のなかにいなかったので、ハンナは小道の突き当たりまで進んで、傾斜路を下り、入居者用のガレージに向かった。鍵はノーマンに預けてあるから、ふたりはアパートメントのなかにいるのだろう。

屋根つきの外階段をのぼって二階のアパートメントに向かっているとき、モシェがリビングルームの窓敷居に座っているのに気づいた。いい兆候だ。今日はそれほどロボット掃除機が彼を疲れさせていないということだから。手を振ると、前脚をあげて応えてくれたのでうれしくなった。

ドアを解錠し、身がまえながら押し開けた。思っていたとおり、モシェが走ってきて、ハンナの広げた腕のなかに飛びこんだ。そして、彼は新しいこと、これまで一度もしたことがないことをした。爪を引っこませた両の前足を伸ばして、彼女の両頬に一度だけ触れたのだ。

「やさしいのね」ハンナは彼に微笑みかけて言った。すると、家のなかにはいろうとした瞬間、モシェがざらざらした舌でハンナの両頬をなめ、のどを鳴らしはじめた。

ハンナは彼を抱きしめて同じ気持ちだと示し、そのまま家のなかにはいった。お気に入りの場所であるソファの背に運んで、耳の付け根をかいてやる。そしてようやくノーマンとマイクにあいさつしようとふたりを見た。

「いらっしゃい、おふたりさん」モシェの予期せぬ愛情表現にまだ顔をほころばせたまま、ハンナは言った。

マイクは彼女に気づいてうなずくと、こう言った。「座ってくれ、ハンナ」

心のなかで警鐘が鳴り、ハンナは急いでソファに座った。ノーマンが隣に座る。彼がいてくれてうれしかった。マイクが命令口調を使ったということは、何かあったのだ。「どうしたの？」彼女はきいた。

「ロスが見つかった」マイクが言った。単調な声。いい兆候ではない。「悪い知らせだ、ハンナ」

なんとか保ってきた冷静さがあっという間に失われるのがわかった。「彼は……」不意にのどがからからになり、ハンナはそこでごくりとつばをのみこんだ。「彼は……死んだの?」なんとかことばをひねり出した。

「いいや」

ハンナは深く安堵《あんど》の息を吐いたが、別の恐ろしい可能性に思い至った。「けがをしたの?」

「いや、どこもなんともない」

ハンナは笑顔になりかけたが、マイクは微笑んでおらず、ノーマンも同様だった。わけがわからないまま、ハンナはまた不安になってきた。「でも……死んだわけでもけがをしたわけでもないなら、どうして悪い知らせなの?」

マイクがノーマンに向かってうなずき、ノーマンはため息をついた。「マイクが言ったのは、ロスにとっては悪くないけど、きみにとっては悪い知らせだということなんだ」

「どういうこと? マイクは通訳が必要なの?」ハンナは急激にいらだちがつのるのを感じた。悪い知らせを聞くのは絆創膏《ばんそうこう》をはがすのに似ている。のろのろはがすより、歯を食いしばって一気に引きはがすほうが、痛みは少なくてすむ。ハンナはまともにマイクを見た。「どういうことなの、マイク？」

「実はね、ハンナ……」マイクはためらっている。「どう伝えればいいかわからないんだが……」

「いいからさっさと言ってよ、マイク！」ハンナのいらだちが限界に達した。「引き延ばすのはやめて！　話して！」

ノーマンに手をにぎられ、ハンナはその手を引っこめたい衝動にかられたが、そのままにした。ノーマンはこれからマイクが告げようとしていることをハンナが乗り越える手助けをしようとしているだけなのだ。

「こういうことなんだ……」マイクの顔につらそうな表情がよぎった。「ロスがきみのもとを去ったのは……」マイクは深く息を吸ってから吐いた。「奥さんのもとに帰ったからだ」

ハンナは目を閉じた。これは夢にちがいない。わたしは夢を見ているのだ。またあのおかしな悪夢にちがいない、フローレンスやオレンジや完璧な桃が出てきたような……でも、ノーマンに手をにぎられているのはわかった。実際に感じられた。それに、ミシェルはここにいないので、ミシェルが何かを焼いているわけではない。なんとかして目覚めなければ。こんなことが起こるわけがない。意味がわからない。これは夢で、目を開けて目覚めなければ！

自分にあることも知らなかった意志の力を総動員して、ハンナはなんとか目を開けた。それとも、目はずっと開いていたのだろうか？　目から涙が流れ落ち、顔が濡《ぬ》れていた。リビングルームに雨が降っているの？　わたしがいるのはリビングルームだ。それはわかっていた。ソファに座って、ノーマンに手をにぎられていることは。そして、顔じゅうが濡れていることも。きっと雨が降っているのだ。つまり、これもあのおかしな悪夢なのだ。

「な……なんて言ったの？」ハンナはマイクにきいた。

「ロスは奥さんのもとに帰ったと言ったんだ」マイクは繰り返した。

やっぱり、とハンナは思った。これはまちがいなく夢だ。ありえない。夢だということはわかっているとマイクに言わなければ。そうすれば悪夢から目覚められる。

「そんなのおかしい」彼女は言った。「そんなのおかしいわ、マイク。全然意味がわからない。ロスが奥さんのもとに帰るわけがないでしょう、彼の奥さんはわたしなんだから！」

「ハンナ。ぼくの話を聞いて、理解してくれ」マイクの顔に同情がよぎり、ハンナは一瞬その目が涙にうるむのを見たような気がした。「ハンナ……きみは結婚していなかったんだ。ロスはきみの夫だったことなどなかったんだよ。別の女性と結婚していたんだから」

訳者あとがき

〈お菓子探偵ハンナ〉シリーズの邦訳第二十一弾、『ラズベリー・デニッシュはざわめく』をお届けします。

前作『バナナクリーム・パイが覚えていた』のラストで新婚の夫ロスが忽然《こつぜん》と姿を消してから二週間、ハンナは事情がわからないまま、気丈にクッキーの店兼コーヒーショップ〈クッキー・ジャー〉を切り盛りしています。幸い感謝祭を目前にしてお菓子の注文が多くなる時期で、忙しくしていれば気がまぎれるとばかりに仕事に集中するハンナ。末妹のミシェルがいっしょにいてくれるのも大きななぐさめでした。

そんなとき、テレビ局でロスのアシスタントをしていた映像作家のPKが、交通事故で命を落とすというショッキングな出来事が起こります。事故の直前までビデオ電話でPKとやりとりしていたハンナとミシェルは、彼が薬物の影響下にあったのではないかと感じていました。そして検視の結果、やはり致死量の薬物が混入したチョコバーを食べていたことがわかります。しかもそのお菓子はオフィスのロスの部屋に届けられたもの。テレビプロデューサーのロスはおもて向き、特別番組のロケーション・ハンティングのため長期の出張中ということになっていて、PKはロスの不在中、彼の部屋を使用していたのです。もしかしたらねらわれたのはロス？　それで彼は事情を話さずに姿を消したの？　こうなったらハンナは調査に乗り出すしかありません。

ところが、混入薬物による死亡ということで、死亡推定時刻のアリバイに意味がなくなってしまい、なかなか容疑者を絞れません。しかも、ターゲットがロスだった可能性も無視できず、ロスが残した謎についても同時進行で調査を進めることに。こちらに関しては『ラズベリー・デニッシュはざわめく』のタイトルどおり、ちょっと心がざわざわするような展開になっていきます。

今回、残念ながら被害者となってしまうPKですが、初登場は二作目の『ストロベリー・ショートケーキが泣いている』でした。シリーズの舞台レイク・エデンで製粉会社主催の手作りデザートコンテストが開かれ、審査員として参加したハンナは、イベントを撮影するテレビ局の夜間技術者だったPKと出会います。登場シーンのPKは、頬ひげを生やし、髪をポニーテールにして、左の耳たぶにダイヤモンドのピアスをつけた若者で、親切な感じのいいキャラクターとしてハンナの調査に協力しています。その後ロスのアシスタントとしてたびたび登場していましたが、PKがポーター《P》・カービー《K》という名前だったことや、彼の私生活については今回初めて明かされます。

シリーズのマスコット的存在、モシェも相変わらずいい味を出しています。帰宅するといつも玄関先で「待ってたよー！」とハンナやミシェルの腕のなかに飛び込んでくるかわいい愛猫モシェ（推定十キロ）。謎解きで重要な役割を担っているというわけではありませんが、「飼い主を癒す」というミッションを確実にこなす彼が、今回はちょっとお疲れの様子なのが気になります。その理由を知って、思わずにっこりしてしまう読者も、思い当たる節のある愛猫家もおられるのではないでしょうか。

十一月のミネソタ州レイク・エデンは早くもかなりの寒さで、クリスマスの準備もはじまるころ。地元のホテル〈レイク・エデン・イン〉ではホリデー・ギフト・コンベンションが開催され、ハンナはそのコンベンション会場でクッキーとコーヒーを売るブースを出すことになります。欧米ではこの季節になると、ツリーなどを売るクリスマスマーケットが開かれますが、これはその小規模版といったところでしょうか。店と出張販売、そのうえ殺人事件の調査と大忙しのハンナですが、ほんの小さなことから疑念をつのらせ、独自の方法で裏をとるスタイルは健在。もちろん、続々と新作が誕生するクッキーも、ハンナの推理には欠かせないアイテムです。

ハンナの身辺はいよいよ波乱含みとなっていきます。さあ、このあとどうなる!? というところで終わっているので、早くつづきが読みたいですよね？　つぎの *Christmas Cake Murder* は、スウェンセン三姉妹の父親が亡くなった直後のクリスマスを描くクリスマスストーリーで、〈クッキー・ジャー〉誕生秘話など、エピソード0的な内容の作品ですが、そのつぎの *Chocolate Cream Pie Murder* は本作のつづきになります。こちらはいずれご紹介できると思いますので、それまでハンナのレシピでクッキーを焼いたりしながら楽しみにお待ちください（クッキーの場合、ご家庭ではレシピの半量で作るとちょうどいいかと思います）。

〈ハンナ・スウェンセン・シリーズ〉

Chocolate Chip Cookie Murder 2000（2001）『チョコチップ・クッキーは見ていた』

Strawberry Shortcake Murder 2001（2002）『ストロベリー・ショートケーキが泣いている』

Blueberry Muffin Murder 2002『ブルーベリー・マフィンは復讐する』

Lemon Meringue Pie Murder 2003『レモンメレンゲ・パイが隠している』

Fudge Cupcake Murder 2004『ファッジ・カップケーキは怒っている』

Sugar Cookie Murder　2004『シュガークッキーが凍えている』
Peach Cobbler Murder　2005『ピーチコブラーは嘘をつく』
Cherry Cheesecake Murder　2006『チェリー・チーズケーキが演じている』
Key Lime Pie Murder　2007『キーライム・パイはため息をつく』
Carrot Cake Murder　2008『キャロットケーキがだましている』
Cream Puff Murder　2009『シュークリームは覗いている』
Plum Pudding Murder　2009『プラムプディングが慌てている』
Apple Turnover Murder　2010『アップルターンオーバーは忘れない』
Devil's Food Cake Murder　2011『デビルズフード・ケーキが真似している』
Cinnamon Roll Murder　2012『シナモンロールは追跡する』
Red Velvet Cupcake Murder　2013『レッドベルベット・カップケーキが怯えている』
Blackberry Pie Murder　2014『ブラックベリー・パイは潜んでいる』
Double Fudge Brownie Murder　2015『ダブルファッジ・ブラウニーが震えている』
Wedding Cake Murder　2016『ウェディングケーキは待っている』（ここまでヴィレッジブックス）
Christmas Caramel Murder　2016
Banana Cream Pie Murder　2017『バナナクリーム・パイが覚えていた』（mirabooks）

Raspberry Danish Murder　2018　本書
Christmas Cake Murder　2018
Chocolate Cream Pie Murder　2019
Coconut Layer Cake Murder　2020
Christmas Cupcake Murder　2020

二〇二一年一月

謝辞

われらが〝ドク・ホッケー〟ことドクター・リチャード・ニーマイアに心からの感謝を。ジョンもわたしもすごく寂しくなるわ。（きっとドク・ナイトも。）

締め切り時のわたしに辛抱してくれた家族にハグとキスを。全員におまけのクッキーをあげるわね！

すべてのブックツアーに同行し、数え切れないほどのことで助けてくれるトルーデイ・ナッシュにハグを。おいしいものを食べるだけで材料がわかり、そのレシピ作りを手伝ってくれるあなたに感謝してるわ。そして何より、友だちでいてくれてありがとう。

友人たちとご近所さんたちにも感謝を：メル＆カート、リン＆ビル、ジーナ、ディー・アップルトン、ジェイ、リチャード・ジョーダン、ローラ・レヴァイン、本物のナンシーとヘイティ、ドクター・ボブ＆スー、ダン、フォー・ライブラリーのマーク＆マンディ、ダリルとグローヴズ会計事務所のみなさま、ＳＤＳＡのロン、ホームストリート銀行のみなさま。

『バナナクリーム・パイが覚えていた』のツアーに同行してくれたリチャード・ジョーダンにハグを。

とても楽しかったし、すごく助かったわ。

テレビシリーズ〈ズンボのジャスト・デザート〉のブラッド、エリック、アマンダ、ロレンゾ、メグ。

ミネソタの友人たち：ロイス＆ニール、ベヴ＆ジム、ロイス＆ジャック、ヴァル、ルサーン、ローウェル、ドロシー＆シスター・スー、メアリー＆ジム。

すばらしい編集者、ジョン・スコナミリオに、ほんとうにありがとう。

ハンナに探偵活動とおいしいもの作りをつづけさせてくれる、ケンジントン出版のすばらしき仲間たちに感謝します。

すべてを完璧にしてくれたロビンに心からの感謝を。

つねに支え、賢明なアドバイスをくれるジェイン・ロトローゼン・エージェンシーのメグ・ルーリーに。

おいしそうな装画を描いてくれる才能あるカバーアーティストのヒロ・キムラに。（残念、あのラズベリー・デニッシュは食べられないのよ！）

ゴージャスなカバーをデザインしてくれるケンジントンのルー・マルカンジに。ほんとにいつも完璧よ。

ハンナシリーズの動画やテレビの配信を手がけ、ハンナのソーシャルメディアについて助言し、何時間も手を貸してくれるうえ、いつもそばにいてくれるPlaced4Success.comのジョンに。

わたしのウェブサイトwww.JoanneFluke.comを管理し、ハンナのソーシャルメディア方面で支えてくれるルディに。ソーシャルメディア方面その他で助けてくれるアニーにも。

レシピの最終チェックをしてくれているキャシー・アレンにはとても感謝しています。試食をしてくださるキャシーのお友だちとご家族のみなさんにも。

何年ものあいだハンナとわたしの力になってくれているJQに大きなハグを。

豪華な刺繍と、〝ばったりモシェ〟の話をしてくれるベスにハグを。

〈ポインズンド・ペン〉での新刊パーティと、フェニックスでのテレビのお料理コーナーで有能なアシスタントを務めてくれた、フードスタイリストで友だちでメディアガイドのロイス・ブラウンに。ハンナのフェイスブックのページを管理運営してくれる、ダブルDとチーム・スウェンセンとハンナ・マニアックスのみんなにハグを。

わたしの本に出てくる医療および歯科医療の疑問に答えてくださったドクター・ラハール、ドクター&キャシー・ライン、ドクター・ワーレン、ドクター・コスロウスキー、ドクター・アシュリー、ドクター・リーに。

そして、家族に受け継がれたレシピをシェアし、わたしのフェイスブック（Joanne Fluke Author）のページにコメントし、ハンナシリーズを読んでくださるすべてのハンナファンのみなさまに大いなる感謝を。

この本はみなさまのものです！

訳者紹介　上條ひろみ

英米文学翻訳家。おもな訳書に本書をはじめとするジョアン・フルーク〈お菓子探偵ハンナ〉シリーズをはじめ、キャシー・アーロン『やみつきチョコはアーモンドの香り』、カレン・マキナニー『ママ、探偵はじめます』『秘密だらけの小学校』(以上、原書房)、リンゼイ・サンズ『忘れえぬ夜を抱いて』(二見書房)など多数。

mira

ラズベリー・デニッシュはざわめく

2021年1月15日発行　第1刷

著　者　ジョアン・フルーク

訳　者　上條《かみじょう》ひろみ

発行人　鈴木幸辰

発行所　株式会社ハーパーコリンズ・ジャパン
東京都千代田区大手町1-5-1
03-6269-2883(営業)
0570-008091(読者サービス係)

印刷・製本　中央精版印刷株式会社

定価はカバーに表示してあります。

Printed in Japan
ISBN978-4-596-91841-3